Trudy Cos
Yoga kann tödlich sein

AF178043

Trudy Cos

YOGA KANN TÖDLICH SEIN

Ein Windsor-Krimi
mit Samy Wilde

DRYAS

Windsor-Krimi

Cos, Trudy: Yoga kann tödlich sein.
Ein Windsor-Krimi mit Samy Wilde. Dryas Verlag 2025

3. Auflage
ISBN 978-3-948483-71-5

Dieses Buch ist auch als E-Book erhältlich und kann über den Handel
oder den Verlag bezogen werden.
E-Book 978-3-948483-72-2

Herstellung: Dryas Verlag, Hamburg
Lektorat: Sarah Weber
Korrektorat: Claudia Lezár
Umschlaggestaltung: © Julia Röck, Guter Punkt, München (www.guter-
punkt.de), unter Verwendung von Motiven von AdobeStock
Satz: Dryas Verlag, Hamburg

Bibliografische Information der Deutschen Nationalbibliothek:
Die Deutsche Nationalbibliothek verzeichnet diese Publikation in der
Deutschen Nationalbibliografie; detaillierte bibliografische Daten sind
im Internet über http://dnb.d-nb.de abrufbar.

Der Verlag behält sich das Text- und Data-Mining nach § 44b UrhG vor,
was hiermit Dritten ohne Zustimmung des Verlages untersagt ist.

Der Dryas Verlag ist ein Imprint der Bedey und Thoms Media GmbH,
Hermannstal 119k, 22119 Hamburg
E-Mail: kontakt@bedey-media.de

PROLOG

Sie spürte, wie der Schweiß ihr langsam in den Nacken lief, Tropfen für Tropfen. Daran änderte auch der hochgesteckte Haarknoten nichts. Ihre Mähne war eine Pracht und ihr Ein und Alles, aber beim Laufen verfluchte sie die langen Haare regelmäßig.

Der Weg war nur minimal uneben, dennoch lief sie mit höchster Konzentration. Seit sie sich als Kind einen Knöchel gebrochen hatte, war sie übervorsichtig. Außerdem war Achtsamkeit ein Teil ihrer Yogapraxis und Jennifer strebte immer nach Perfektion.

Seit Jahren absolvierte sie die gleiche Strecke, obwohl sie wusste, dass jeder Sporttherapeut ihr dringend geraten hätte, die Route hin und wieder zu variieren. Schließlich brauchten sowohl Körper als auch Geist neue Reize, um zu gedeihen und eine Entwicklung zu durchlaufen.

»Bla, bla, bla«, dachte die athletische junge Frau. Sie war der Meinung, als einzige zu wissen, was gut für sie war. Dennoch war ihr bewusst, wie viele böse Zungen behaupteten, sie wisse generell alles besser.

Es störte sie nicht, im Gegenteil, beim Gedanken an ihre Kritiker schmunzelte Jennifer, und ein hämischer Zug legte sich um ihren Mund. Sie hielt sich für perfekt und glaubte prinzipiell, dass niemand besser wusste, was gut für sie war, als sie selbst.

Es mangelte ihr nicht an Selbstbewusstsein. Jennifer lebte ein Fake-Leben, auch wenn sie niemandem gestattet hätte, dies auszusprechen. Solange sie denken konnte, versuchte sie, anderen Menschen eine Person zu präsentieren, von der sie glaubte, sie käme vorteilhafter rüber als ihr wahres Ich.

Auch wenn sie überzeugt war, das absolute Ideal zu leben, hatte sie oft feststellen müssen, wie sehr man sie fehlinterpretierte. Um dies zu unterbinden, hatte sie sich angewöhnt, den Erwartungen ihrer Mitmenschen auf den ersten Blick zu entsprechen.

In ihrem Fall hieß das, ein Bild von OM abzugeben – so titulierte sie es. Als Yogalehrerin sollte man ausgeglichen und friedfertig sein, eben die Dinge, die allgemein mit dem Begriff OM in Verbindung gebracht wurden. Also hatte sie diese Attribute einstudiert und wusste, dass man sie als Verkörperung einer in sich ruhenden Person betrachtete.

Hin und wieder kam es vor, dass Menschen ihr so nahekamen, oder sie aus der Reserve lockten, dass sie die Contenance verlor und ungewollt die echte Jennifer durchschimmerte. War dieser Punkt erreicht, zog sie sich zurück. Sie konnte es sich nicht erlauben, dass irgendwer begann, von ihr anders zu sprechen als von einem perfekten Beispiel einer Yogalehrerin. Zu wichtig war ihre Karriere, und ihr Erfolg hing von der Wahrnehmung anderer ab.

»Verflucht sei dieser dämliche Dan!«

Wütend beschleunigte sie ihr Tempo und schimpfte innerlich über ihren Mann. Es war einer ihrer größten Fehler gewesen, diesen Loser zu heiraten. Nun musste sie schauen, wie sie die Sache am Laufen hielt. Sie würde ihm nicht erlauben, Nutzen aus einer Scheidung zu ziehen, dafür war die momentane Situation zu sensibel.

»Oh, warum habe ich das alles nicht im Voraus bedacht?«, heulte sie innerlich auf.

Sie würde sich sicher nicht von ihm oder sonst jemandem daran hindern lassen, ihren Traum zu verwirklichen.

Um dem durch ihre Wut steigenden Adrenalinlevel zu folgen, erhöhte Jennifer ihr Lauftempo. Sie griff nach der Smartwatch an ihrem Handgelenk und drehte die Musik lauter, obwohl sie normalerweise darauf verzichtete, sich derart anfeuern zu lassen. Es beeinträchtigte ihre Aufmerksamkeit und passte ihrer Meinung nach nicht zum Image der entspannten Frau, die voller Freude ihre Joggingrunde absolvierte.

Sie war weder entspannt, noch genoss sie das Laufen, das Gegenteil war der Fall – Jennifer hasste Joggen und jeder einzelne Meter entlang des Ufers der Themse forderte ihr alles ab. Schon lange bemerkte sie die Schönheit der ins Wasser hängenden Bäume und der pittoresken, vereinzelt stehenden Häuser nicht mehr. Für sie gab es nur den alten Asphalt unter ihren Füßen und all ihre Bemühungen gingen dahin, nicht zu stolpern.

Die Wut auf ihren Mann berauschte sie. Sie war sich ihrer Unachtsamkeit bewusst, dennoch gebot sie sich keinen inneren Einhalt, wie sie es sonst tat, wenn ihre Emotionen hochkochten.

Meter für Meter rannte sie weiter. Das Blut rauschte in ihren Ohren und übertönte die lauten Beats. Jennifer wusste, dass sie sich in etwas hineinsteigerte, aber gerade sah sie keinen Weg, dieser inneren Raserei zu entkommen.

»Ich sollte mir einfach den Frust aus der Seele brüllen«, war ihr letzter Gedanke, dann spürte sie den Schmerz und versank in Dunkelheit.

KAPITEL 1

EIN ANGEBOT

»Nun denn, Dr. Wilde. Ich kann nur noch einmal erwähnen, wie sehr wir uns geehrt fühlen würden, wenn Sie sich entscheiden, unser Angebot wohlwollend zu prüfen. Wir empfangen Sie mit offenen Armen. Sicherlich würde es Ihrer akademischen Laufbahn ebenfalls zur Ehre gereichen, wenn Sie zu uns stoßen …«

Samy hatte sich bereits vor einiger Zeit ausgeklinkt und ließ die Beweihräucherung des Oxforder Würdenträgers über sich ergehen. Sie kannte solche Leute zu Genüge, obwohl man sagen musste, dass die Angestellten der englischen Elite Universitäten ein sehr spezieller Typus Wissenschaftler waren. Man konnte sie in zwei Kategorien einordnen – distinguiert, über jeden Zweifel erhaben und im vollen Bewusstsein der eigenen großen Bedeutung, oder etwas schnoddrig mit einem Hang zum Bohemien und dem oftmals nur gespielten Wunsch, progressiv zu wirken.

Ihr Gast gehörte ohne Einschränkung in die erste Kategorie und hatte auch optisch ihren Erwartungen entsprochen. Er war klein und recht beleibt, in einen tadellosen dunklen Maßanzug gezwängt, der ihm vor ein paar Jahren sicherlich gepasst hatte. Dazu trug er eine gepunktete Fliege und hatte auf die Krawatte in den Farben seines Colleges verzichtet. Sein Kopf war beinahe kahl und sein

Gesicht um den Mund herum von einem grauen Vollbart eingerahmt. Er hatte jede Silbe derart präzise betont, dass kein Zweifel an seiner Herkunft aufgekommen war. Samy hatte Männer wie ihn überall auf der Welt kennengelernt. Wenn man Mathematik oder Informatik studierte und eine Universitätskarriere einschlug, pflasterten diese Herren den Weg – im eigenen Institut und auch auf Kongressen, die man besuchte, wenn man erfolgreich war.

Nachdem er mehrfach betont hatte, wie gerne man sie unter Vertrag nähme, hatte er sich mit großem Tamtam verabschiedet und Samy konnte wieder durchatmen. Sie streckte sich in dem bequemen Korbsessel aus und sog die frische Luft tief ein, um wieder einen klaren Gedanken fassen zu können. Die Terrasse des *Boatsman* am Ufer der Themse war um diese Zeit leer. Niemand außer ihr und Sir Richard Carmichael hatte das Frühstück genossen. Samy war sich sicher, dass es in diesem Spätsommer nicht mehr viele Frühstückstage auf dem Holzdeck geben würde. Auch im Herbst konnte man in Windsor zwar viele strahlende Momente erleben, aber Samy war nicht hart gesotten genug, um bei 13 Grad regelmäßig draußen zu speisen.

»Ich bin halt ein Weichei, wie Cor behauptet«, dachte sie und zog die dünne Strickjacke enger um sich. Sie genoss die noch wärmende Sonne, die ihr ins Gesicht schien. In der Luft hing der typische Duft von beginnender Laubfärbung und des ausklingenden Sommers.

»Eine neue Jahreszeit, ein neuer Lebensabschnitt«, dachte sie. Mit geschlossenen Augen und ausgestreckten Beinen ließ sie das Gespräch Revue passieren. Sir Richard hatte ihr ein Angebot unterbreitet, das viel zu gut war, als dass man es ablehnen konnte – das musste selbst sie sich eingestehen. Auch wenn sie es nicht nötig hatte, einen Job anzunehmen, wäre eine direkte Absage zu kurzsichtig gewesen, denn mit zusätzlichem Geld konnte man etwas Gutes tun. Schließlich hatte sie in den letzten Monaten gelernt, dass die Engländer Wohltätigkeit liebten. Die Gesellschaft kümmerte sich gerne um Bedürftige, es wurde an allen Stellen gesammelt, was das Zeug hielt. Der Gedanke, daran zu partizipieren, gefiel ihr.

Obwohl sie erst 33 war, lag das Berufsleben bereits hinter ihr. Sie hatte eine App entwickelt und diese für eine hohe zweistellige Millionensumme an ein amerikanisches Unternehmen verkauft. Da sie etwa zum selben Zeitpunkt ein Apartment mit einem fantastischen Blick aufs Windsor Castle geerbt hatte, war sie in den unglaublichen Genuss gekommen, das Dolce Vita zu genießen.

Dennoch quälte sie seit einiger Zeit ein inneres Stimmchen, das sie aufforderte, etwas Sinnvolles zu tun. Sie musste sich eingestehen, dass sie nicht der Typ war, der nichts tat. Allerdings war es ihr bisher gelungen, die Stimme meistens zu ignorieren. Bis jetzt hatte sie auch noch nicht den Wunsch verspürt, etwas an diesem Zustand zu ändern.

Schließlich hatte sie ausreichend Zerstreuung erlebt. Wäre die Anfrage des Oxforder Dekans früher gekommen, hätte sie gleich abgesagt und nicht einmal dieses Gespräch geführt.

Nachdem sie im Frühjahr nur knapp einer Ermordung entkommen war, durfte sie feststellen, dass ihr Vater, der ihr das Apartment vermacht hatte, Eigentümer des gesamten Hauses in Windsor war. Leider hatte sie ihren Vater niemals kennengelernt, hatte aber inzwischen seinen Bruder, Thomas Lovejoy, getroffen. Ihr Onkel hatte sie mit offenen Armen empfangen und veranlasst, dass ihr der Rest des Hauses ebenfalls übertragen wurde. Eigentlich hätte sie gerne darauf verzichtet, denn eine Immobilie mit mehreren

Wohnungen ging mit Verantwortung einher, die sie viel lieber anderen überlassen hätte. Thomas hatte es aber als seine Pflicht angesehen, das zu tun, wovon er glaubte, sein Bruder hätte es gewollt. Außerdem machte es im Besitz der Familie Lovejoy wohl kaum einen Unterschied, ob man ein Stadthaus in Windsor in erstklassiger Lage besaß oder nicht, so viel hatte sie zumindest inzwischen erkannt.

Nachdem sie ihren Onkel kennengelernt hatte, war es eigentlich an der Zeit, sich mit der Sippe ihres Vaters auseinanderzusetzen, aber dazu fehlte ihr immer noch der Mut. Somit war ihr der zweite Corona Lockdown willkommen gewesen. So konnte sie sich einigeln und ihre Wunden lecken, da es verboten gewesen war, das Haus zu verlassen. Sie hatte die Auszeit genossen und in ihrer Wohnung ein seit Langem angedachtes Projekt angefangen.

Außerdem musste sie den Umbau beaufsichtigen, der in ihrem Haus begonnen hatte. Die Wohnung der boshaften Mrs Williams-Turner, von der sie um ein Haar getötet worden wäre, war geräumt und entkernt worden. Nun wurde das heruntergekommene Apartment ein Schmuckstück und Samy hatte einiges an Renovierungsexpertise erlangt. Sie kannte virtuell jeden Teppich- und Tapetenhändler von Windsor bis London und wusste mehr über die Erneuerungen von Installationen und Bädern, als ein Innenarchitekt – zumindest fühlte es sich so an.

Allerdings hatte sie noch nicht entschieden, ob sie die größere Wohnung beziehen wollte, oder ob sie in ihrem schönen Dachgeschoss bleiben und eine perfekte Mieterin suchen sollte. Aber egal, wie sie sich entschied, ihre Tage als Bauleiterin näherten sich dem Ende, sodass sich manchmal die unangenehme Vorahnung von Langeweile in ihre Gedanken schlich.

Bevor die mörderischen Attacken von Mrs Williams-Turner sie getroffen hatten, war sie am selben Punkt gewesen. Damals hatte sie darüber nachgedacht, dass es sie nicht für immer befriedigen würde, die neusten Designerklamotten zu shoppen. Dann war ihr aber ein Toter im wahrsten Sinne des Wortes vor die Füße gefallen, und ihre Welt war aus den Fugen geraten.

Doch nun kehrte erneut Ruhe in ihr Leben ein, sodass sie dem Dekan nicht direkt abgesagt hatte, als er ihr ein Gespräch mit Sir Richard Carmichael anbot. Der angestaubt wirkende Wissenschaftler aus Oxford hatte ihr einen interessanten Arbeitsbereich in Aussicht gestellt und die Ehre, in Oxford forschen oder lehren zu dürfen, als das Ziel aller Träume der universitären Arbeit dargestellt.

›Wer nicht in Oxford war, war nirgendwo.‹ Diesen Satz hatte er mehrmals erwähnt, ohne darüber nachzudenken, dass er sie und die meisten anderen Wissenschaftler damit diskreditierte.

Samy Wilde kannte ihren Platz in der Welt der Informatik jedoch gut und nahm ihm dies nicht übel. Stattdessen war sie überrascht, wie intensiv die Leute sich mit ihr auseinandergesetzt hatten, denn Sir Richard Carmichael hatte von ein maximal zwei Arbeitstagen und einem hohen Gehalt gesprochen. Das hohe Gehalt war nebensächlich. Samy musste aber zugeben, dass es wesentlich üppiger war, als sie es von anderen Universitäten kannte. Vielmehr war es die Aussicht, lediglich zwei Tage eingebunden zu sein, die sie interessierten.

»Das Geld könnte ich einer Charityorganisation spenden und hätte immer noch Zeit, mein Leben zu genießen«, war eine ihrer Überlegungen, während sie sich in der Sonne aalte.

Ehre und Ruhm, die Sir Richard so oft erwähnt hatten, waren ihr nicht wichtig, denn sie wusste, dass sie schon einen Namen hatte. Andernfalls wäre Oxford nicht an sie herangetreten. Die Welt der Informatiker war riesig, und dennoch war es wie überall – wer einmal aufgefallen war, blieb in Erinnerung.

Dr. Samantha Wilde verfügte über eine Gabe, die selbst in ihrer Branche unüblich war. Sie sah Zahlen wie andere Bilder und Farben. War irgendwo ein Bug versteckt, erkannte ihr innerer Detektor den Fehler vor allen anderen. So etwas spricht sich herum. Sie hatte schon vor der Entwicklung ihrer App hin und wieder Erwähnungen im *Havard Business Manager*, der renommierten Fachzeitschrift aller Wirtschaftsbosse, gefunden. Dennoch war es ihr nicht schwergefallen, all das hinter sich zu lassen, als sie nach Windsor kam.

Stattdessen war sie dankbar für die Gelegenheit, zu sich selbst zu finden und zu erkennen, was der Sinn ihres Daseins war. Auf dem Weg dorthin hatte sie aber einen unerwarteten Weg eingeschlagen. Kaum einer hätte gedacht, dass die unscheinbare Dr. Wilde, die jeder als talentiert aber zurückhaltend kannte, ihre Leidenschaft in etwas Banalem wie Mode finden könnte. Ihr bester Freund hingegen war begeistert von diesem Wandel. Cornelius frönte selbst einem opulenten Lebensstil und hatte sich immer dafür ausgesprochen, dass Samy ihre feminine Seite betonte. Er unterstützte ihr Laisser-Faire und hätte niemals verstanden, dass sie nur einen Gedanken an eine neue Anstellung im Universitätszirkus verschwendete.

Aus seiner Sicht war es richtig, wie sie ihr Leben heute lebte. Er wusste besser als jeder andere, dass Fremdbestimmung in ihrem Leben immer präsent gewesen war.

Es waren nicht Banalitäten wie Mode und die Renovierung eines Appartements, mit denen Samy sich nun beschäftigte. Sie waren lediglich Vehikel, die sie brauchte, um zu erkennen, was sie vom Leben erwartete.

Nachdem sie in Windsor angekommen war, hatte sie sich zunächst nur mit Äußerlichkeiten beschäftigt und damit eine neue Lebenserfahrung gemacht. Als uneheliches Kind einer strengen Schuldirektorin hatte sie ein freudloses Dasein unter enormem Druck gelebt, was sie veranlasst hatte, etwas so Trockenes wie Informatik zu studieren und darin zu glänzen.

Viele Jahre Universitätsalltag hatten keinen Raum für Mode, Schönheit oder generell der Wahrnehmung ihrer eigenen Weiblichkeit gelassen. Sie war zunächst als Studentin, Doktorandin und später als forschende Angestellte dort tätig gewesen, und hatte sich in den schmucklosen Alltag integriert.

Mit der finanziellen Freiheit, die sie durch den Verkauf ihrer App erlangt hatte, begann sie, ihre Haare wachsen zu lassen und Unmengen für eine neue Garderobe und Kosmetik auszugeben. Sie hatte bewusst ihr Gehirn ausgeschaltet und sich an jedem Schönheitsritual berauscht. Sie ließ sich die Nägel machen, besuchte das *Windsor Daily Spa* und ging zum Yoga. Einfach nur, um zu spüren, wie es war, eine Frau zu sein.

Sie wollte nicht länger Hosenanzüge in gedeckten Farben tragen und die aschblonden Haare praktisch kurz schneiden lassen. Vielmehr hatte sie sich in das Abenteuer *Weiblichkeit* gestürzt.

Während ihrer ersten Maniküre wollte sie weglaufen, so dekadent war ihr alles in dem pink dominierten Studio vorgekommen. Doch sie hatte sich zusammengerissen und von Mal zu Mal genoss sie es mehr.

Dennoch war ihr vieles immer noch fremd, denn sie war kein oberflächlicher Mensch und würde es niemals werden. Wenn sie zum Friseur oder zur Kosmetikerin ging, steckte sie Jack, einem Obdachlosen, der vor dem *Hart & Garter Hotel* kampierte, ein paar Pfund zu. Sie war der Meinung, wer es sich selbst gut gehen ließ, sollte auch etwas für die tun, die es nicht so gut getroffen hatten.

Daher gefiel ihr der Gedanke, ein komplettes Gehalt einer Wohltätigkeitsorganisation zukommen zulassen. Langsam machte sie sich bereit, aufzubrechen. Während sie auf die Kellnerin wartete, fiel ihr Blick auf das funkelnde Ding im Schilf. Mehrmals war ihr an diesem Morgen aufgefallen, das im hohen Gras am Ufer des Flusses etwas leuchtete. Jedes Mal, wenn die Sonne darauf fiel, blitze es auf. Daher beschloss sie, den kleinen Umweg zu machen und zu schauen, was dort so schön schimmerte.

Kurz wurde sie noch abgelenkt, als die junge Frau, die sie bedient hatte, erschien. Sie trug ein Plastikvisier, wie es viele in der Gastronomie seit der Corona-Krise beibehalten hatten. Die junge Frau war ziemlich aufgedonnert und Samy war sicher, dass sie das Ding nur aufgesetzt hatte, weil ihr Chef anwesend war und es verlangte. Sie hatte schon oft erlebt, dass die Betreiber von Lokalen und Geschäften sich strikt an die Empfehlungen des NHS hielten, während besonders bei jungem Servicepersonal diese Notwendigkeit nicht mehr gesehen wurde.

Als Samy sich verabschiedete, reichte das Mädchen ihr Kaugummikauend eine Flasche mit Desinfektionsmittel und sprühte ihr wortlos etwas auf die Hände.

»Ob das alles etwas bringt, wenn die meisten anderen sich nicht drum scheren?«, überlegte Samy, bevor sie die Terrasse verließ.

Sie lief nicht zur Windsor Bridge, sondern nahm stattdessen Kurs auf das hohe Schilf, um der Funkelei auf den Grund zu gehen.

Der Weg war an dieser Stelle nicht besonders breit und beidseits von Bäumen gesäumt, deren Äste zum Teil ins Wasser herabhingen. Links fiel die Böschung sanft ab und ging ins Wasser des Flusses über, der auf der Höhe von Windsor nichts mehr mit dem großen Strom, der London unterteilte, gemeinsam hatte. Hier war er noch ein sich windender breiter Bach, der beschaulich durch die Landschaft floss und zu kleinen Bootstouren einlud.

»Wie schön«, dachte Samy, wie jedes Mal, wenn sie entlang der Themse lief. Sie war sich sicher, niemals einen derart romantischen Flusslauf gesehen zu haben, und liebte es, daran entlangzuspazieren.

Ungefähr dort, wo das Grundstück des *Boatsman* endete, ging das Gras in kniehohes Schilf über. Genau dort hatte Samy das rote Leuchten gesehen. Aus der Nähe konnte sie es nicht mehr ausmachen, die Terrasse war höher gelegen und hatte eine bessere Sicht geboten.

Kurz überlegte sie, ob das, was sie gesehen hatte, hier nicht zu finden war, aber in diesem Moment verzog sich die große Wolke, die langsam über sie hinweg glitt, und Sonnenstrahlen verwandelten die Themse ein funkelndes Band. Keine zwei Meter von ihr entfernt blitzte das rote Funkeln erneut auf.

Zufrieden ging Samy näher und hielt dabei Ausschau nach einem Stock, mit dem sie das Schilf teilen konnte, um in Augenschein zu nehmen, was dort lag. Schließlich fand sie einen langen Knüppel und beugte sich über das Gras. Sofort stutze sie, denn sie erkannte die goldene Sonne mit dem geschliffenen blutroten Kristall. Es war der Ring, den sie seit Monaten an der Hand ihrer Yogalehrerin bewunderte. Doch sie konnte sich nicht vorstellen, wie sie ihn hier verloren haben sollte. Das Schmuckstück war groß, der goldene Sonnenkranz hatte sicherlich einen Durchmesser von drei Zentimetern und Samy wunderte sich, wieso er hier im Wasser lag.

Im Nachhinein fragte sie sich, wie sie so dämlich sein konnte. Allein die Tatsache, dass der imposante Ring an der Oberfläche schwamm, hätte ihr die Augen öffnen müssen.

KAPITEL 2

TREIBGUT

»Aber nein, Samantha Wilde, du musstest es ja genau wissen«, schalt sie sich, immer noch zitternd. Sie saß inzwischen wieder auf der Terrasse des *Boatsman* und nippte an einem doppelten Gin Tonic.

Von der idyllischen Romantik war nichts mehr übrig, stattdessen war der schmale Weg, der auch zum Außendeck des Restaurants führte, von einem Polizeiauto abgesperrt worden. Überall schritten Uniformierte und Menschen in weißen Schutzanzügen umher, gelbes Absperrband flatterte zwischen den Bäumen im Wind und das Holzdeck glich einer Einsatzzentrale. Samy war aufgefordert worden zu warten, bis jemand Zeit hatte, sie zu befragen. Inzwischen hatte sie ihr Zeitgefühl verloren und wusste nicht, ob es Minuten oder Stunden her war, dass sie Jennifer Dalton gefunden hatte.

Erneut hielt sie die Übelkeit zurück, die sie überkam, sobald sie an die bleiche Hand dachte, aber es war schwer, die Erinnerung loszuwerden – dafür hatte sie zu viel gesehen.

Sie nahm einen großen Schluck aus ihrem Glas und fragte sich, wie ein Gehirn etwas klarsehen und dennoch nicht verstehen konnte. Sie hätte den ausgefallenen Ring überall erkannt. Ihr Verstand bestätigte ihr im Nachhinein, dass sie sofort wusste, was sie vor sich hatte, als sie das

Schmuckstück unter der Wasseroberfläche sah. Dennoch hatte sie versucht, an den Ring heranzukommen.

Das Wasser war glatt und unbewegt, bis sie darin gestochert hatte, und auch danach hatte es sich nicht vom aufgewühlten Dreck verfärbt. Im Gegenteil, sobald sie im Uferwasser rührte, war es hell geworden – weiß. Dieses Bild hätte sie ebenfalls zuordnen können, dennoch hatte ihr Verstand den richtigen Schluss verweigert. Erst als sie so viel Bewegung ins Wasser gebracht hatte, dass sie auch das andere Ende der weißen Fläche sah, begriff ihr Gehirn und sie hatte angefangen zu schreien.

Auf der Terrasse des *Boatsman* herrschte Chaos, doch die lahme Kellnerin lief nun zur Hochform auf. Plötzlich war sie überall und wuselte zwischen den Beamten hin und her. Es schien sie nicht zu stören, dass all das stattfand, weil Samy eine Leiche gefunden hatte. Die Tote interessierte sie nicht, es war ihr offensichtlich vollkommen egal, dass eine junge Frau ihr Leben verloren hatte.

»Schockiert Sie das nicht?«, wollte Samy von ihr wissen.

»Ne, gar nicht! Das ist voll spannend und diese Polizisten sind echt süß«, schwärmte sie.

Die junge Frau holte einen Taschenspiegel hervor und überprüfte ihren Lippenstift. Als sie mit dem Ergebnis zufrieden war, suchte ihr geübtes Auge die Terrasse ab und fand ein *Opfer*, das unbedingt mit Tee versorgt werden musste.

Samy war erschüttert über die Abgebrühtheit und kämpfte mit den Tränen. Sie hatte die Tote nach ihrer Ankunft in Windsor kennengelernt und seitdem fast jeden Tag getroffen. Nicht, dass sie befreundet gewesen wären, aber Samy hatte sich in *Jennifers Yoga Institut* angemeldet und beinahe täglich einen Kurs besucht. Jennifer war immer anwesend, so hatte sich eine seichte Bekanntschaft zwischen ihnen entwickelt.

Es kam ihr unwirklich vor, dass sie die Yogalehrerin niemals wieder sehen würde, sodass es ihr schwerfiel, sich zu beruhigen. Nachdem sie ein paar Mal in ein Taschentuch geschnieft hatte, nahm sie aus einem Augenwinkel wahr, wie weitere Personen den Uferweg entlangkamen. Ihre Nackenhaare stellten sich auf. Obwohl sie die beiden seit dem Tag, der beinahe ihr letzter gewesen wäre, nicht mehr gesehen hatte, erkannte sie Inspector Stone und Constable Friendly schon aus der Ferne.

»Sch…!«, dachte sie mit einem Anfall von Wut. Es konnte doch kaum sein, dass die Grafschaft Berkshire so wenig Kriminalbeamte hatte, dass ihr Nate und die schreckliche Becca erneut begegneten.

Intuitiv drehte sie sich weg und wickelte sich in die Decke ein, die die Kellnerin ihr gebracht hatte. Sie wusste natürlich, dass ein Gespräch mit den beiden unausweichlich war, aber vielleicht ließ sich der Moment noch hinauszögern.

Constable Friendly war vielleicht im weitesten Sinne dafür verantwortlich, dass sie noch lebte, aber ihre Geringschätzung und Abneigung gegen Samy waren so intensiv gewesen, dass man sich besser aus dem Weg ging.

Und Inspektor Nate Stone?

Nun, Samy hatte es nicht über sich gebracht, ihn zu treffen, nachdem er beinahe schuld gewesen wäre, wenn Mrs Williams-Turner es geschafft hätte, sie zu töten. Einzig Cornelius Eingreifen war es zu verdanken, dass sie hier saß.

Samy schniefte erneut und wusste tief in ihrem Inneren, wie dumm dieses Verhalten war. Inspector Stone hatte nicht leichtfertig ihr Leben aufs Spiel gesetzt, sondern zu ihrer Sicherheit warten wollen, bis eine Spezialtruppe eintraf.

Aber es hatte ihr gefallen, sich einzureden, er hätte sie einer Gefahr ausgesetzt, denn es war ein guter Vorwand gewesen, ihm aus dem Weg zu gehen.

Sie mochte das Kribbeln in ihrem Magen nicht, das sich einstellte, wenn er mit ihr sprach. Es erinnerte sie an die Zeiten, in denen sie Männer, die ihr nicht guttaten, in ihr Leben gelassen hatte.

»Reiß dich zusammen, Samantha!«, ermahnte sie sich innerlich. »Der Mann ist Polizist und gerade hier, weil es einen Mord gegeben hat. Er wird sicherlich keine Diskussion mit dir beginnen, weil du ihm ausgewichen bist.«

Tief in ihrem Inneren vernahm sie ein leises »Schade«. Daher griff sie nach ihrem Glas und kippte den Rest in einem Zug runter, um auf andere Gedanken zu kommen.

Die Polizisten waren am *Boatsman* vorbeigegangen und am Ufer verschwunden. Nach etwa zehn Minuten kamen sie zurück und Samy sah, dass sie von einem uniformierten Kollegen begleitet wurden. Augenscheinlich versorgte er sie mit Informationen, die er auf einem kleinen Block notiert hatte. Er hielt einen Monolog, dem die anderen zuhörten, bis Nate Stone abrupt stehen blieb. Er schaute sich suchend um und wirkte überrascht und schien etwas zu hinterfragen. Daraufhin zeigte der Polizist zu Samy und in seinem Gesicht spiegelte sich Unglauben, als er sie erblickte.

Schließlich betraten er und Constable Friendly die Terrasse und kamen auf sie zu. Becca sah genauso furchteinflößend aus, wie Samy sie in Erinnerung hatte. Als sie vor ein paar Monaten in einen Mordfall verwickelt gewesen war – unverschuldet selbstredend – war Becca es gewesen, die sie am liebsten ohne Untersuchung verurteilt hätte.

Dankbar nahm Samy zur Kenntnis, wie Inspector Stone die junge Frau am Arm zurückhielt und hörbar erklärte: »Das übernehme ich!«

Auf Samy wirkte diese Handlung, als würde er sich vor sie stellen und vor den Attacken seines Constables beschützten – aber vielleicht entsprach diese Wahrnehmung auch nur ihrem Wunsch. Sie jedoch zog es vor, sein Verhalten positiv zu bewerten, wodurch ihre Bemühung um ein halbwegs professionelles Auftreten, ins Wanken geriet.

Nate blieb vor ihr stehen und begrüßte sie freundlich und provokant zugleich.

»Dr. Wilde! Ich darf doch davon ausgehen, dass es Zufall ist, dass Sie erneut über eine Leiche gestolpert sind?«

Seine Worte waren nicht schroff, dennoch fühlte Samy sich angegriffen. Daher ging sie in die Defensive und plusterte sich innerlich auf, bevor sie ihm sarkastisch antwortete.

»Mitnichten, ich habe mir ein neues Hobby zugelegt und bin tagein, tagaus auf den Straßen der Grafschaft unterwegs in der Hoffnung, ein paar Leichen aufzugabeln.«

Um Nates Mund zuckte es verräterisch, aber er blieb ernst und erkundigte sich, ob er und seine Kollegin sich setzen dürften.

Noch ehe sie antworten konnte, meinte Constable Friendly: »Ein bisschen früh, meinen Sie nicht, Dr. Wilde?«, und zeigte auf das Glas Gin. Dabei betonte sie Samys Titel so extrem, dass es lächerlich wirkte.

Sofort fühlte Samy sich unwohl und merkte, wie Röte ihr Gesicht überzog. Dies passierte immer, wenn ihr ungewollt Aufmerksamkeit zuteilwurde. Daher war sie für Stones Reaktion dankbar.

Er schaute seine Kollegin strafend an. Sofort erhob Becca sich frustriert und kündigte an, sie werde das Personal befragen. Sobald sie außer Reichweite war, entspannte Samy sich und konnte ein leises Aufseufzen nicht unterdrücken. Inspector Stones Blick war warm, als er sich zu ihr herüberbeugte und leise erkundigte: »Wie geht es Ihnen?«

Scham überkam sie und sie spürte, wie das Rot erneut auf ihre Wangen kroch. Siedend heiß wurde ihr bewusst, wie oft sie ihn ignoriert hatte, als er versucht hatte, sie zu erreichen.

»Ich hätte mich melden sollen«, entschuldigte sie sich verlegen, und war überrascht, als er eine wegwerfende Handbewegung machte.

Beinahe kränkte sie diese Geste. Es gab ihr das Gefühl, als sei es ihm egal. Für einen Moment verharrte sie in diesem Gedanken und wollte schmollen, doch der Polizist kam unmittelbar auf die aktuelle Situation zurück. Er wirkte konzentriert, in seinen dunklen Augen funkelte Wachsamkeit. Samy hatte ihn in privaten Momenten erlebt und wusste, dass er sehr charmant sein konnte. Davon war nun nichts zu spüren, und sie überlegte, ob er nicht doch ein kleines bisschen sauer war.

Nate beherrschte den neutralen Gesichtsausdruck wie kein anderer. Um sich abzulenken, betrachtete sie sein Outfit. Das hellblaue Hemd unter seiner Lederjacke sah frisch gebügelt aus. Daraus schloss sie, dass sein Dienstbeginn noch nicht lange zurücklag. Allerdings wurden ihre Gedanken direkt wieder von ihm unterbrochen.

»Sie haben die Tote gefunden, richtig?«, wollte er wissen. Als er sah, dass sie zögerte, erkundigte er sich erneut nach ihrem Gemütszustand.

»Wie geht es einem, wenn man zum zweiten Mal in kurzer Zeit eine Leiche findet?«, versuchte sie es auf eine gleichmütige Art, aber schnell kam ihr der Ton in Anbetracht der Situation vollkommen falsch vor.

»Sorry, Sie sind das sicherlich gewohnt«, fügte sie hinzu.

»Mich erschreckt es. Ich muss gestehen, dass ich mich zusammenreißen muss, mein Frühstück bei mir zu halten.«

Nate schaute sie eindringlich an. Sein Gesicht war ernst. Plötzlich glaubte Samy jedoch zu erkennen, wie sich ein Schatten darüberlegte. Sein Blick schweifte in die Ferne und einen kurzen Moment lang meinte Samy, er würde ihre Aussage ignorieren.

»Man gewöhnt sich nie dran, aber es wird besser«, antwortete er stattdessen. Für einen Augenblick schwiegen beide gemeinsam, bis er bedauernd wieder auf die Tote zurückkam. »Also, wie kommt es, dass Sie hier sind und die Leiche gefunden haben? «

Samy berichtete von dem, was passiert war. Als sie den Namen der Toten erwähnte, wurden Nates Augen immer größer und schließlich unterbrach er sie fassungslos.

»Dr. Wilde, Sie wollen doch nicht behaupten, dass Sie die Frau kennen?«

Verunsichert hielt Samy inne. Sie fror und war dankbar für ihre Jacke. Die Schultern straffend erläuterte sie ihm trotzig, woher sie und Jennifer sich kannten.

Wieso geben die Polizisten mir immer das Gefühl, etwas verkehrt zu machen? überlegte sie empört. Dann wurde ihr jedoch klar, dass er nur aufgebracht war, weil die Polizei die Tote noch nicht identifiziert hatte.

»Aber es ist doch Jennifer, nicht wahr?«, wollte sie verunsichert wissen. Doch anstatt ihr zu antworten, pfiff Stone nach Becca und instruierte sie, herauszufinden, ob es sich bei der Toten um Jennifer Dalton, Betreiberin eines Yogastudios nahe der Victoria Street handelte.

Die eng zusammenstehenden Augen von Constable Friendly starrten Samy vorwurfsvoll an.

»Kennt sie die Tote?«, wollte sie von ihrem Boss wissen. Der gab ihr aber durch eine Handbewegung zu verstehen, sie solle sich um ihre Aufgabe kümmern. Widerwillig trat die junge Polizistin den Rückzug an, doch Samy war sicher, dass sie ihr bei Gelegenheit erneut das Leben schwermachen würde.

Für den Moment genoss sie Stones Schutz. Doch dieser würde erlöschen, sobald Becca Samy allein erwischte. Schon beim ersten Zusammentreffen hatte sie bemerkt, dass sie sich nur seiner Autorität beugte. Auch wenn Stone ruhig und besonnen wirkte, ließ er keinen Zweifel daran, was er von seinen Mitarbeitern erwartete.

»Also Dr. Wilde«, schloss er nahtlos an, sobald sie wieder allein waren. Auch wenn er freundlich war, wurde deutlich, dass auch er sich wunderte.

»Wie passt das alles zusammen? Es übersteigt mein Vorstellungsvermögen, dass Sie erst wenige Monate hier leben und nun schon zum zweiten Mal über eine Leiche stolpern, die Sie kennen.«

Samy wollte etwas erwidern, doch er redete weiter und griff ihrem Einwand vorweg.

»Ersparen Sie uns das. Wir wissen beide, dass Sie Jeremy Burkehead nicht persönlich kannten, als er Ihnen tot vor die Füße fiel. Dennoch wollen Sie sicherlich nicht bestreiten, dass es eine Beziehung zwischen Ihnen und diesem Toten gab, oder?«

Samy schwieg, denn er hatte recht. Es war nicht von der Hand zu weisen, dass es zwischen ihr und dem Toten eine Verbindung gegeben hatte. Auch wenn sie weder ihn noch ihren Vater gekannt und nichts von den Fotos geahnt hatte, war der Inspector dennoch im Recht – sie stolperte schon zum zweiten Mal über eine Leiche, die in irgendeiner Beziehung zu ihr stand.

Nachdem sie mehrmals geschluckt hatte, berichtete sie ihm alles, was sie über Jennifer wusste. Auch die Tatsache, dass die Frau nur weiße Kleidung trug und Samy sie mehrfach in ihrem hellen Laufdress gesehen hatte.

»Jeder, der in diesem Ort Yoga macht, kennt sie, und jeder weiß von ihrem Faible für weiße Kleidung. Den Ring an ihrer Hand trug sie ebenfalls 24/7. Sie werden mir zustimmen, wenn ich behaupte, dass man ihn nicht vergisst, wenn man ihn einmal gesehen hat.«

Nate hörte aufmerksam zu, dennoch wurde sie den Eindruck nicht los, dass er an ihren Schilderungen zweifelte.

»Sie haben berichtet, dass Sie mit Sir Richard Carmichael hier waren. Wessen Idee war es, sich im *Boatsman* zu treffen?«, war sein einziger Kommentar.

Samy begriff, was er meinte und war drauf und dran, etwas Patziges zu erwidern, dann aber schluckte sie ihren Stolz runter. Ihr war klar, dass er nur seinen Job machte und die Frage legitim war. Also berichtete sie ihm von der Anfrage des Dekans und dass der Treffpunkt Sir Richards Wunsch gewesen war. Das Pub befand sich in unmittelbarer Nähe des Riverside Bahnhofs und war somit für ihn optimal zu erreichen.

Nate notierte sich die Kontaktdaten des Mannes und wollte Samy nach Hause schicken, als sein Constable ihn zu sich rief. Er entschuldigte sich bei Samy und ließ sie allein zurück, was ihr die Gelegenheit gab, ihn zu beobachten. Schon im Frühjahr war ihr aufgefallen, wie attraktiv er war, und auch heute übte er wieder eine gewisse Anziehungskraft auf sie aus. Sie schätzte ihn auf Ende dreißig. Er war groß, und wenn er keine Jacke trug, zeichneten sich unter seinen Hemden Muskeln ab, die auf regelmäßiges Training schließen ließen. Sein Haar war leicht gelockt und minimal zu lang, was ihm einen verwegenen Ausdruck verlieh. Samy hätte es nichts ausgemacht, ihn weiterhin anzustarren, und sie war beinahe enttäuscht, als er wenig später an den Tisch zurückkehrte. An seinem besorgten Gesichtsausdruck merkte sie sofort, dass er etwas gehört hatte, was nun seine volle Aufmerksamkeit verlangte. Daher überraschte es sie nicht, dass er sie nur kurz abfertigte.

»Sie können gehen, Dr. Wilde. Wir danken Ihnen für Ihre Hinweise.«

»Es ist Jennifer, nicht wahr?«, bohrte sie dennoch nach und sah ihm an, wie er mit sich rang.

Natürlich durfte er nichts preisgeben, das war auch ihr klar. Dennoch schaute sie ihn beharrlich an und er seufzte schließlich resigniert. Leise und nur für sie hörbar gab er ihr die gewünschte Antwort.

»Mrs Dalton wurde gestern Abend vermisst gemeldet. Sie ist nicht zu einer Verabredung mit ihrem Mann erschienen und war nicht zu erreichen. Um 19 Uhr informierte er die Kollegen auf der Wache Windsor. Laut Ersteinschätzung unseres Mediziners hat sie 18 bis 24 Stunden im Wasser gelegen, was zu all dem passt.«

»Oh mein Gott«, stöhnte Samy. In ihren Augen lag blankes Entsetzen.

Nate schien zu spüren, dass sie erneut mit Übelkeit kämpfte. Er besorgte ihr ein Glas Wasser und beauftragte eine junge Polizistin in Uniform, sie nach Hause zu bringen. Als sie bereits auf dem Weg zum Auto waren, fiel ihr etwas ein und sie lief zurück.

»Ich bin überrascht, dass gerade Daniel bemerkt hat, dass sie verschwunden war«, überlegte sie laut, woraufhin Nate sie verdutzt anschaute. Also ließ sie ihn wissen, dass Jennifer und ihr Mann getrennt waren und er mit einer anderen Frau zusammenlebte.

Als sie sah, wie überrascht er war, sprudelte es weiter aus ihr heraus, ohne ihm die Chance zu geben, sie zu unterbrechen.

»Eigentlich kenne ich die beiden gar nicht als Paar. Solange ich ins Yogastudio gehe, ist er schon mit Naomi zusammen. Sie ist jünger als Jennifer und Dan, und kommt manchmal gemeinsam mit ihrer Mutter zu den Stunden. Sie ist wohl Studentin, Jennifer ist immer sehr nett zu ihr gewesen. Es scheint sie nicht zu stören, dass sie Dans Freundin ist. Daher gehe ich nicht davon aus, dass sie der Trennungsgrund ist.«

Sie sah, dass die Augen des Polizisten größer wurden. Schließlich endete sie atemlos mit: »Aber man weiß ja nie. Vielleicht war es auch eine Dreiecksbeziehung, manche Menschen mögen so etwas.«

Im selben Moment wurde sie rot, was ihn zum Schmunzeln brachte. Als sie versuchte, ihre Worte zu relativieren, verabschiedete er sich.

»Legen Sie sich eine Stunde hin, so ein Fund führt oft zu einem Schock, der kann sich auf die unterschiedlichste Art und Weise zeigen.«

Sie sah, dass er lächeln musste, und wäre am liebsten im Boden versunken, was ihm nicht verborgen blieb.

»Ich melde mich später bei Ihnen, natürlich muss auch Ihre offizielle Aussage aufgenommen werden. Aber das

hat Zeit, ich muss mich um Mr Dalton kümmern und herausfinden, ob er seine Frau identifizieren kann. Danke für
die Informationen, Dr. Wilde.«

Damit war sie entlassen und Samy machte sich erschöpft
auf den Nachhauseweg. Wahrscheinlich hatte er recht,
und eine Stunde Schlaf würde ihr gut bekommen.

KAPITEL 3

SELTSAME BEGEBENHEITEN

Samy hatte das Tempo gedrosselt, weil sie beinahe das südliche Tor der Schlossanlage erreicht hatte. Nur noch wenige Meter und sie würde in die Parkstreet laufen. Meistens trabte sie langsam weiter, aber heute war ihr nicht danach. So gerne sie auch joggte, manchmal zog sich jeder Meter wie Kaugummi und sie konnte das Ende der Strecke schon beim ersten Schritt kaum erwarten.

Diesmal lag es daran, dass sie in den letzten Tagen keinen Sport gemacht hatte und es ihr meist schwerfiel, wieder in Gang zu kommen. Dabei war es nicht so, als habe sie tagelang nichts getan, denn ihre Smartwatch hatte immer knapp 20.000 Schritte angezeigt. Unter dem Strich hatte sie sich also genug bewegt, dennoch war es das Laufen, was ihr ein Gefühl von Sportlichkeit gab.

Während ihre Pulsfrequenz sich normalisierte und sie sich über die letzten Schritte ihrer Runde freute, dachte sie wehmütig an Bath. Drei Tage!

Drei Tage, die sich angefühlt hatten, wie ein Urlaub. So war es seit dem Ausbruch der Pandemie in vielen Bereichen – die Dinge, die selbstverständlich gewesen waren, erschienen inzwischen beinahe vermessen. Während des langen Lockdowns hatte sie sich ausgemalt, wie es sein würde, wenn sie wieder reisen dürften. Sie hatte überlegt, wohin sie zuerst wollte. Eine Weile hatte es so ausgesehen, als würde Edinburgh das Rennen machen, doch letztlich hatte sie sich für Bath entschieden. Es war näher und reizte sie mehr, denn sie hatte einige Bücher gelesen, die in der geschichtsträchtigen Stadt spielten.

Sie hatte es nicht bereut, denn allein das Römer Bad und die Abtei waren eine Reise wert gewesen. Die Architektur des 18. Jahrhunderts und die honigfarbenen Steinfassaden hatten sie in ihren Bann gezogen. Ganz sicher würde sie wieder dorthin reisen, versprach sie sich, als sie in die Parkstreet einbog.

Als sie das *Two Brewers* erreichte, stutzte sie, denn etwa zwanzig Meter entfernt standen Inspector Stone und Constable Friendly mitten auf der Straße. Beide wirkten unschlüssig, sie schauten immer wieder zu der Häuserzeile, ohne sich ihr zu nähern. Samy fragte sich, was die beiden hier suchten.

Am Tag nachdem sie Jennifers Leiche gefunden hatte, war sie in das Revier der *Thames Valley Police* gefahren und hatte ihre offizielle Aussage gemacht. Bei dieser Gelegenheit hatte sie sich versichert, dass eine Reise ihrerseits in Ordnung war.

Beinahe erschrocken stellte sie nun fest, dass sie in den letzten Tagen nicht an Jennifer gedacht hatte, und die Frage, ob man ihren Mörder schon gefasst hatte, kam ihr in den Sinn. Da sie erst vor zwei Stunden wieder in Windsor angekommen war, hatte sie noch keine Gelegenheit gehabt, sich danach zu erkundigen.

Die Polizisten hatten ihr den Rücken zugewandt und Samy überlegte, ob sie auf der anderen Straßenseite weitergehen sollte. Sie war verschwitzt und wusste, dass sie nach der Zugfahrt aus Bath und einem gut vierzehn Kilometer

Lauf nicht attraktiv aussah. Samy hatte keine Lust, Becca Friendly einen Grund zu geben, die Nase zu rümpfen.

Zumindest redete sie sich ein, dass dies der Grund war. Ein leises Stimmchen in ihr höhnte aber, es ginge eher um Nate Stone. Mitten in dieser Überlegung drehte er sich um, als habe er ihr Näherkommen gespürt. Auf seinem Gesicht ging Überraschung in eine verhaltene Freude über – zumindest wollte Samy seinen Gesichtsausdruck so deuten.

Er wartete, bis sie ihn fast erreicht hatte und begrüßte sie mit den Worten: »Wieder zurück?«

Überrascht drehte sich Constable Friendly um, sodass Samy sah, dass deren Gesicht bei ihrem Anblick alles andere als Begeisterung zeigte. Daher ignorierte sie sie komplett und versuchte, stattdessen mit Stone ein Gespräch zu führen.

Sie berichtete ihm kurz von Bath und wollte wissen, ob der Mordfall aufgeklärt sei. Als er nicht antworte, versuchte sie es auf andere Art und Weise.

»Was führt sie in die ParkStreet?«

Die Straße war kaum mehr als hundert Meter lang und außer dem schönen Pub gab es nur eine Handvoll eleganter und sündhaft teurer Stadthäuser. Bestimmt war es kein Pflaster, auf dem Becca Friendly sich wohlfühlte, sie machte aus ihrer Abneigung gegen wohlhabende Menschen nie keinen Hehl. Sie wirkte in ihrem ranzigen Parka, der ihr bis zu den Knien reichte, fehl am Platz. Schließlich machte die Parkstreet ihre bescheidene Länge mit einer Ansammlung von Teslas und BMWs wieder wett. Wenn man hier im Dunklen entlang spazierte, sah man erleuchtete Poggenpohl Küchen und Designer Lampen aneinandergereiht wie eine Perlenschnur. Samy war sicher, dass keines der Häuser unter einem einstelligen Millionenbetrag zu haben war.

Daher war sie auch fassungslos, als Nate ihr erklärte, dass das Haus, vor dem sie standen, Jennifer gehört hatte.

Wie hatte sie sich das leisten können? Sicher, die Frau hatte ein gut gehendes Yogastudio gehabt, vielleicht sogar das Beste in der Grafschaft, aber dennoch – konnte man damit so viel verdienen, dass man sich eines der schicksten Häuser Windsors leisten konnte? Von ihrem Mann konnte das Geld kaum stammen. Jennifer hat nie eine Gelegenheit ausgelassen, zu berichten, dass sie besser einen wohlhabenden Mann geheiratet hätte.

»Wow!«, entfuhr es ihr. Als die Polizisten sie überrascht beobachteten, fühlte sie sich genötigt, ihre Gedanken zu teilen.

»Ich bin überrascht, dass man mit Yoga so viel Geld verdient.«

Becca Friendly sprang sie sofort an und äußerte sich abfällig über die Oberschicht. Es seien Schnösel und Erfinder, oder Geschäftsleute, denen hirnrissige Summen bezahlt wurden, die jedem klaren Menschenverstand widersprachen.

Ihre Blicke und Betonungen der einzelnen Gruppen ließen keine Zweifel daran, dass sie Samy miteinschloss. Die kleine Frau war in ihrem Element, ihre fahle Raucherhaut rötete sich minimal. Allerdings lenkte dies nicht von ihrem unscheinbaren Äußeren ab. Nicht zum ersten Mal dachte Samy darüber nach, wie die Polizistin sich neben ihrem attraktiven Chef fühlen musste. Bevor sie auf ihre Boshaftigkeiten antworten konnte, griff Nate ein und brachte Friendly mit einem schlichten »Constable!« zum Schweigen.

Doch noch bevor sie sich weiter unterhalten konnten, schnurrte ein weiterer Tesla geräuschlos in die Straße und glitt beinahe unbemerkt vor die Garage des angrenzenden Hauses. Überrascht registrierte Samy den Blick, den die Polizisten sich zuwarfen, während sie den Neuankömmling beobachteten. Samy kannte ihn, es war kein Geringerer als Niklas Bolman-Whitecliff, der Sohn von Sir Charles, ihrem Anwalt.

Nicht, dass sie jemals einen Anwalt gebraucht hätte, aber als ihr Jeremy Burkehead tot vor die Füße gefallen war, hatte die Polizei sie verdächtigt. Die Londoner Kanzlei ihres Vaters hatte ihr Sir Charles, den bekanntesten Strafverteidiger Englands, empfohlen. Von seiner Bekanntheit hatte Samy jedoch nichts gewusst und den renommierten Juristen beinahe um Referenzen gebeten. Noch heute wurde sie bei dieser peinlichen Vorstellung rot.

Sir Charles hatte ihren verstorbenen Vater gekannt und versucht, ihr den Weg in die Gesellschaft zu ebnen. Aus diesem Anlass hatten er und seine Frau ein kleines Gartenfest veranstaltet, um ihr Freunde und Familienmitglieder vorzustellen. Bei dieser Gelegenheit hatte sie Niklas und seine Frau sowie seine Schwestern kennengelernt. Sie begrüßten sich, wenn sie sich zufällig trafen und einmal waren sie und Niklas sich im *Two Brewers* begegnet und hatten ein paar Worte gewechselt. Seine Frau Diana war ebenfalls in Jennifers Yogastudio angemeldet. Mit ihr hatte sie häufiger geredet, wenn auch nur oberflächlich, denn Diana war nicht der Typ, der sich gerne auf neue Bekanntschaften einließ. Vielmehr vermittelte sie das Gefühl, alle auf Abstand halten zu wollen.

Allerdings fiel Samy jetzt ein, wie lange sie die Frau nicht mehr gesehen hatte.

Als Niklas aus dem Auto stieg, nickte er ihr zu und begrüßte sie mit einem freundlichen »Samy«. Aber noch ehe sie antworten konnte, trat Inspector Stone auf den Tesla zu.

»Niklas, haben Sie einen Moment Zeit?«

Auf Niklas Gesicht zeichnete sich Resignation ab und Samy hatte den Eindruck, dass es nicht das erste Aufeinandertreffen war. Interessiert verfolgte sie die Szene und sah, dass Niklas müde aussah und seine Kleidung wesentlich weniger gepflegt war, als sie es sonst von ihm kannte. Unter seinen Augen lagen dunkle Schatten und er hatte sich nicht rasiert. Beinahe sah es so aus, als hätte er nicht geschlafen.

Ihr blieb keine Zeit, sich ein weiteres Bild zu machen, denn Niklas winkte ihr zum Abschied zu, und forderte die Polizisten auf, ihn ins Haus zu begleiten.

Wie merkwürdig, dachte Samy. Sie wunderte sich, was das mit Jennifers Tod zu tun hatte, konnte sich aber beim besten Willen nicht vorstellen, dass ein Sprössling von Iron Charly, wie man den alten Staranwalt nannte, in etwas Dubioses verwickelt war.

Als alle Drei im Haus verschwunden waren, zuckte sie mit den Schultern und legte die letzten hundert Meter zu ihrem Apartment zurück. Schließlich ging sie das nichts an und sie gehörte nicht zu den Menschen, die sich in die Angelegenheiten anderer einmischten.

Zumindest nicht unaufgefordert …

Kapitel 4

Iron Charly

Samy hätte nicht gedacht, dass sie zwei Stunden später erneut auf dem Weg in die Parkstreet sein würde. Doch kaum war sie aus der Dusche getreten, hatte ihr Telefon geklingelt. Gerade, als sie sich daran erfreute, wie wunderbar weich sich der dicke Teppich unter ihren nackten Füssen anfühlte, rief Charles Bolman-Whitecliffs Sekretärin an und bat sie zu einem Meeting mit dem alten Anwalt – unverzüglich! Samy schaffte es nicht, ihr zu entlocken, worum es ging, allerdings betonte die Dame, wie wichtig Sir Charles ihr Erscheinen sei.

Neugierig und auch ein bisschen aufgeregt war sie wieder in Jeans und eine Rüschenbluse gestiegen. Ein T-Shirt wäre bei einem Treffen undenkbar gewesen, denn Sir Charles verkörperte alles, was man sich unter edler Noblesse vorstellte.

Samy hatte auf eine Jacke verzichtet. Daher legte sie einen Zahn zu, denn bereits nach den ersten Schritten fror sie, es war kühler, als sie gedacht hatte. Da es bereits später Nachmittag war, lichteten sich die Reihen der Touristen, die morgens wie Heuschrecken über Windsor herfielen. Seit Beginn der Pandemie kamen weniger, sowohl Amerikaner als auch Chinesen schienen nach wie vor nicht zu reisen. Dennoch bevölkerten täglich Tausende die Gehwege entlang des Castles. Samy war immer froh, wenn der Abend nahte. Dann nämlich verschwanden sie – wohin auch immer – schlagartig.

Den Duft der frischen Herbstluft konnte sie jedoch nur für kurze Zeit genießen, denn je höher sie auf den Castle Hill stieg, umso enger wurde die Dichte von Restaurants und Imbissbuden, die mit offenen Türen ein wildes Durcheinander von Gerüchen verbreiten.

Samy wäre nie auf die Idee gekommen, bei einem dieser Thais oder Inder zu essen. Selbst die *Duchess*, ein schönes Pub, ließ sie meist links liegen. In jedem dieser Läden musste man sich beinahe um einen Tisch schlagen und das angebotene Essen war nicht wirklich das, worauf Samy Wert legte. Dennoch sog sie die Düfte ein und versuchte auch, sie im Einzelnen wahrzunehmen, was sie oft als Achtsamkeitsübung machte.

Sie liebte diesen kleinen Ort und fühlte sich hier zu Hause. Selbst bei ihrem Kurzurlaub in Bath hatte sie sich nach dem schrulligen kleinen Städtchen gesehnt. Nachdem sie die Wohnung geerbt hatte, war sie hergekommen und geblieben. Nie zuvor hatte sie sich so angekommen gefühlt. Sie war Sir Charles dankbar, dass er sie mit einigen Bewohnern bekanntgemacht hatte. Auch wenn wegen der Pandemie nur wenige gesellschaftliche Ereignisse stattgefunden hatten, war sie auf einem guten Weg, Teil der Gemeinschaft zu werden.

Im Vorbeigehen winkte sie Asif zu, der in seinem Café hinter der Theke stand und verwundert verfolgte, wie sie an dem Café vorbeilief. In der Anfangszeit war der Pakistani ihr einziger Gesprächspartner gewesen, und noch heute besuchte sie ihn täglich. Nirgendwo hatte sie jemals so einen guten Chai Latte getrunken, wie bei ihm. Er verwendete keine fertige Instantmischung, wie es in den anderen Caféshops üblich war. Außerdem nahm er sich meist einen Moment, um sich zu ihr zu setzen, und sie hörte ihm gerne zu. Sie kannte seine Lebensgeschichte und wusste, wie wichtig ihm ihre Besuche waren. Mehrmals hatte er sich beklagt, dass er trotz seiner Geburt in London in diesem Land als Ausländer betrachtet wurde.

Da Charles sie erwartete, hatte sie jedoch keine Zeit und versuchte, ihm gestikulierend klarzumachen, dass sie in Eile sei.

Zwei Stunden später, als sie sich auf dem Rückweg befand, waren Asifs Fenster dunkel, der Abend war über Windsor hinein gebrochen. Ein weiteres Indiz für den Jahreszeitenwechsel war, dass die Straßenbeleuchtungen früh eingeschaltet wurden.

Samy versuchte zu verarbeiten, was Charles ihr erzählt hatte, und war verwundert über seine Bitte.

Er hatte ihr berichtet, dass es in der Ehe seines Sohnes kriselte. In der letzten Woche, unmittelbar vor Jennifers Ermordung, war es zu einem unschönen Eklat gekommen. Niklas, seine Frau Diana und die Besitzerin des Yogastudios waren auf der Straße vor dem *Two Brewers* aneinandergeraten und hatten sich auf das Übelste beschimpft. Diana hatte keinen Zweifel daran gelassen, was sie von Jennifer hielt und Niklas hatte versucht, die Wogen zu glätten. Damit hatte er aber die Gemütslage der Frauen weiter aus dem Lot gebracht. Schließlich musste er dazwischen gehen, als die Furien aufeinander losgingen. Diana war Gift und Galle spuckend in ihr Haus gelaufen, allerdings erst, nachdem sie Jennifer bedroht hatte. Mehrere Zeugen gaben zu Protokoll, sie habe geschrien »Lass deine Finger von meinem Mann, oder ich bringe dich um!«

Und auch Niklas hatte sich ähnlich geäußert. Zumindest war er mit den Worten »Jennifer, treib es nicht auf die Spitze. Das muss aufhören, sonst vergesse ich mich« zitiert worden.

Zwei Tage später war Jennifer tot aufgefunden worden. Es war also nicht verwunderlich, dass die Polizei Niklas und Diana genauer betrachtete. Windsor war ein Dorf, daher hatte es nicht lange gedauert, bis der Streit auf dem Revier angekommen war. Als Resultat hatte sie Nate und Constable Friendly am Nachmittag vor Niklas Haus gesehen.

Während Samy durch die Dunkelheit lief, dachte sie über Charles Worte nach. Sie wurde den Eindruck nicht los, dass unter der beherrschten Oberfläche des Staranwalts Beunruhigung gelauert hatte. Wem sie galt und ob sie begründet war, konnte sie nicht beurteilen. Sie wusste nichts über Niklas und Diana als Paar und hatte auch keine Vorstellung von ihrem Verhältnis zu Jennifer. Daher konnte sie nicht ganz verstehen, warum Sir Charles derart angespannt wirkte.

Die Polizei schien mit ihrem Urteil weniger zurückhaltend zu sein, was, wie Charles meinte, nachvollziehbar war. Niklas und Diana hatten nur ihr gegenseitiges Alibi für den Morgen von Jennifers Todestag und nach der verbalen Schlacht leider beide ein Motiv.

Sie mochte Charles. Nicht nur, weil er sie beruhigt und beschützt hatte, als sie selbst verdächtigt worden war, sondern auch oder vielmehr noch, weil er ein faszinierender Mann war. Auch mit über Siebzig war er imponierend und schlagkräftig. Elegant wie kein anderer und mit messerscharfem Verstand dominierte er jede Unterhaltung, ohne seinem Gegenüber den Raum zu nehmen. Gleichzeitig war er liebenswürdig und vermittelte den Eindruck, aufrichtig um das Wohl seiner Mitmenschen besorgt zu sein.

Daher hatte Samy ihm seine Bitte nicht abschlagen können, auch wenn sie nicht den leisesten Schimmer hatte, was er sich darunter vorstellte, dass sie Augen und Ohren für ihn offenhalten sollte.

Als sie auf der Höhe der Windsor Parish Church war, kam ihr auf der leeren Straße jemand entgegen. Sie war froh, als sie erkannte, dass es Inspector Stone war. Auch wenn sie nicht gehört hatte, dass die Straßen in Windsor abends nicht sicher waren, versuchte sie die Dunkelheit zu meiden.

Aber ihre Erleichterung verwandelte sich schnell in Empörung, als er sie begrüßte.

»Dr. Wilde, ich möchte gerne glauben, dass Ihr Besuch in der Kanzlei von Sir Charles ein Zufall war und nichts mit den aktuellen Ermittlungen zu tun hat. Sicherlich erinnern Sie sich, wie unschön es enden kann, wenn Zivilisten sich in Polizeiarbeit einmischen.«

Seine Bemerkung ärgerte sie und sie spürte Wut in sich aufsteigen. Ihr war nicht klar, ob es sie wütender machte, dass er sie nun beobachtete, oder dass er sie als unbedarfte Zivilistin darstellte. Schließlich war es ihr und Cor zu verdanken, dass der Mord an Jeremy Burkhead aufgeklärt werden konnte.

Doch bevor sie ihrer Empörung Luft machen konnte, schlug der Polizist einen versöhnlicheren Ton an.

»Ich war ein weiteres Mal bei Sir Niklas und sah Sie in die Kanzlei seines Vaters gehen. Glauben Sie also bitte nicht, dass wir Sie beobachten.«

»Zivilisten stören Sie, nicht wahr? Muss ich Sie daran erinnern, dass ich selbst aktiv werden musste, weil die englische Polizei mich in die Enge gedrängt hat und mir einen Mord anlasten wollte?«

Wütend wollte sei an ihm vorbei gehen, aber nicht zum ersten Mal machte er einen Schritt zur Seite und versperrte ihr damit den Weg. Doch Samy war so außer sich, dass sie ihn beiseiteschob und unüberlegt weitersprach.

»Hören Sie auf, mich einzuschüchtern! Sie können mich Mal, Nate.«

Entsetzt hielt sie inne, denn er war für sie nicht Nate, sondern Inspector Stone. Lediglich in ihren Gedanken oder wenn sie mit Cor sprach, nannte sie ihn beim Vornamen. Augenblicklich begannen ihre Wangen zu glühen. Sie war dankbar für die Dunkelheit, weil sie die Schmach des Errötens abmilderte. Samy verlor ihr mühsam antrainiertes Selbstbewusstsein und stammelte eine Entschuldigung, die er jedoch mit einem amüsanten Lächeln abtat.

»Schon gut. Nate gefällt mir besser und es würde mir auch das Frau Doktor ersparen.«

Samy beäugte ihn vorsichtig, weil sie es nicht ertragen hätte, wenn er sich über sie lustig gemacht hätte.

Bevor sie nach Windsor kam, war sie eine graue Maus gewesen, die alles unternahm, um unauffällig zu bleiben. Doch seit sie hier war, verfolgte sie das Projekt »die wahre Samy«.

Sie bemühte sich, aus ihrem Schatten zu treten und ihre Stärken wertzuschätzen. Zum ersten Mal in ihrem Leben zwang sie sich, selbstbewusst aufzutreten. Daher kam es ihr wie eine Niederlage vor, sich nun unwohl zu fühlen.

Es kam nicht infrage, klein beizugeben, denn das wäre ein Rückschritt gewesen. Aber das Lächeln, das er ihr schenkte, ließ ihre Wut verpuffen. Schon beim ersten Mal hatte er sie in seinen Bann gezogen. Das lag nicht allein an seinem Aussehen, das wie immer umwerfend war. Vielmehr war es die Warmherzigkeit, die er ausstrahlte, wenn er nicht im Polizistenmodus war.

Während sie noch mit sich haderte, was sie antworten sollte, brach er das Eis.

»Ein Friedensangebot – wie wäre es mit einem Glas im *Horse*? Ich habe einen anstrengenden und langen Tag hinter mir«, äußerte er und fügte zögernd »Samantha« hinzu. Ihm war deutlich anzusehen, dass er sich ihrer Reaktion nicht sicher war.

»Samy, bitte!«, antwortete sie und freute sich über das Lächeln, was daraufhin sein Gesicht überzog.

Sie war bereit, ihn auf einen Drink zu begleiten, bestand jedoch auf das *Carpenters Arms* in der Market Street. In der letzten Zeit hatte sie ihre Leidenschaft für einen alten englischen Cocktail entdeckt – den Whisky Mac. Blended Whisky wurde mit Ginger Wine gemischt und heraus kam ein fantastisches Getränk, in dem die Süße des Ingwerweins mit der Schärfe des Whiskys um die Vorherrschaft buhlten. Im *Carpenters Arms* servierten sie einen vorzüglichen Whiskey Mac, und Nate war es egal, wo sie etwas tranken.

Seit Beginn der Pandemie hatte Samy in keinem Pub mehr gegessen. Inzwischen wurden die Getränke draußen serviert und ein Bestellen an der Theke war nicht mehr möglich. Damit hatten die Besuche ein wenig von ihrem Charme eingebüßt.

Nach wenigen Schritten erreichten sie die Market Street, die nicht viel mehr als eine Gasse war. Sie begann am Castle mit dem *Horse & Groom* und erstreckte sich keine zweihundert Meter lang hinter der *Guidehall* parallel zur High Street. Tagsüber war sie vollgestopft mit Menschen, die das Castle besucht hatten, aber abends beinahe ausgestorben.

Sie nahmen an einem der Tische Platz und schwiegen, bis ihre Drinks kamen. Samy wollte es ihm nicht leichtmachen und wartete, bis er das Gespräch eröffnete. Er fragte sie erneut nach ihrer Reise und überrascht stellte sie fest, wie bewandert er geschichtlich war und wie gut er Bath kannte. Dann erstaunte er sie mit seinem beeindruckenden Lebensweg – sie hatte sich nie Gedanken darüber gemacht, wie man Inspector wurde.

»Ich habe mein Grundstudium in Bristol absolviert, was nur dreißig Kilometer von Bath entfernt ist. Da ich Kunstgeschichte im Nebenfach hatte, habe ich die Kathedrale und das römische Bad oft besichtigt.«

»Kunstgeschichte?«, erkundigte Samy sich neugierig. »Ich wusste nicht, dass man so etwas studiert, um zur Polizei zu gehen.«

»Das war auch nicht meine Absicht«, meinte er trocken. Nate betrachtete den Inhalt seines Glases so aufmerksam, als wolle er dieses Gespräch nicht fortführen.

Schließlich überlegte er es sich aber anders und schilderte einen beeindruckenden Weg. Er hatte in Bristol einen Bachelor in Psychologie gemacht, mit Nebenfach Kunstgeschichte – um seine Kreativität zu schulen, wie er meinte. Später war er für das Masterstudium nach Oxford gegangen, wo er mit einem Abschluss in Forensischer Psychologie endete.

Samy war beeindruckt, auch wenn Nate darauf eindeutig keinen Wert legte. Aber sie selbst kannte das Universitätsleben und wusste, dass ein Abschluss aus Oxford einem alle Türen öffnete. Während sie noch überlegte, warum er ausgerechnet zur Polizei gegangen war, bestellte er sich ein weiteres Bier. Sie spürte, wie sie mit dieser Erkundigung an einer unangenehmen Tür gerüttelt hatte.

Doch die Neugierde trieb sie weiter und als sie wissen wollte, warum er mit solch einem fantastischen Studium Polizist geworden war, antwortete er trocken: »Du hast keine hohe Meinung von der Polizei, nicht wahr?«

Samy zögerte, denn mit einem Satz war das wohl nicht zu beantworten. Eigentlich hatte sie sich vor dem Mord an Jeremy Burkhead niemals Gedanken über die Polizei gemacht und daher auch keine wirkliche Meinung zu diesem Thema.

Schließlich meinte sie ehrlich: »Ich weiß es nicht. Vielleicht habe ich einfach angenommen, dass man auf einer Akademie lernt, Polizist zu werden. Ein Studium in Oxford als Voraussetzung hätte ich nicht erwartet.«

Nate schien sich wieder zu entspannen und für einen kleinen Moment huschte sogar ein kleines Lächeln über sein Gesicht. Bei seinen nächsten Worten verflüchtigte es sich und machte Platz für etwas anderes, was Samy nicht genau einordnen konnte. Vielleicht war es Abwehr, vielleicht auch Resignation, überlegte sie.

»Das muss man auch nicht haben. Wie überall gehen die meisten klassisch auf die Polizeiakademie. Ein paar wenige werden jedoch angesprochen, wenn sie aus irgendeinem Grund vielversprechend sind …«

»Und du warst oder bist vielversprechend?«, wollte sie wissen, was ihm ein Stöhnen entlockte. Sie sah ihm an, dass er nicht über sich reden wollte, wurde aber den Eindruck nicht los, dass er etwas von ihr wollte. Daher nutzte sie ihre Position und ließ nicht locker.

Schließlich war es Resignation, die in seiner Antwort mitklang. Er ließ keinen Zweifel daran, dass er das Thema beenden wollte.

»War ich wohl. Als man mich zum Ende meines Studiums ansprach, war meine damalige Freundin und heutige Ex-Frau der Meinung, dass ein Polizist ihr die Sicherheit geben konnte, nach der sie sich sehnte.« Seine Stimme klang monoton. Samy lauschte fasziniert und hoffte, dass er weitersprach.

»Aber wie so oft im Leben, verlieren die Dinge mit der Zeit ihren Reiz. Nachdem ich ein paar Jahre in der Mühle drin steckte und mir seltener vornahm, den Dienst als Übergang zu sehen, änderte meine Frau ihre Meinung und fand einen Zahnarzt, der ihr größere finanzielle Freiheit bieten konnte. Mit unserem Sohn habe ich nur ein einziges Jahr unter einem Dach gelebt, bevor er in die Villa des Zahnarztes ins noble Kensington umzog. Diese Perspektive kann man als Polizist nicht bieten.«

»Du hast einen Sohn?«, sprudelte es aus Samy hervor und Nate brachte gequält hervor: »Er ist sieben und ich sehe ihn regelmäßig.«

Mit Nachdruck stellte er sein Glas ab und schaute sie eindringlich an. Dabei wurde sein Gesicht vom warmen Licht der Straßenlaternen beleuchtet. Samy sah unter dem Bartschatten die Autorität, die er ausstrahlte, wenn er sich nicht mehr ablenken oder auf der Nase herumtanzen lassen wollte. Sie wusste, dass sie am Ende ihrer Fragerunde angekommen waren, und lehnte sich daher in ihrem Stuhl zurück, als würde sie das nicht interessieren. Stattdessen schlang sie die Arme um sich und wollte wissen, warum er auf sie gewartet hatte.

Damit brachte sie ihn aus dem Konzept und war sicher, dass er weitere Erkundigungen zu seinem Privatleben erwartet hatte. Die brannten ihr auch auf der Zunge, aber sie wollte ihm nicht die Genugtuung geben, sie zu verweigern. Er brauchte einen Moment und zog dann seine Jacke aus, um sie ihr zu reichen.

»Hier, nimm! Du zitterst und ich möchte nicht dafür verantwortlich sein, dass du dich erkältest.«

Am liebsten hätte Samy dankend abgelehnt, aber die Versuchung war zu groß. Nate trug unter seiner Jacke ein Oberhemd, wodurch sie ein schlechtes Gewissen hatte, denn sicherlich würde auch er frieren. Er meinte aber, darüber brauche sie sich keine Gedanken zu machen.

Er rückte mit seinem Anliegen raus und von Wort zu Wort traute sie ihren Ohren weniger.

»Das ist nicht dein Ernst«, unterbrach sie ihn schließlich. »Du möchtest, dass ich Niklas und seine Frau aushorche?«

Empört griff sie nach ihrer Tasche und wollte aufstehen.

»So etwas mache ich nicht. Ich kenne diese Familie und schätze seinen Vater sehr. Er hat mich um Unterstützung gebeten – wie sollte ich ihn da hintergehen und als Polizeispitzel handeln? Vergiss es, Nate!«

Nate war schneller und griff nach ihrer Hand.

»Warte! Lass es mich erklären. Diese Leute reden nicht mit uns. Ich habe zwar einen Oxfordabschluss, aber keinen Oberschichtakzent. Sie bleiben unter sich und halten alle Informationen zurück. Wir treten auf der Stelle, aber gleichzeitig haben wir mehr Verdächtige, als uns lieb ist. Keiner von denen versteht, dass sie sich damit schaden, wenn sie uns gegen eine Mauer laufen lassen. Vielleicht könntest du ihnen auf diese Weise sogar einen Gefallen tun.«

Spöttisch wollte sie wissen: »Wie kommst du auf die Idee, dass sie mir vertrauen? Auch ich habe keinen Oberschichtakzent, wie du es nennst. Glaub mir, es braucht ein bisschen mehr, als ein paar Millionen, um dazuzugehören.«

Im selben Moment tat ihr ihre Aussage leid, denn sie wollte nicht, dass er sie für überheblich hielt, aber Nate hinderte sie an einer Entschuldigung.

»Entschuldige dich nicht für dein Geld. Du hast es dir verdient«, meinte er selbstverständlich. »Und ja, mir ist klar, dass man nicht so einfach in diesen Kreis hineinkommt. Aber Sir Charles hält offensichtlich große Stücke auf dich. In den letzten Monaten habe ich dich hin und wieder mit Annabelle Bolman-Whitecliff gesehen. Außerdem ist mir nicht entgangen, wie selbstverständlich Niklas dich begrüßt hat.«

Samy leerte ihr Glas und war dankbar für das Brennen, das der Whiskey in ihrem Inneren hinterließ. Es lenkte sie ab und ermöglichte ihr, sich auf Nates Worte zu konzentrieren. Sie überlegte, wo er sie mit Annabelle gesehen hatte, da sie Windsor kaum verlassen hatte. Weder er noch Constable Friendly waren ihr aufgefallen.

Sie verstand sein Dilemma, aber es war nicht ihre Art, andere Menschen auszuhorchen.

»Du hast gerade ein weiteres Argument dagegen gebracht. Es stimmt, dass ich mich mit Annabelle angefreundet habe. Sie ist meine einzige wirkliche Freundin hier. Sie ist anders als ihr Vater und ihre Geschwister und macht es mir leicht, mich ebenbürtig zu fühlen. Warum sollte ich das aufs Spiel setzen, in dem ich ihren Bruder anschwärze?«

Nate beobachtete Samy aufmerksam. Sie begann sich unter seinem langen Blick unwohl zu fühlen. Plötzlich war ihr nicht mehr kalt, sondern heiß. Erneut röteten ihre Wangen sich.

Seine Antwort war entwaffnend liebenswürdig.

»Erstens bist du diesen Menschen ebenbürtig, deswegen fällt es dir leicht, dich so zu fühlen. Und zweitens würdest du nicht einen von ihnen anschwärzen, sondern mir helfen. Ich glaube, das ist ein großer Unterschied.«

Forschend sah er sie an, dabei bemerkte sie, dass seine Hand immer noch auf ihrer lag. Daran war nichts merkwürdig, im Gegenteil, es passte zu seiner Bitte. Dennoch zog sie ihre hervor und lehnte sich in seine Jacke gekuschelt zurück. Sie musste einen klaren Kopf haben und sich für das Richtige entscheiden.

Natürlich wollte sie die Bolman-Whitecliffs nicht hintergehen, aber sie wollte auch Nate nicht daran hindern, seinen Job zu machen. Außerdem konnte sie sich in ihn hineinversetzen, denn sie hatte erlebt, wie Menschen aus der Upperclass die abkanzelten, die nicht zu ihnen gehörten. Sie hasste ein derartiges Verhalten und konnte sich nicht vorstellen, dass es zur Aufklärung eines Mordfalls beitragen würde.

Außerdem hatte sie Jennifer gemocht. Auch wenn deren Verhalten meist aufgesetzt war, hatte sie etwas Einladendes an sich gehabt. In Samys ersten Monaten waren die Gespräche im Yogastudio und die Momente in Asifs Café beinahe die einzigen Kontakte gewesen, die sie hatte.

Die Vorstellung, dass der Mord nicht aufgeklärt werden konnte, behagte ihr nicht und so wollte sie schließlich wissen: »Was stellst du dir vor?«

»Du warst regelmäßig im Yogastudio und hast Kontakt zu den Bolman-Whitecliffs. Ich möchte, dass du mich wissen lässt, wenn über den Mordfall gesprochen wird. Mehr nicht.«

Eigentlich bat er sie um nichts anderes als das, was auch Sir Charles von ihr wollte. Nur, dass Charles hoffte, etwas über die anderen herauszufinden, während Nate an dem interessiert war, was sich hinter Niklas Fassade verbarg.

Während sie mit Sir Charles gesprochen hatte, war sie den Eindruck nicht losgeworden, dass er nicht ganz von der Unschuld seines Sohnes oder seiner Schwiegertochter überzeugt war. Daher überlegte Samy, ob sie ihn falsch verstanden hatte und er in der Tat erwartete, dass sie auch seinen Sohn im Auge behielt.

Müde stand sie auf und reichte Nate die Jacke.

»Ich werde dich wissen lassen, wenn ich etwas höre. Aber ich werde Sir Charles nicht hintergehen. Das muss dir klar sein!«

Er stand ebenfalls auf und legte ihr die Jacke wieder über die Schultern.

»Alles andere würde mich enttäuschen«, erklärte er ernst und fügte hinzu: »Lass die Jacke an, ich bringe dich nach Hause. Ich fühle mich wohler, wenn ich weiß, dass du heil dort ankommst.«

Beide wussten, dass er den Vorfall ansprach, der Samy vor ein paar Monaten beinahe das Leben gekostet hatte. Die Mörderin von Jeremy hatte mehrmals versucht, Samy aus dem Weg zu räumen, weil sie ihr auf die Schliche gekommen war. So war sie unweit ihres Zuhauses vor einen Bus geschubst worden. Nur die Reaktionsschnelle amerikanischer Touristen hatte dafür gesorgt, dass sie es mit einem blauen Auge überstanden hatte.

Schweigend gingen sie die High Street hinab. Wieder einmal wurde Samy bewusst, wie sehr sie die kleine Stadt liebte. In Windsor wurde es nie ganz dunkel, denn die Mauern des gigantischen Schlosses, das sich mitten im Ort befand, wurden nachts angestrahlt. Der Kontrast zwischen Tag und Nacht war unglaublich, wo tagsüber Touristen wandelten, herrschte abends friedliche Ruhe. Die Luft wirkte frisch und klar und Samy dankte ihrem verstorbenen Vater, dass er sie an diesen Ort geführt hatte.

Vor ihrer Haustür nahm Nate die Jacke an sich und holte ein Päckchen Zigaretten hervor. Bevor er sich verabschiedete, zündete er sich eine Marlboro an.

»Ich rauche meine Zigarette auf der anderen Straßenseite, dann sehe ich, wenn bei dir Licht angeht, in Ordnung?«

Sie war dankbar und dachte darüber nach, ob Nate eine Ahnung davon hatte, wie schwer es ihr oft fiel, das Haus im Dunklen zu betreten. Mrs Williams-Turner hatte Spuren in ihr hinterlassen. Auch wenn sie sicher verwahrt in einem Gefängnis saß, konnte Samy im Treppenhaus den Gedanken an die grausame alte Frau und die endlosen Minuten in ihrer Gewalt nicht loswerden.

Als sie Minuten später aus ihrem Wohnzimmerfenster auf die Straße schaute, begegnete ihr Blick dem Nates, der geduldig ausharrte und zu ihr hinaufsah. Als sie ihm zuwinkte, schnippte er seine Zigarette weg und nickte, im nächsten Moment war er verschwunden.

KAPITEL 5

---◈◈◈---

ÜBERLEGUNGEN

Am nächsten Morgen saß Samy auf ihrer Couch und versuchte, sich einen Reim auf all die Dinge zu machen, die sie seit ihrer Rückkehr aus Bath erfahren hatte. Gestern Abend war sie mit Gedanken an Nate und seine Ex-Frau eingeschlafen, ohne den Tag Revue passieren zu lassen. Und auch jetzt dachte sie wieder an ihn. Sie war gern in seiner Nähe, weil er ein angenehmer Gesprächspartner war. Außerdem zog er sie magisch an, was jedoch nichts war, womit sie sich beschäftigen wollte. Sie hatte geschworen, sich auf keinen Kerl mehr einzulassen, bevor sie sich selbst besser kannte. Immer hatte sie funktioniert und das getan, was andere von ihr erwarteten. Mit Männern hatte sie kein Glück gehabt. Ihre Beziehungen waren gescheitert, weil sie keine Grenzen gesetzt hatte, und vielleicht auch, weil sie nicht wusste, was sie wollte.

Mit dem Projekt ›die wahre Samy‹ wollte sie dem ein Ende bereiten und herausfinden, wer sie war und oder wer sie sein wollte.

Dennoch konnte sie die Gedanken an Nate nicht beiseiteschieben, denn sie wusste, dass er unter normalen Umständen genau ihr Typ gewesen wäre. Seine Ex-Frau musste verrückt sein, einen Mann wie Nate für einen Zahnarzt aufzugeben. Ihr graute vor Zahnärzten, daher hätte Nates Frau in ihren Augen keine schlechtere Wahl treffen können.

Außerdem hatte seine Geschichte an ihren Gerechtigkeitssinn appelliert, sie hasste es einfach, wenn Menschen einander schlecht behandelten. Wie konnte man jemanden zu einem Beruf drängen und sich später etwas anderes suchen? So ein Verhalten widersprach Samys Ehrenkodex. Die Ex-Frau war ihr unsympathisch, ohne dass sie mehr über sie wusste.

Irgendwann riss sie sich jedoch von diesen Gedanken los und konzentrierte sich auf den Mord an Jennifer und was sie darüber wusste. Schließlich hatten sie zwei Männer darum gebeten, die Augen offen zu halten. In ihrem Apartment würde sie keine neuen Erkenntnisse erhalten. Daher machte sie sich fertig, um ihre Freundin Himadri zu besuchen. Sie war eine Quelle für Informationen und die erste Anlaufstelle, wenn Samy etwas in Erfahrung bringen wollte.

Doch gerade, als sie nach ihrer Tasche griff, ertönte das Signal, das einen ankommenden Skypeanruf ankündigte. Cors beeindruckendes Konterfei erschien auf dem Bildschirm und Samy legte die Tasche wieder beiseite.

»Dr. Wilde! Wie geht es dir?«

Seine Stimme war nachdrücklich, wie immer. Cornelius strebte stets um Effizienz an und verachtete Zeitvergeudung.

Samy konnte sehen, dass er seinen orientalisch anmutenden Seidenmorgenmantel trug, und wunderte sich, dass er nicht in seiner Praxis war. Normalerweise begann er früh zu arbeiten, damit er gegen Mittag mit seinen Gutachten fertig war und sich angenehmeren Tätigkeiten widmen konnte. Diese variierten zwischen dem Besuch von Ausstellungen, Gesangsunterricht und Treffen mit seiner Mutter. Samy mochte sich nicht vorstellen, wie er die Monate des Lockdowns verbracht hatte.

Aber noch ehe sie sich erkundigen konnte, überrumpelte er sie mit seinen Plänen.

»Nun meine Liebe, ich denke seit Tagen über nichts anderes nach, als diesen gruseligen Mord. Es treibt mich beinahe um, zu wissen, welchen Gefahren du ausgesetzt bist«, lamentierte er, wie immer maßlos übertreibend. Dieses Verhalten kommentierte Samy schon lange nicht mehr, denn es war Teil von Cors Persönlichkeit und nicht wegzudenken.

Sie hatte ihn am Tag des Mordes angerufen und ihm alles berichtet, danach aber nicht mehr mit ihm gesprochen. Daher war sie überrascht, als er nahtlos an ihr letztes Gespräch anknüpfte. Sie kannten sich seit ihrer Kindheit, es gab niemanden, der ihr vertrauter war. Er war der Einzige, der ihre Geheimnisse kannte – falls sie welche hatte – und der Einzige, den sie immer um Rat ersuchte.

Er hatte sie gerettet, als sie in die Klauen von Mrs Williams-Turner geraten war, insofern konnte sie seine Sorge nachvollziehen. Es hatte lange gedauert, bis sie diese Ereignisse halbwegs verarbeitet hatten. Samy wusste, wie sehr Cornelius darunter gelitten hatte, weil er in den letzten Monaten nicht nach Windsor reisen konnte, um sich von ihrem Wohlergehen zu überzeugen.

Dennoch war die Theatralik im Moment nicht angebracht, daher versuchte sie, ihn davon zu überzeugen, dass alles gut und sie nicht in Gefahr war. Aber Cor ließ sich nicht beirren und sie konnte bald feststellen, dass er bereits ein Vorhaben ins Auge gefasst hatte.

»Wir machen es wie folgt«, kündigte er an und gab seinen minutiösen Plan durch. »Du schickst mir bitte morgen um zwanzig nach eins deinen Fahrer zum Flughafen, Terminal 5 Ausgang C. Ich schicke dir im Anschluss noch eine Nachricht mit allen Details, da ich nicht warten möchte. Er

bringt mich ins Castle Hotel und wir treffen uns um fünfzehn nach drei im Vestibül. Besser noch halb vier. Ich hasse
nichts mehr, als mich nach einem Flug nicht frisch machen
zu können.«

Samy war auf die Couch gesunken und die Kinnlade
war ihr heruntergefallen. Wie so oft überrollte er sie wie
eine Dampfwalze und einen kurzen Moment versuchte sie
sich vorzustellen, was passieren würde, wenn ihre Antwort
Nein sein würde.

Es war nicht so, dass sie sich nicht freute, ihn zu sehen,
sehr sogar. Schließlich lag ihr letztes Treffen Monate zurück.
Sie wollte nur auch Cor nicht mehr durchgehen lassen, derart über sie zu bestimmen. Während sie sich sammelte
und über eine passende Erwiderung nachdachte, palaverte
Cornelius munter weiter. Er forderte sie auf, den Mund zu
schließen, da ein derartiger Gesichtsausdruck nicht sehr
schmeichelhaft sei.

»Da ich seit Tagen nicht mehr gut schlafe – deinetwegen,
wohlgemerkt – habe ich Vorkehrungen getroffen. Ich kann
ungefähr eine Woche bleiben, dann habe ich anschließend
ausreichend Zeit, mich in Quarantäne zu begeben, sollte
dies gefordert sein. Da ich nicht aus einem Risikogebiet ins
Königreich einreise, ist eine Quarantäne in Windsor nicht
von Nöten. Somit haben wir sieben Tage Zeit, das sollte
reichen!«

Samy hatte es die Sprache verschlagen. Anstatt ihn in
seine Schranken zu weisen wollte sie ungläubig wissen:
»Wofür reichen?«

Von Cornelius kam ein verständnisloses »Wie bitte?«.
Sein Gesicht spiegelte Unglauben wieder. Er saß so nah vor
seinem Bildschirm, dass seine Pausbacken das Bild ausfüll-
ten. Samy sah das Funkeln in seinen dunklen Augen und

wusste, dass es eine neue Predigt ankündigte. Die dunklen Locken waren noch länger als sonst und fielen ihm ins Gesicht. Er spitzte den kleinen Mund, was ihm immer ein Engelsaussehen verlieh und legte nach.

»Also bitte, was ist mit dir passiert, Dr. Wilde? Bekommt dir das Nichtstun nicht? Es ist selbstredend, dass uns diese Zeit reichen sollte, herauszufinden, wer die gute Frau getötet hat!«

Samy schüttelte den Kopf, wenn sie auch wusste, dass er blind für derartige Reaktionen war. Sie sank tiefer in das weiche Sofa, das sie zusammen mit der Wohnung geerbt hatte. Es war so gemütlich, dass sie meist kaum wieder aufstehen wollte. Während sie einatmete, erinnerte sie sich an die Touren, die Cor und sie vor ein paar Monaten nach London und Slough unternommen hatten, um einen Mörder zu überführen. Plötzlich war das Grauen wieder präsent, sodass sie sich am liebsten einkuscheln wollte, um alles zu vergessen.

Cor schien ihr anzusehen, in welchem Mood sie gerade verfiel und forderte sie scharf auf: »Nun reiß dich mal zusammen, meine Liebe. Morgen bin ich vor Ort, gemeinsam werden wir das Kind schon schaukeln. Sende mir alle Informationen, die du hast. Dann kann ich bereits eine Vorgehensweise ausarbeiten und vergiss nicht, den Fahrer zu organisieren.«

Das Freizeichen ertönte und Samy brauchte einen Moment, um zu realisieren, dass Cor das Gespräch beendet hatte.

Was für ein Blödmann, dachte sie, aber im nächsten Augenblick musste sie lachen. *Mein Gott, was habe ich Dich vermisst, Cornelius von Reeder.* Sein Verhalten war nicht in Worte zu fassen, doch sie wusste, dass sie einzig mit ihm eine Chance haben würde, herauszufinden, was mit Jennifer passiert war.

Kapitel 6

—◆◇◆—

Curry und andere Zutaten

Auf dem Weg zu den Takkas wurde sie die Erinnerung an Jennifers wachsbleiche Hand nicht los. Noch immer musste sie mit Übelkeit kämpfen, sobald dieses Bild vor ihrem inneren Auge auftauchte. Erneut dachte sie darüber nach, dass Jennifers Mann sie als vermisst gemeldet hatte, was ihr immer noch merkwürdig vorkam.

Wieso hatte ausgerechnet der Mann, mit dem sie nicht mehr zusammenlebte, ihre Abwesenheit bemerkt? Es war nicht so, dass die beiden ein gutes Verhältnis gehabt hätten, obwohl Jennifer jeden das Gegenteil glauben lassen wollte. Samy wusste aber aus erster Hand, dass es nicht so war.

Nur wenige Tage vor dem Mord hatte sie mitbekommen, wie abfällig die Yogalehrerin über ihren Mann sprach. Sie war ihr in der Nähe des Studios begegnet, doch Jennifer hatte sie nicht bemerkt und Daniel lauthals schlechtgemacht. Samy war ungewollt Zeugin einer sehr unschönen Beschreibung geworden, in der Daniel als Loser und Sugardaddy bezeichnet wurde. Obwohl Samy die Straßenseite gewechselt hatte, waren weitere abfällige Bezeichnungen an ihr Ohr gedrungen. Sie hatten deutlich gemacht, dass Jennifer und Daniel Dalton alles andere als ein einvernehmlich getrenntlebendes Paar gewesen waren.

Kurz hatte sie darüber nachgedacht, wie anstrengend es sein musste, der ganzen Welt eine Scharade vorzuspielen. Denn genau das tat Jennifer Tag für Tag. Solange sie sie kannte, sprach sie im Yogastudio immer zuckersüß von *meinem lieben Dan*, was an Hohn kaum zu überbieten war. Weiter hatte sie die Sache jedoch nicht interessiert, denn ihr konnte es egal sein, wie die beiden ihr Privatleben gestalteten. Doch nun war es ihr wieder präsent und sie nahm sich vor, sich bei Nate zu erkundigen. Wahrscheinlich stand Daniel auch auf der Liste der Verdächtigen. Man las ja immer wieder, dass Ehepartner meist als erste auf dem Radar der Polizei erschienen.

Nachdem sie Cors Anweisungen schriftlich erhalten hatte, war sie zu Faward gelaufen, der auf der Castle Seite mit seiner schwarzen Limousine parkte. Er betrieb das kleine Taxiunternehmen zusammen mit seinem Cousin. Allerdings hatte sie diesen Verwandten noch nie gesehen und Faward war rund um die Uhr im Einsatz. Samy hatte schon oft überlegt, welche Art von Aufgabenteilung es zwischen den beiden gab. Sie hatte ihn kennengelernt, als sie nach ihrer Landung in Heathrow in ein Taxi gestiegen war. Damals hatte er sie mit seiner Zurückhaltung und seinen geschliffenen Umgangsformen beeindruckt. Er hatte ihr seine Karte überreicht, und sie gebeten, sich zu melden, wenn sie wieder die Dienste eines Fahrers benötigte. Irgendwie hatten sie damit eine stillschweigende Vereinbarung getroffen – immer wenn Samy ein Taxi brauchte, rief sie Faward an. So kam es auch, dass Cornelius hochtrabend von ihrem Fahrer sprach, was er natürlich nicht war.

Ihr war das Zucken um Fawards Mund nicht entgangen, als sie von der Ankunft ihres Bekannten berichtete. Gleichzeitig war ihr klar, wie gewöhnungsbedürftig der unorthodoxe Cornelius auf einen Mann wie Faward wirken musste. Da, wo der eine sich anstrengte, unauffällig und leise durchs Leben zu gleiten, begleiteten den anderen Trompeten auf jedem seiner Schritte. Sie wurde den Eindruck nicht los, dass der Taxifahrer den Auftrag nur ihr zuliebe annahm. Schnell verabschiedete sie sich, bevor er es sich anders überlegen konnte.

Anschließend war sie zu Asif gegangen, um einen Chai Latte zu trinken. Erst hatte sie Minuten damit verbracht, den Cafébetreiber zu überzeugen, dass alles in Ordnung war und sie ihm nicht aus dem Weg ging. Asif war ein angenehmer Mann, der das *Esquire Coffee* vorbildlich führte. Trotz seiner deutlich über fünfzig Jahre trug er stets Band T-Shirts, die auf einen exquisiten Musikgeschmack schließen ließen. Manchmal glaubte Samy, er sei in den Siebzigern stehen geblieben. Kaum ein Shirt zeigte etwas anderes als den runden Schriftzug der *Doors* oder *Jim Morrisons'* Konterfei. An diesem Tag prangte das Cover von *LA Woman* darauf. Unter normalen Umständen hätte Samy sich mit ihm über den Song unterhalten, aber heute war sie nicht in der richtigen Laune. Gott sei Dank war das Café voll und außer für ein paar Anmerkungen zu ihrem Trip nach Bath hatte Asif keine Zeit. Daher hatte Samy die Zeit genutzt und den Bericht für Cornelius verfasst.

Als sie nun durch die Peascod Street eilte, stand die Sonne bereits tief und sie bemerkte, dass sie lange bei Asif gesessen hatte. Die Sonnenstrahlen hatten kaum noch Wärmekraft, doch diesmal fror Samy nicht. Im Gegenteil, die Aufregung, die mit alldem einherging, erfüllte sie mit Wärme. Asif hatte wissen wollen, ob es ihr gut ging, denn ihre Wangen waren gerötet gewesen. Aber Samy kannte dieses Phänomen an sich. Wenn sie in ein Thema eintauchte, spürte sie, wie Adrenalin durch ihren Körper zirkulierte. Es machte sie wachsam, eine wichtige Voraussetzung, wenn man als Wissenschaftler vor einem Durchbruch steht. Während ihrer Arbeit an der Universität hatte sie dieses Gefühl geliebt und heute war ihr wieder bewusst geworden, dass es ihr fehlte.

Diesen Gedanken schob sie jedoch schnell wieder beiseite, denn er würde sie zu einem anderen Thema führen – der Überlegung, was sie zukünftig machen wollte. Das Angebot aus Oxford hatte sie nicht weiter durchdacht. Sie hatte auch nicht vor, dies heute oder morgen zu ändern. Sie war noch nicht so weit und wollte sich lieber auf den Fall konzentrieren.

Der Fall, ging es ihr durch den Kopf, als wäre sie Ermittlerin, und ein Lächeln huschte über ihr Gesicht. Dabei bemerkte sie, wie die entgegenkommenden Menschen sie verwundert anstarrten. Allerdings war ihr das egal, denn sie mochte den Gedanken. Immerhin hatten sie sowohl Sir Charles als auch die Polizei um Hilfe gebeten.

Gut, genau genommen war es nicht die Polizei gewesen, sondern Nate privat. Dieses Detail schob sie jedoch beiseite und legte sich stattdessen eine Strategie für Ramesh zurecht. Hamadris Mann mochte es nicht, wenn die Frauen sich unterhielten, und leider war er beinahe immer im Laden. Auch wenn Samy hoffte, dass er Kunden hatte oder im Lager war, war es besser, vorbereitet zu sein. Sie spürte wieder das Gewicht des Buches, das sie sich extra zu diesem Zweck unter den Arm geklemmt hatte. Es würde ihre Ausrede sein, falls der Inder sie an einem Gespräch hindern wollte.

Sie schaute glücklich auf die kleinen Häuser, die die Straße säumten. Sie waren allesamt in die Jahre gekommen und an vielen blätterte die Farbe ab. Dieser schleichende Niedergang stand in starkem Kontrast zu den bunten Reklametafeln und Neonbuchstaben, die die meisten Gebäude zierten. Doch Samy nahm mehr wahr, als die Fassaden, die dringend Aufmerksamkeit brauchten. Beinahe in jedem Haus waren Geschäfte, Imbissbuden, Drogerien oder Eisdielen untergebracht. Zufrieden stellte sie fest, dass kaum einer dunkel war, stattdessen wimmelte es von Menschen, die munter konsumierten. In Samys Augen war es ein herrlicher Anblick. Er zeugte davon, dass die Wirtschaft sich erholte, und sowohl Kunden als auch Geschäftsleute einen Weg zurück in eine gewisse Normalität gefunden hatten.

Die Pandemie hatte alles zum Stillstand gebracht. Es war bezeichnend gewesen, dass Prinz Philip, der Mann der Queen, in dieser Zeit gestorben war. Für Samy war es ein Sinnbild der Trauer gewesen, die diese Zeit gebracht hatte. Doch gleichzeitig waren die inzwischen wieder farbenfrohen Auftritte der Queen ein Hoffnungsschimmer und das Zeichen des Neuanfangs, nachdem die Menschen sich sehnten.

Zufrieden seufzend legte sie die letzten Meter zurück und näherte sich dem unteren Ende der Straße, wo weniger Menschen unterwegs waren. An der Ecke des *Queen Victoria* Pubs überquerte sie die gleichnamige Straße und erreichte die St. Leonards Road. Sie verlangsamte ihr Tempo noch nicht, sondern eilte etwa fünfzig Meter weiter, bis auf der linken Seite eine schmale Gasse abging. Diese überquerte sie und steuerte auf den Eingang des kleinen Tante-Emma-Ladens der Takkas zu.

Das Geschäft war ein Füllhorn an unterschiedlichen Dingen. Samy hatte sich schon oft gewundert, wie sie alles in dem klitzekleinen Ladenlokal unterbrachten. Sie hatte noch nie um etwas gebeten, was nicht aus einer Ecke hervorgezaubert werden konnte. Samy war sicher, dass man bei den Takkas alles kaufen konnte, was eine Familie zum Leben brauchte. Allerdings ließ sie selbst, zumindest bei den Getränken, Vorsicht walten.

Bei ihrem ersten Einkauf im Laden war sie fasziniert vor kleinen Glasflaschen stehen geblieben. Die Fläschchen hatten die ausgefallensten und schönsten Etiketten, die Samy jemals gesehen hatte. Bunte Mandalas und bemalte Elefanten in schillernden Farben prangten darauf, sie hatte einfach nicht widerstehen können. Statt eine Sorte auszuprobieren, war sie dank der Schönheit der bunten Labels einem Kaufrausch verfallen und hatte von jeder Sorte eine in ihren Einkaufskorb gepackt. Bereits Minuten später hatte sie die voreilige Entscheidung bitterlich bereut. Noch vor der Ladentür hatte sie die Sorte *Rising Sun* geöffnet und die zart-rosafarbene Flüssigkeit gekostet.

Es war ein Desaster gewesen, denn nie hatte sie etwas derart Ekelhaftes getrunken. Trotz aller Überwindung war es ihr nicht gelungen, die labbrige Flüssigkeit, die nach faulen Eiern und Chemie schmeckte, herunterzuschlucken. Sie hatte es bis zum nächsten Mülleimer geschafft und den Inhalt ihres Mundes hineingespuckt. Die Tasche mit den anderen Fläschchen war unangetastet den gleichen Weg gegangen. Zu groß war Samy die Gefahr, erneut etwas derart Widerliches anzurühren. Noch heute überkam sie Ekel, wenn sie daran dachte.

Seit diesem Erlebnis machte sie um alle Getränke, die die Takkas anboten, einen großen Bogen – sicher war sicher. Selbst wenn sie Etiketten großer Softdrinkhersteller trugen, ging sie kein Risiko mehr ein.

Als Samy den Laden betrat, ignorierte sie das Regal mit den hübschen Fläschchen, das immer noch verlockend den Eingang verschönerte, und wandte sich stattdessen zu der altmodischen Theke rechts neben der Tür. Wie erwartet stand Ramesh dahinter. Samy durchzuckte Enttäuschung und noch etwas anderes. Dieses Gefühl überkam sie jedes Mal, wenn sie ihm gegenüberstand, sie konnte es nicht genau einordnen. Unbehagen traf es wohl am besten, denn Himadris Mann hatte in Samys Augen etwas Beängstigendes an sich. Es lag weniger an seiner Größe oder Statur, denn beides war durchschnittlich. Auch störte sie es nicht, dass er einen Turban trug. Samys Meinung nach sollte jeder entscheiden, wie er mit seinem Glauben und Riten umging. Allerdings wusste sie, dass viele Menschen dies anders sahen.

Was Ramesh ungewöhnlich und furchteinflößend machte, war seine Gesichtsbehaarung. Sein langer, gepflegter Vollbart hatte eine Zeichnung, wie Samy sie noch nie gesehen hatte. Weiße, graue und schwarze Haare waren von der Natur so angeordnet worden, als handele es sich um das Fell einer Großkatze, oder um eine Gesichtsbemalung, bei der der Künstler akkurat gearbeitet hatte. Darüber lagen stechende schwarze Augen, denn seine Augenbrauen wiesen die gleiche Maserung auf.

Obwohl er ein freundliches Lächeln auf dem Gesicht hatte, blieben seine Augen kalt und unergründlich. Ramesh wirkte stets misstrauisch und Samy hatte schon oft darüber nachgedacht, was in seinem Leben passiert sein mochte, dass er so vorsichtig wirkte. Er schien ein Mensch zu sein, der mit dem Schlimmsten rechnete und sich vorgenommen hatte, darauf vorbereitet zu sein.

Als Samy den Laden betrat, blickte er auf und begrüßte sie mit seiner üblichen Freundlichkeit, von der sie bezweifelte, dass sie von Herzen kam. Sie hatte an der Uni oft mit Indern zusammengearbeitet, denn ihre Domänen Informatik und Mathematik nahmen auf dem Subkontinent einen großen Raum ein. Allerdings hatte sie trotz aller Freundlichkeit nie den Eindruck gehabt, als würde man ihre Meinung besonders schätzen – vielleicht einfach, weil sie eine Frau war, was sowohl in den MINT Disziplinen als auch in vielen Ländern immer noch ein No-Go war.

Dennoch ließ sie sich ihre Enttäuschung darüber, dass er und nicht Himadri hinter der Kasse stand, nicht anmerken, sondern plauderte mit ihm. Das Wetter und ein Dahl, für das die Takkas ihr Zutaten zusammengestellt hatten, stimmten ihn milde. Schließlich legte sie das große Buch beiläufig auf die Theke. Sofort wurde sein Gesichtsausdruck wachsam und er beäugte es verstohlen. Sie gab ihm keine Gelegenheit, zu fragen, was es damit auf sich hatte, sondern erkundigte sich nach Himadri, die sie im hinteren Teil des Ladens gesehen hatte.

Als habe man das Licht ausgeknipst, verschwand die Freundlichkeit von Takkas Gesicht, und seinem Mund entwich ein zischendes verächtliches Schnalzen. Er konnte nicht verhehlen, wie gerne er das Gerede der Frauen unterbinden wollte. Gleichzeitig war Samy jedoch eine Kundin, die er nicht verlieren wollte.

Was folgte, war ein üblicher Ablauf, von dem er nie abwich – er würde behaupten, seine Frau habe keine Zeit, Himadri würde etwas auf Indisch rufen, woraufhin von ihm eine laute Beschimpfung folgte, die Samy zwar nicht verstand, von der sie aber annahm, dass sie selbst dabei nicht positiv wegkam. Himadri würde dagegenhalten und letztlich blieb Ramesh nichts anders übrig, als Samy durchzulassen.

»Gehen Sie nach hinten« würde er hervorpressen »aber sie hat nur wenig Zeit. Wir können es uns nicht erlauben, zu tratschen«, was Samy mit einem »Natürlich, Ramesh« quittieren würde, bevor sie sich in die Tiefen des Ladens bewegte.

Diese Abfolge war wie eine eingespielte Choreografie und es hätte jeden Beteiligten aus dem Konzept gebracht, wenn ein Teil davon entfallen wäre.

Samy schlängelte sich zwischen den Regalen hindurch, die nah beieinanderstanden und vom Boden bis zur Decke ein Sammelsurium von unterschiedlicher Ware enthielten. Dosen mit eingelegten Lychees reihten sich an Gläser mit Curry Paste, die neben einzelnen Rollen Toilettenpapier standen. Diese Anordnung verwirrte Samy jedes Mal, sie hielt das Arrangement für sehr unglücklich. Sie würde weder eine scharfe Zutat kaufen, die man neben Klopapier platziert hatte, noch einen Hygieneartikel, der sich zwischen Konserven und Gläsern mit exotischen Früchten und Soßen geschmuggelt hatte. Beides bescherte ihr eine Assoziation, über die sie nicht weiter nachdenken wollte.

Das Angebot der Takkas war gigantisch, allerdings ging die riesige Auswahl auf Kosten des Platzes zwischen den Regalen. Diese standen so nah beieinander, dass nur schlanke Menschen dazwischen hindurch kamen. Jeder, der auch nur minimal etwas auf den Hüften hatte, konnte den Inhalt problemlos mit seinem Hinterteil abräumen.

Ein Grund, warum sie ihren imposanten Freund Cornelius niemals mitnehmen konnte. Er hatte beinahe die Ausmaße von Hagrid aus *Harry Potter*. Seine oft wallende Garderobe hätte den Regalen sicherlich den Rest gegeben. Womöglich sogar die gesamte Einrichtung zu Fall gebracht. Aber diese Annahme würde rein hypothetisch bleiben, denn Cor hasste nichts so sehr wie unelegant präsentierte Waren. Daher würde er diesen Shop erst gar nicht betreten.

Einmal hatte Samy ihm von der Auswahl erzählt. Cor hatte ihr naserümpfend zu verstehen gegeben, dass er sich maximal die Foodhall von *Marks & Spencers* antat. In ein Etablissement wie den indischen Markt würde er sie nicht begleiten.

Er ist solch ein Snob, dachte Samy, als sie die Regale gemeistert hatte, ohne größeren Schaden anzurichten. Schließlich kam sie bei Himadri an und schob den Gedanken an Cornelius wieder beiseite. Sie begrüßte die Bekannte, die augenzwinkernd in Richtung ihres Mannes deutete.

Die zierliche Frau war in einen Sari gekleidet. Samy wusste, dass Ramesh auf diese Tradition bestand und seine Frau lediglich beim Yoga das Kleidungsstück ablegen durfte. Allerdings glaubte Samy nicht, dass Ramesh eine Vorstellung von den engen Gymnastikhosen seiner Frau hatte. Sie war sicher, dass er etwas derart Frivoles niemals geduldet hätte.

Himadri war Anfang vierzig, sah aber mit ihren in tiefen Höhlen liegenden Augen älter aus. Sie wirkte ausgemergelt und sehr zerbrechlich. Die olivfarbene Haut war an allen Stellen ihres Körpers faltig, beinahe so, als wäre sie 20 Kilogramm schwerer gewesen und stecke nun in einer Hülle, die ihr viel zu groß geworden war. Samy glaubte, dass es an der vielen Arbeit lag, aber sicherlich war auch die Tatsache, dass die Frau beinahe nie an die Sonne kam, nicht unwichtig. Doch obwohl Himadris Leben ganz sicher kein Zuckerschlecken war, waren ihre Augen, anders als die ihres Mannes, immer von Wärme erfüllt. Sie lächelte stets und vermittelte Glück, doch kam es Samy vor, als werde sie wie eine Gefangene gehalten. Als sie Himadri einmal darauf angesprochen hatte, hatte die kleine Inderin ihre Sorge mit einer eleganten Handbewegung abgetan und nicht verstehen können, worüber Samy sich Gedanken machte. Schließlich hatte sie Samy erläutert, dass es bei indischen Frauen normal war, sich nicht außerhalb ihres Hauses aufzuhalten. Anschließend hatte sie davon geschwärmt, wie groß ihr persönliches Glück war, weil sie in das Yogastudio gehen durfte. Den Preis, den sie dafür zahlen musste, erwähnte sie mit keiner Silbe – fast so, als gäbe es ihn gar nicht.

Die Yogastunden waren Himadris Highlight, sie hatte es nur ihrem Hausarzt zu verdanken, dass sie daran teilnehmen durfte. Die Frau litt an einer ausgeprägten und progressiven Form von Rheuma. Der Arzt hatte Ramesh erklärt, seine Gattin würde sich bald nicht mehr bewegen können, wenn sie nicht Yin Yoga praktizierte. Ramesh hatte ein Gegenargument nach dem nächsten vorgebracht, doch nach langen Diskussionen musste er zustimmen – zähneknirschend, wie Himadri mit einem Schmunzeln erzählte.

Er hätte es vorgezogen, sie in einer klassischeren Form des Yogas zu unterrichten, wie sie Samy anvertraut hatte. Doch der Arzt hatte auf Yin Yoga bestanden und Himadri das Glück, dass ihrem Mann diese Form des Yoga nicht vertraut war. Im Gegenteil, er beäugte diese Variante misstrauisch. Dabei wurden nur wenige Übungen praktiziert, diese jedoch über einen langen Zeitraum gehalten. Wohingegen er eine trainierende und aufbauende Form mit zügigen Asana-Wechseln durchführte. Der Arzt hatte ihm jedoch klipp und klar gemacht, dass es die einzige Möglichkeit war, den Krankheitsverlauf zu verlangsamen.

Rameshs Unvermögen war Himadris Ticket in die Welt – zumindest für eine Stunde täglich. Seit Samy ins Yogastudio kam, genoss sie diese Freiheit noch etwas mehr, wie sie nicht müde wurde, zu betonen. Auch Samy mochte die warmherzige Frau und nutzte jede Gelegenheit, mit ihr zu plaudern. Himadri durfte zwar nicht tratschen, war aber immer informiert und zierte sich auch nicht, diese Informationen weiterzugeben. Menschen plauderten beim Friseur und Einkaufen gerne ihre Geheimnisse aus.

In den letzten Monaten hatte der Yogaunterricht oft nur virtuell stattgefunden, da die Corona-Regeln nichts anderes zuließen. Das hatte Himadri zwar die Möglichkeit genommen, vor die Tür zu kommen, gleichzeitig hatte es ihr jedoch eine andere Freiheit geschenkt. Skype und Zoom waren zu einer Selbstverständlichkeit geworden. Himadri nutzte jede Minute, die sie allein in der Wohnung über dem Laden verbrachte, Zeit mit Samy und anderen Frauen zu verbringen. Sie hatte eine Art Frühwarnsystem im Treppenhaus installiert und ein hölzernes Windspiel so aufgehangen, dass es bimmelte, wenn jemand die Treppe hinaufstieg. Zwar ärgerte das Ding Ramesh täglich, dennoch traute er sich nicht, es abzuhängen. Eine Freundin seiner Frau hatte es im Tempel segnen lassen, damit gute Energien im Haus verteilt werden sollten. Gott sei Dank war Ramesh ein gläubiger und auch abergläubischer Mann, der sich zu keiner Zeit einem Segen in den Weg gestellt hätte.

Durch diese Möglichkeit war Himadri aufgeblüht und hatte sich in Samys Buchprojekt hineingehangen. Samy war klar, dass sie den schweren Wälzer gesehen hatte, als sie ihn auf die Theke gelegt hatte, und hoffte, dass sie verstanden hatte, dass sie es als Vorwand zum Reden mitgebracht hatte.

Sie hätte sich keine Sorgen machen müssen. Nachdem sie Himadri erreicht hatte, flüsterte sie ihr zu, sie habe ihrem Mann zugerufen, dass Samy Hilfe für eine Freundin brauche, weil diese ein Buch mit indischen Elementen geschrieben habe. Sofort griff sie danach und öffnete den Rohling.

»Warum hast du behauptet, es sei von meiner Freundin?«, wollte Samy verdutzt wissen, nachdem die Inderin ihr zugeraunt hatte, sie solle das Gleiche behaupten, falls Ramesh sie darauf ansprach.

»Weil er dich sonst noch weniger mögen würde. Er hält es für falsch, wenn Frauen autonom sind.« Sie verdrehte die Augen, ging aber nicht weiter darauf ein. Auch Samy gab sie nicht die Gelegenheit, etwas zu erwidern; und sie hätte sehr gerne etwas kundgetan, denn sie hasste es, wenn Männer glaubten, Frauen überlegen zu sein. Allerdings verstand sie Himadris Wink, als diese das Buch aufschlug und zu blättern begann. Sie brauchten diese Tarnung, um sich ein paar Minuten unterhalten zu können.

Ramesh stand hinter seiner Theke in einiger Entfernung, aber ließ sie nicht aus den Augen. Samy wusste, dass er sofort einschreiten würde, wenn er mitbekam, dass sie tratschten. Zwar hätte er Samy nicht beleidigt, aber es war schon vorgekommen, dass er seine Frau aus einem Gespräch rief und in die Wohnung geschickt hatte. Daher sahen sie sich immer vor. Heute war das Glück auf ihrer Seite – just in diesem Moment betraten Touristen den Laden und nahmen alles in Beschlag.

Ramesh musste hinter der Theke hervorkommen und hatte alle Hände voll zu tun, während Samy die Gelegenheit nutzte.

»Was weißt du über Jennifers Ermordung? Habt ihr etwas mitbekommen? Ich war verreist und gestern haben mich zwei Leute gebeten, Augen und Ohren offen zu halten«.

Nun war es an Himadri, einen zischenden Laut von sich zugeben, wie es sonst Ramesh tat. Allerdings wirkte es bei ihr wie eine Geste des Erstaunens, statt der Ablehnung. Aber auch ihr schien klar zu sein, dass sie keine Zeit hatten, sich mit Erkundigungen aufzuhalten und so berichtete sie Samy knapp, was sie wusste.

»Unser Hof grenzt an den des Yogastudios, das hat auch die Polizei bemerkt. Sie waren ein paar Mal hier. Ein attraktiver Inspector und eine ganz schreckliche Kollegin. Unhöflich, das kannst du mir glauben!« Sie machte keinen Hehl aus ihrer Missbilligung, denn die Takkas legten großen Wert auf Höflichkeit. Samy konnte sich vorstellen, von wem sie redete, denn auch sie wusste, dass Nates Constable Becca gelinde ausgedrückt ein Besen war.

»Sie wollten wissen, ob wir irgendetwas gesehen oder gehört haben. Ramesh hat das verneint. Du weißt, wie er ist. Er möchte in nichts hineingezogen werden und behauptet, wir Ausländer sollten uns nicht in die Angelegenheiten der Engländer einmischen.«

Sie spähte zu ihrem Mann und Samy glaubte, einen Anflug von Belustigung in ihrem Gesichtsausdruck zu sehen. Manchmal war sie drauf und dran, sich bei Himadri zu erkundigen, wie ihre Ehe funktionierte. Allerdings ließ sie es, denn sie war nicht sicher, ob die indische Frau Verständnis für eine derart persönliche Intervention gehabt hätte. Ebenso wenig konnte sie nachvollziehen, warum Menschen, die in England geboren worden waren, wie die Takkas oder Asif, sich als Ausländer bezeichneten. Aber auch das war momentan nicht ihr Thema. Stattdessen lauschte sie Himadri, die flüsternd schilderte, was die Polizei gewollt hatte.

»Carol hat ihnen erzählt, dass Jennifer und ihr Mann immer wieder gestritten haben und dass es oft laut herging. Die Polizei suchte Nachbarn, die das bestätigten. Ihnen ist aufgefallen, dass unser Innenhof an den Patio des Studios grenzt. Daher waren sie hier und wollten herausfinden, was wir mitbekommen haben.«

»Und? Habt ihr etwas davon mitbekommen?«, hakte Samy neugierig nach. Sie hatte immer schon den Eindruck gehabt, dass Jennifer und ihre Geschäftspartnerin Carol sich nicht besonders gut verstanden hatten. Dennoch kam sie aus dem Staunen nicht mehr raus, als Himadri weitersprach.

»Natürlich! Am Tag vor dem Mord hatten sie sich derart laut angebrüllt, dass man es sicherlich sogar auf der Straße hätte hören können. Er hat geschrien: *Du Miststück, wenn du das tust, bringe ich dich um.* Sie hatte lauthals gelacht, so schrecklich gekünstelt, wie sie es oft tut … ich meine tat.«

Himadri korrigierte sich, als sie realisierte, dass Jennifer nichts mehr tat. Allerdings hatte Samy nicht den Eindruck, dass sie wirklich betrübt war. Daher warf sie ein: »Wow! Wenn das kein Motiv ist! Du mochtest sie nicht, oder?«

Himadri erwiderte lakonisch: »Ach weißt du, Samy, in unserer Kultur achtet man auf seine Worte und Taten, weil man Respekt vor dem Karma hat. Hier sehen das nicht alle so. Viele Menschen scheinen zu glauben, dass man sich alles erlauben kann. Aber lassen wir das, denn es ging ja noch weiter.«

Samy wollte wissen, was sie damit meinte. Scheinbar hatte Jennifer ihrem Mann klar gemacht, was sie von ihm hielt.

»*Das solltest du dir überlegen, mein Lieber*«, hat sie ihm zugezischt«, imitierte Himadri sie derart gut, dass Samy erschrocken zusammenzuckte.

»»Ich habe ein Dossier über dich und deine Machenschaften bei meinem Anwalt liegen. Er wird es öffnen, wenn mir etwas zustößt. Glaub mir, es ist in deinem Interesse, dass mir nie etwas passiert«.«

Samy war geschockt, ihre Gedanken überschlugen sich. Doch leider bekam sie keine Gelegenheit, sich nach Himadris Meinung zu erkundigen, denn in diesem Moment ertönte Rameshs ohrenbetäubendes »Himadri!«

Einer von Rameshs Kunden wollte eine der Figuren kaufen, bei der die Monarchin dank Sonnenbestrahlung oder mittels einer Batterie unermüdlich winkte. Er bestand darauf, dass Ramesh ihm zeigte, wie das Teil funktionierte und behauptete, die meisten Souvenirs wären Schrott, der sich zu Hause als kaputt oder unvollständig entpuppte. Heimlich stimmte Samy ihm zu, doch gleichzeitig sah sie, wie Himadris Mann die Geduld verlor. Ihr war klar, dass ihr Gespräch zu Ende war.

Himadri schlug das Buch zu und schob es unter die Theke, bevor Samy es an sich nehmen konnte. Flink bewegte sie sich durch das Labyrinth der Regale.

Ihre Reaktion auf Rameshs Brüllen ließ keinen Zweifel daran, wie ernst ihr Mann seine Aufforderung gemeint hatte.

Samy folgte ihr. Auf dem Weg drehte die Inderin sich noch einmal um und flüsterte: »Wir sehen uns morgen früh in der Yogastunde. Dann reden wir weiter, ich habe noch mehr gehört.«

Sie zwinkerte Samy zu und fügte laut hinzu: «Ich habe ein paar Fehler in den Sanskrittexten gesehen, meine

Liebe. Aber das ist kein Problem, ich korrigiere sie für deine Freundin.«

Überwältigt vom Inhalt des Gesprächs zwischen Jennifer und ihrem Mann verließ Samy den Laden, während die Amerikaner auf Himadri einredeten.

Im Vorbeigehen sah sie, wie sie die kleine Queen aus der Plastikverpackung holte und dem Kunden vorführte. Wenn man sie nicht kannte, hätte man glauben können, sie wäre einfach nur nett. Aber Samy wusste es besser, denn sie hatte Himadri in den letzten Monaten gut kennengelernt. Die Inderin verfügte über eine besondere Auffassungsgabe und konnte die Persönlichkeiten der Menschen analysieren, wie keine andere. Daraus resultierte eine Abgeklärtheit, die Samy bewunderte, denn Himadri konnte jedem das Gefühl geben, das er gerade brauchte. Doch gleichzeitig war sie sicher, dass der Freundin das Allermeiste insgeheim am Allerwertesten vorbeiging.

Sie war froh, Rameshs Observierung zu entkommen. Allerdings glaubte sie, als sie die Peascode Street erreichte, seine bohrenden Augen immer noch im Rücken spüren zu können.

Sie gönnte sich eine kurze Pause und trank ein Pint Propper Job vor dem *Queen Victoria* Pub. Es fiel ihr schwer, sich einen Reim auf die Informationen zu machen, die Himadri ihr gegeben hatte. Das ergab keinen Sinn. Warum hat Daniel sie als vermisst gemeldet, wo die beiden schon lange nicht mehr zusammenwohnten? Wie konnte es ihm aufgefallen sein?

Am Morgen hatte sie noch geglaubt, dass Daniel verdächtig sein musste, nun war es unwahrscheinlich, dass er Jennifer ermordet hatte. Wenn es stimmte, was Himadri gehört hatte, wäre es in seinem Sinne gewesen, wenn ihr nichts passierte. Sie musste von Nate erfahren, ob bei Jennifers Anwalt wirklich etwas hinterlegt war, was Daniel belastete. Allerdings war sie nicht sicher, dass Nate ihr diese Information geben durfte.

Andererseits, glaubte sie, vom Bier ein wenig gepusht, *er will ja auch etwas von mir!*

Ein wenig frustriert und müde trank sie ihr Bier aus und lief die inzwischen geleerte Fußgängerzone hinauf. Eigentlich hatte sie bei *Marks & Spencers* vorbeigehen und ein paar Lebensmittel einkaufen wollen. Doch nach dem Bier fehlte ihr der Elan und sie redete sich ein, dass sich schon etwas in ihrer Küche finden würde.

Als sie zu Hause ankam, war es beinahe dunkel. Sobald sie den Code an ihrer Haustür eingegeben hatte, überkam sie Beklemmung. Voller Wehmut dachte sie daran, wie schön es gewesen war, dass Nate am Vorabend gewartet hatte, bis sie oben ankam. Sie wünschte sich, er wäre auch jetzt da. Stattdessen gab es niemanden, der mitbekam, wie das dunkle Treppenhaus sie verschluckte, nachdem die schwere Pforte wieder ins Schloss gefallen war.

Sie war nie ein ängstlicher Mensch gewesen, doch seit Mrs Williams-Turner sie in ihre Gewalt gebracht hatte, überkam sie manchmal die Panik. Besonders im Moment behagte ihr das Treppenhaus überhaupt nicht, denn sie war abends ganz alleine in dem großen Stadthaus. Die Handwerker waren weg und der alte Major Bright-Leven aus der zweiten Etage verbrachte immer mehr Zeit bei seiner Tochter, sicherlich würde er bald ausziehen. Dann würde Samy sich noch einen neuen Mieter suchen müssen. Was aus dem Souterrain werden würde, wusste sie nicht. Dort gab es noch eine kleine Wohnung, die an einen Studenten der Royal Holloway University vermietet war. Er hatte jedoch ein Sabbatical genommen und war seit beinahe einem Jahr auf Weltreise. Das führte dazu, dass Samy weder ihn noch seine Wohnung jemals zu Gesicht bekommen hatte. Auf ihrem Weg zu ihrer Wohnung dachte sie darüber nach, ob er nach seiner Rückkehr noch lange hierbleiben würde. Soviel sie wusste, war er bereits sechsundzwanzig oder siebenundzwanzig, was für einen Studenten bedeutete, dass er bald fertig sein sollte.

In dem alten Haus waren Geräusche zu hören, mal knarrten die Dielen der Holzböden, mal war es ein Gluckern in den alten Leitungen und hin und wieder gab es so etwas wie ein Seufzen, von dem Samy noch nicht ergründet hatte, woher es kam. Es krächzte von allen Seiten und mit jeder weiteren Stufe zerrte es mehr an ihren Nerven. Außerdem wurde das Licht immer schwächer, weil die Lampen ungünstig angebracht waren, sodass sie die Treppe nicht richtig ausleuchteten, von den Wänden und Nischen ganz zu schweigen.

Samy hörte ihr Atmen und spürte das Herz in ihrer Brust schlagen. Als sie beinahe oben angelangt war, schlug unten eine Tür zu, sodass sie zusammenzuckte.

Wie konnte das sein, schoss es ihr durch den Kopf. Unten war niemand, wie konnte also eine Tür knallen?

Während sie nach den Schlüsseln in ihrer Tasche suchte, versuchte sie sich zu beruhigen. Sie versicherte sich, dass es nur eine Tür gewesen sein konnte, die angelehnt und durch einen Luftzug zugeschlagen war, dennoch war sie in kürzester Zeit nass geschwitzt. Ihre Bewegungen wurden hektischer, den Rest gab ihr ein Zettel, den sie auf ihrer Fußmatte entdeckte. Sofort spürte sie Panik in sich aufsteigen. Die Erinnerung an den Drohbrief, den Mrs Williams-Turner ihr im Frühjahr genau dorthin gelegt hatte, griff mit einer eisigen Faust um ihr Herz.

Hektisch gab sie den Türcode ein, den sie erst vor Kurzem um ein zusätzliches Sicherheitsschloss hatte erweitern lassen. Nachdem sie den Schlüssel ins Schloss gesteckt hatte und das grüne Signal am Alarmkästchen aufleuchtete, riss sie die Tür auf und schlüpfte hinein. Nach Luft japsend und mit immer noch pochendem Herzen lehnte sie sich von innen dagegen.

Sie blickte sich in dem vor ihr liegenden Salon um, gleichzeitig war sie dankbar für die Beleuchtung des Schlosses. Das restliche Tageslicht und die Strahler an der Castle Mauer ließen sie die Umrisse ihrer Möbel erkennen. Daher tastete sie nach dem Lichtschalter, ohne sich zu bewegen. Schließlich atmete sie erleichtert auf, als warmes Licht von der Deckenlampe den Raum ausleuchtete.

Dann ließ sie sich fluchend auf das Sofa fallen und betrachtete den Zettel, den sie gefunden hatte. Die Schrift war unordentlich, weswegen sie eine Weile brauchte, um sie zu entziffern:

Hallo Samantha. Leider verpasst. Versuche es morgen wieder. N.

Wütend legte sie den Zettel beiseite. Sie überlegte sich, wie Nate so unbedacht handeln und ihr eine Nachricht auf die Fußmatte hatte legen können. Schließlich war er dabei gewesen, als sie damals den Drohbrief an genau derselben Stelle gefunden hatte. Sie hätte ihm mehr Feingefühl zugetraut und war enttäuscht.

Langsam beruhigte sie sich und betrachtete das imposante Castle, das aus dieser Position beinahe die gesamte Aussicht einnahm. Sie wusste, dass dieses Panorama beinahe unbezahlbar war, denn Immobilien, die solch einen Ausblick boten, kamen kaum auf den Markt. Dankbar und wehmütig dachte sie an ihren Vater – da war der Schmerz wieder. Sie versuchte seit ein paar Wochen, ihn besser zu verstehen. Sie hatte endlich angefangen seine Habseligkeiten, die im Arbeitszimmer verstaut waren, zu sichten.

Noch war sie aber nicht in der Lage, einen Blick in die Tagebücher zu werfen. Wahrscheinlich würden sie es ihr noch schwerer machen, mit ihrer unerbittlichen Mutter zu kommunizieren. Doch immerhin hatte sie begonnen, seine Fotoalben und Manuskripte zu sichten.

Da die Wohnung nur sein Rückzugsort vor den Toren Londons gewesen war, waren es keine Unmengen an Unterlagen. Dennoch hatte Samy den Eindruck gewonnen, dass ihr Vater in dieser Wohnung einiges aufbewahrt hatte, was ihm am Herzen lag. Schon allein aus diesem Grund hatte sie sich vorgenommen, alles mit Sorgfalt zu behandeln.

Sie war dankbar für das Erbe, das er ihr hinterlassen hatte. Von seinem Wert abgesehen, war es der erste Platz, an dem sie sich jemals richtig zu Hause gefühlt hatte. Niemals war sie entspannter gewesen als in den ersten Monaten nach ihrer Ankunft in Windsor. Doch leider war sie inzwischen überempfindlich, wenn es um ihre Sicherheit ging, und Nates Zettel hatte sie sehr aufgeregt. Außerdem wollte sie wissen, warum er sie nicht angerufen oder ihr eine Nachricht geschrieben hatte.

Noch immer ein wenig zittrig, griff sie nach ihrem Handy und rief Bell an, die einzige Frau, die sie in Windsor als Freundin gewonnen hatte. Auf den ersten Blick hätten sie nicht unterschiedlicher sein können, und vielleicht blieb das auch auf den zweiten oder dritten Blick so. Vielleicht war genau diese Andersartigkeit aber der Grund, warum Samy die burschikose Frau so mochte.

Anabel hatte, wie jedes Kind der englischen Oberschicht, eine renommierte Schule besucht – in ihrem Fall war es das *Cheltenham Ladies College* gewesen, anschließend hatte sie in Cambridge Jura studiert. Genau wie ihre Eltern es erwartet hatten. Damit hatte allerdings das Wunschkonzert für Sir Charles und Lady Helen geendet, denn Anabel hatte sich geweigert, als Anwältin zu arbeiten. Stattdessen hatte die pferdeverrückte Frau verkündet, dass sie parallel zu ihrem Studium eine Karriere als Youtuberin und Instagram Influencerin gestartet hatte. Unter dem Namen *Hoch_zu_Ross* hatte sie auf beiden Plattformen über fünf Millionen Follower beziehungsweise Abonnenten und verdiente damit mehr als ihre Geschwister in ihren Kanzleien.

Unter dem Radar hatte sie begonnen und war inzwischen in der Reitszene gut vernetzt und bekannt, sodass ihre Kontakte bis in die höchsten royalen Kreise reichten. Nun konnte man annehmen, dass es für Anabel kein anderes Thema gab als die Reiterei – etwas, wofür Samy nicht viel übrighatte – und die beiden somit kaum Berührungspunkte hatten. Doch weit gefehlt!

Samy wusste, wie sehr ihre Freundin es schätzte, mit ihr über Mode und Männer zu reden, ohne dem Druck ihrer Familie zu unterliegen. Diese hätten sie am liebsten so umgekrempelt, dass sie in die Gesellschaft gepasst hätte.

Anabel machte sich einen Spaß daraus, ihre Eltern auf die Palme zu bringen, während sie Samy um Rat bat, wenn es um ihr Äußeres ging. Samy fühlte sich von Anabel respektiert und spürte, dass deren Selbstbewusstsein ihr half, mehr aus sich zu machen.

Auch wenn sie sich erst vor wenigen Monaten kennengelernt hatten, waren sie sehr vertraut miteinander und hatten einen Großteil des Lockdowns zusammen verbracht. Für Samy war Anabel ein Segen. Sie erklärte ihr, wie die englische Gesellschaft funktioniert, und bläute ihr unerschütterlich ein, dass sie ihre Träume ergründen und verfolgen musste. Gleichzeitig fräste Anabel, die man mit viel Wohlwollen nur als quadratisch und praktisch bezeichnen konnte, gerne durch Samys Make-up und probierte einen Look nach dem nächsten aus – vollkommen gewiss darüber, dass Samy sie niemals auslachen würde.

Auch Anabel schien Narben auf der Seele zu tragen. Nachdem sie ihr ein paar Schulgeschichten erzählt hatte, war Samy froh, nicht in den Genuss eines englischen Internats gekommen zu sein.

Während sie auf ihren Rückruf wartete – sie war gerade dabei gewesen, einem ihrer Pferde gut zuzureden – stellte Samy sich vor, wie das Treffen zwischen der Freundin und Cornelius verlaufen würde. Beide hatten sich virtuell kennengelernt und die Chemie schien zu stimmen. Sie wusste, dass sie sogar hin und wieder ohne sie zoomten, und hoffte inständig, dass sie sich auch live mögen würden.

Alles andere würde schwierig werden, denn Samy hätte niemals Cor aufgegeben und auch Anabel war ihr ans Herz gewachsen, sodass sie sich kein Leben in Windsor mehr ohne sie vorstellen konnte.

Kapitel 7

—⬦⬦⬦—

Ein Freund kommt an

Samy wartete vor dem Castle Hotel und verbrannte sich dabei zum zweiten Mal den Mund an ihrem heißen Chai Latte. Vor lauter Müdigkeit war sie unachtsam, aber sie musste sich eingestehen, dass der Abend, beziehungsweise die Nacht, den Schlafmangel wert gewesen war. Nachdem sie und Anabel ein paar Minuten telefoniert hatten, hatte ihre Freundin entschieden, sie zu besuchen. Eine halbe Stunde später war sie mit zwei Flaschen Wein und Essen vom Thailänder in ihre Wohnung spaziert und erst vor einer halben Stunde nach Hause gegangen. Sie hatten bis weit nach drei Uhr eine Lagebesprechung abgehalten und dabei beide Flaschen geleert.

Obwohl die trinkfeste Anabel mehr getrunken hatte, als sie, fühlte Samy sich auch mittags noch so, als wäre sie durch den Fleischwolf gedreht worden. Ihr Kopf dröhnte und die verbrannten Lippen schmerzten. Die kurze Nacht saß ihr in den Knochen.

Außerdem versuchte sie zu verarbeiten, was Himadri ihr morgens beim Yoga erzählt hatte. Dort hatte sie sich hingeschleppt, während Anabel selig auf ihrer Couch schlief. Sie konnte die Inderin nicht erreichen, um ihr abzusagen, da sie kein Handy besaß und im Laden ausnahmslos Ramesh Telefonate annahm.

So war sie mit einem Kater und hundemüde um neun Uhr im Studio gewesen. Dort lief der Betrieb beinahe normal weiter, denn Jennifers Partnerin hatte auch vor dem Mord die meisten Stunden gegeben. Samy war froh, dass es eine Entspannungssession war, und hatte gelauscht, was Himadri zu berichten hatte.

Noch immer schwirrte ihr der Kopf und ihr graute davor, dass Cornelius in wenigen Minuten mit seiner dröhnenden Stimme für weitere Kopfschmerzen sorgen würde.

Sie war dankbar für die frische Luft, weil sie noch nicht fit war. Nach der Yogastunde war sie wieder ins Bett gekrochen und erst aufgestanden, als Faward sie anrief, nachdem er Cor eingesammelt hatte. Als sie nun ein weiteres Mal an ihrem Getränk nippte, sah sie die schwarze Limousine langsam heranrollen.

Faward nickte ihr freundlich zu, während sie versuchte, Cor zu erspähen. Da die hinteren Fenster dunkel getönt waren, musste sie sich gedulden. Cor schien ewig zu brauchen. Samy verfolgte, wie Faward sich umdrehte und augenscheinlich ein intensives Gespräch führte. Erst, als er sich amüsiert wieder nach vorne drehte, sprang der Kofferraumdeckel lautlos auf und im nächsten Moment öffnete sich auch die hintere Tür.

Zuerst erschienen elegante Gucci Slipper in mattem Schwarz und Sekunden später Cornelius Haupt. Dieses Bild wirkte grotesk und wurde von Cors selbstgefälligen Blick noch verstärkt.

Samy kniff die Augen zusammen, um den schrägen Anblick scharf zu stellen. Aber Cor trat so flink hervor, dass sie einen Bruchteil von Sekunden später beinahe glaubte, sie habe sich getäuscht. Dann aber sah sie, dass die Tür ein Zerrbild ihres Freundes geliefert hatte, das Original jedoch nicht besser aussah.

Cor war in einen leichten schwarzen Sommermantel gehüllt, der so voluminös wie ein Windfang war. Das Teil war für Samys Geschmack und Cors Figur zu kurz und die Schultern zierten zu allem Überfluss eine altmodische Pelerine.

Er sah zum Schießen aus. Doch als er sich ihr näherte, sah Samy auf den großen Knöpfen das Wappen einer edlen französischen Luxusmarke. Damit war klar, dass sich jede Diskussion über den Chic oder die Vorteilhaftigkeit erübrigte, denn Cornelius war im wahrsten Sinne des Wortes ein Markenjunkie.

Er streckte sich, und seine volle Größe von exakt zwei Metern, sowie seine barocke Figur, wie er sie selbst bezeichnete, kamen zur Geltung. Bevor er Samy begrüßte, ließ er den Blick herrschaftlich über die High Street schweifen. Samy hoffte, dass niemand, der sie kannte, Zeuge dieser Szene wurde.

Schließlich wandte er sich ihr zu, und sie stufte seinen Blick als huldvoll ein. Was auch immer dieses Wort genau bedeutete, sie hatte es vor ein paar Tagen in einem Historiendrama gelesen und fand, es passte zu Cors aktuellem Blick.

Er warf Faward ein nonchalantes *Merci* zu, als dieser einen riesigen Koffer aus dem Kofferraum hievte und vorsichtig neben Cornelius stellte. Dann trat er auf Samy zu und breitete theatralisch die Arme aus. So lächerlich die Show war, die er abzog, Samy war froh, ihn wieder zu sehen, und begab sich bereitwillig in seine Umarmung.

»Ah, Frau Doktor, wie habe ich unsere kleinen Soireen vermisst!«

Er presste sie einen kleinen Moment an seine Brust und drückte ihr einen brüderlichen Kuss auf das Haupt, um sich gleich wieder von ihr zu lösen.

Dann griff er nach seinem Koffer und ließ sie stehen. Über die Schulter warf er ihr zu: »Vielen Dank für deinen Empfang. Wir sehen uns in dreißig Minuten. Nun muss ich meine Reisekleidung ablegen. *A Bientot, ma Chère!*«

Im nächsten Moment war er durch die altmodische Drehtür des Hotels verschwunden, Samy blieb verdattert zurück. Sie hatte vergessen, dass Cor sie hatte wissen lassen, dass er nach seiner Ankunft im Hotel Zeit benötigte, um sich zurechtzumachen.

Langsam drehte sie sich um. Dabei sah sie ein paar Meter entfernt Asif an den Pfosten der Eingangstür zu seinem Café stehen. Er hatte die Füße überkreuzt und die Arme vor der Brust verschränkt. Die Kette mit seiner Lesebrille, die er zum Kassieren aufsetzte, hing herab. Sein Grinsen ließ keinen Zweifel daran, dass er die Szene in vollem Umfang verfolgt hatte.

Als Samy sich ihm näherte, unkte er mit unüberhörbarer Ironie: »*Un petit noir, Madame?*«

Obwohl er zu respektvoll war, als dass er sich über ihren Freund lustig gemacht hätte, konnte er sich ein klein wenig Ironie nicht verkneifen.

Sie schob sich an ihm vorbei ins Café und zischte ihm zu: »Sag nichts!«

KAPITEL 8

---- ❊❊❊ ----

LÜGEN, LÜGEN, NICHTS ALS LÜGEN

Nach einem starken Kaffee, den Asif ihr schmunzelnd überreicht hatte, war sie auf die Terrasse gewechselt, wo sie nun Cornelius gegenübersaß. Pünktlich war er erschienen und hatte wieder unter Beweis gestellt, dass ihm, unabhängig von seinen Marotten, die meisten Tugenden heilig waren.

In den letzten Minuten hatte sie sich ein paar Notizen gemacht, um Cor halbwegs strukturiert berichten zu können, was sie im Yogastudio gehört und erlebt hatte.

Genüsslich an einem Eiskaffee nippend, betrachtete Cor das Castle und gab dabei einen Laut von sich, der alles zwischen Verachtung und Missbilligung ausdrücken konnte. Samy folgte seinem Blick und sah eine kleine Gruppe von Chinesen, die sich vor der Victoria Statue fotografieren ließen. Unübersehbar waren sie von Kopf bis Fuß in Designerklamotten gehüllt. Sie verstand sofort, was seinen Unmut geweckt hatte.

Cornelius war ein Ästhet. Auch wenn er in seiner extravaganten Garderobe oft zum Schießen aussah, was seiner Größe und Statur geschuldet war, wirkte er niemals protzig oder gewöhnlich. Wohingegen einige der chinesischstämmigen Touristen es in seinen Augen übertrieben. Sie trugen nicht selten einen Logo Allover Look und hatten sogar ihre Reiseführer in passende Hüllen gesteckt. Diese gab es laut Cornelius jedoch nicht von den Luxusanbietern und konnten nur Fake sein.

Für so etwas hatte Cor nichts übrig. Ein besonderes Teil konnte sich nur entfalten, wenn man ihm Raum gab, und Imitationen kamen für ihn natürlich nicht infrage. Obwohl er angewidert war, verkniff er sich jeden Kommentar. Doch Samy war sicher, dass sie dazu noch etwas hören würde.

Er wandte sich ihr wieder zu, ließ für einen Moment von seinem Getränk ab und fasste zusammen, was sie ihm erzählt hatte.

»Ich muss erwähnen, deine Himadri scheint gute Ohren zu haben. Ich kann mir nicht vorstellen, dass man über eine Gartenmauer hinweg derart viele Details versteht.« Ungläubig schüttelte er den Kopf.

»Aber nehmen wir an, es war so, dann würde ich so weit gehen, zu behaupten, dass wir drei Verdächtige im Yogastudio haben. Dieser Daniel hat seine Ex-Frau immer wieder um die Scheidung gebeten – gebettelt sogar, wenn man deiner Himadri Glauben schenken darf.«

Samy verdrehte die Augen, denn sie wusste, dass er sie zur Weißglut bringen würde, indem er fortan von *deine Himadri* sprechen würde. Gerade so, als sei sie eine persönliche Errungenschaft. Gleichzeitig wusste sie, dass es keinen Sinn machte, ihn zu bitten, es zu unterlassen. Im Gegenteil, es würde ihn anspornen, es noch häufiger zu betonen. Sie war nie dahinter gestiegen, was sich hinter diesem Verhalten verbarg, sondern hatte einfach akzeptiert, dass es eine weitere seiner Marotten war.

Er übertrieb gerne maßlos und etikettierte Menschen und Situationen nach Belieben. Fairerweise musste Samy jedoch zugeben, dass er oft richtiglag und äußerst selten ungerecht oder despektierlich agierte.

»Ich kann es nicht beurteilen«, erklärte sie ihm. »Warum sollte sie es erfinden?«

Dieser Punkt schien Cornelius weniger zu beschäftigen. Während er sich schulterzuckend wieder seinem Getränk widmete, ließ sie sich den Morgen noch einmal durch den Kopf gehen.

Nachdem sie beinahe im Halbschlaf die Abfolge der Yoga-Übungen hinter sich gebracht hatte, war sie Himadri in die Umkleide gefolgt. Die Inderin hatte ihr flüsternd berichtet, wie oft die Eheleute sich gestritten hatten. Immer wieder hatte Daniel sie gebeten, in die Scheidung einzuwilligen, doch Jennifer hatte dies mit einem knappen *Ich denke gar nicht daran*, abgelehnt.

Am Tag vor Jennifers Tod musste es besonders heiß hergegangen sein. Die Drohungen, von denen Himadri schon im Laden erzählt hatte, waren von lautem Gebrüll begleitet gewesen.

Auf Samys Nachfrage, ob die Rede von seinem Verhältnis zu Naomi gewesen war, hatte Himadri den Kopf geschüttelt und verwundert eingeräumt, dass sie dazu nie etwas gehört hatte.

»Ich kann mir nicht vorstellen, dass es Jennifer nicht gestört hat, ihren Mann an eine fünfzehn Jahre jüngere Frau verloren zu haben, aber du hast es ja erlebt – wann immer die Kleine bei den Yogastunden war, war Jennifer zuckersüß zu ihr«, hatte Himadri erzählt und klargestellt, was sie mit ihrem Mann als auch mit seiner Freundin machen würde, sollte Ramesh ein Verhältnis beginnen.

Ihre Beschreibung war so detailliert gewesen, dass Samy ein einziges Mal Mitleid mit dem Ladenbesitzer gehabt hatte und hoffte, dass er klug genug war, seine Frau nicht derart zu erzürnen.

So viel Brutalität hätte sie der ausgemergelten Himadri nicht zugetraut, aber Fantasien waren bekanntlich grenzenlos. Bedeutend interessanter war jedoch, was sie von Jennifer und ihrer Geschäftspartnerin erzählte.

Carol unterrichtete immer morgens. Eigentlich gab sie beinahe alle Stunden und Jennifer hatte sie gerne gescheucht. Trotz der Partnerschaft der Frauen hatte sie niemals Zweifel aufkommen lassen, dass sie die Chefin war. Vielmehr war es so, dass sie Carol wie eine Angestellte behandelte. Samy war nicht entgangen, dass die Frauen kaum noch miteinander sprachen. Wie tief ihr Zerwürfnis war, ging aus Himadris Schilderungen hervor.

Auch diese Streitgespräche waren in den Hof der Takkas getragen worden. Laut Himadri hatte Carol wie ein Marktweib geklungen und zuerst gebrüllt, während Jennifer mit Arroganz und Überheblichkeit reagiert hatte.

Vor ein paar Wochen war Carol nach einem Streit in den Laden gekommen und hatte eine Flasche Wein gekauft. Wütend hatte sie Ramesh an den Kopf geworfen: »*Wissen Sie, wie es sich anfühlt, wenn man ausgebootet wird? Haben Sie eine Vorstellung davon, wie hinterhältig manche Freunde sein können?*«

Ramesh hatte seiner Frau berichtet, dass die Engländerin Gift und Galle gespuckt und den Schraubverschluss der Flasche noch vor dem Bezahlen geöffnet hatte.

»*Sie hat sie sich an die Lippen gesetzt und in einem Zug die Hälfte der Flasche geleert. Kannst du dir das vorstellen?*«, wollte Himadri wissen und hatte angewidert in Richtung des Empfangsbereiches des Studios geblickt. Dort war Carol, die ihren Kurs geleitet hatte, leise zu hören gewesen.

Die Takkas waren sicher gewesen, dass es etwas mit dem Yogastudio zu tun hatte, denn Carol hatte beim Verlassen des Ladens noch angefügt: »Seien Sie froh, dass Ihnen alles gehört, Ramesh! So kann niemand über Ihren Besitz entscheiden.«

Einige Minuten später, als Himadri und Samy die Umkleidekabine verlassen wollten, war es im vorderen Bereich des Studios laut geworden und sie hatten gehört, mit wem sie sich stritt – Daniel, Jennifers Mann.

»Natürlich warst du hier!«, war es deutlich zu hören.

Carols Stimme war inzwischen nicht mehr gedämpft, während Daniel sich bemühte, sie vom Gegenteil zu überzeugen. Seine Worte verfehlten aber ihre Wirkung, denn Carols Tonlage wurde aggressiver.

Immer wieder fielen die Worte Alarmanlage und Geschäftsunterlagen und irgendwann war ein lauter Knall zu ihnen gedrungen. Samy und Himadri hatten beinahe geglaubt, es sei ein Schuss gewesen.

Doch als Carol im Anschluss brüllte: »Hör auf mich zu verarschen und schau dir das an!«, war Samy klar geworden, dass sie die Tür hinter dem Tresen zugeschlagen hatte. Mehrmals hatte sie mitbekommen, wie Jennifer sich ärgerte, weil hinter dem Empfangstisch wenig Platz war und man den Computer und die Bildschirme der Überwachungskamera nur sehen konnte, wenn der Eingang zum Büro verschlossen war.

Für einen Moment hatte Stille geherrscht, doch dann erklang Daniels Stimme, die beinahe reumütig wirkte.

»In Ordnung, ich gebe es zu, ich war hier. Aber nur weil Naomi ihre Tasche liegen gelassen hat.«

Weiter war er nicht gekommen. Stattdessen hatte Carol verbal auf ihn eingedroschen und ihn als Arschloch und Lügner betitelt. Sie unterstellte ihm, er habe in den Unterlagen geschnüffelt, was er jedoch bestritt. Aber Carol war nicht von ihrem Standpunkt abgewichen und verlangte die Schlüssel von ihm. Woraufhin er darauf beharrte, er sei sicher, dass Jennifer ihm alles vererbt und er somit ein Recht hatte, ins Studio zu kommen, wann es ihm passte.

Samy, die jedes Wort verfolgte, hatte dagestanden und den Atem angehalten. Dabei hatte sie nicht mitbekommen, dass Himadri neben ihr verzweifelt versuchte, ein Niesen zu unterdrücken. Als ihr das nicht mehr gelang, war sie regelrecht explodiert.

Nicht nur Samy war zusammengezuckt, sondern auch auf der anderen Seite der Tür war es still geworden. Im nächsten Moment hatte Carol die Tür zur Umkleide aufgerissen und beide böse angesehen. Für einen Moment hatte sie wohl vergessen, dass sie zahlende Kunden waren, denn sie hatte mit Vehemenz zum Ausgang gewiesen und sie angeherrscht: »Die Stunde ist vorbei, Ladys!«

Samy verstand ihre Wut, während Himadri hochmütig hinaus stolzierte.

»Wenn ich du wäre, Carol, würde ich Mitglieder anders behandeln.«

Leider war ihnen keine Zeit geblieben, darüber zu sprechen, denn sobald sie auf die Straße hinaustraten, hatten sie Ramesh vor dem Laden stehen sehen. Mit verschränkten Armen hatte er sie angestarrt und Himadri war eine Entschuldigung murmelnd nach Hause geeilt.

Das alles hatte sie Cornelius erzählt, dennoch beschäftigten ihn nur Himadris gute Ohren. Nachdem er mit seinem Eiskaffee fertig war und wieder missbilligend Richtung Schloss blickte, versuchte sie ihn in die richtige Richtung zu schubsen.

»Wir sollten keine Zeit mit Himadris Gehör verschwenden. Viel interessanter ist die Überlegung, was sich zwischen Daniel und Carol abspielt. Was hat er gesucht? Wie können wir herausfinden, ob er wirklich alles geerbt hat?«

»Das sollte dir dein lieber Polizist mitteilen können. Schließlich will er etwas von dir!«

Er beäugte sie provokant und Samy spürte, wie sie rot wurde. Zufrieden lehnte Cornelius sich in seinem Korbstuhl zurück und beobachtete sie.

»Sehr schön, Frau Doktor! Ich wusste doch, dass du den guten Nate nicht von der Bettkante stoßen würdest.«

»Cor! Hör auf, du redest Blödsinn«, wies sie ihn in die Schranken. »Ich habe ihn Monate nicht gesehen und mich lediglich auf einen Drink einladen lassen.«

Sie hatte Cor von dem Gespräch mit Nate erzählt. Dabei hätte sie ahnen müssen, dass es für ihn ein gefundenes Fressen sein würde. Es war nicht das erste Mal, dass er versuchte, ihr den Inspektor schmackhaft zu machen.

Cornelius war kein Kostverächter, im Gegenteil. Er genoss das Leben in vollen Zügen. Samy wusste, dass er nicht viel Verständnis dafür hatte, dass sie wesentlich weniger umtriebig war. Seiner Meinung nach war das menschliche Dasein dazu da, nach Gelegenheiten Ausschau zu halten und alles mitzunehmen, was guttat.

Wie groß sein eigenes Spektrum in dieser Beziehung war, wollte sie nicht wissen. Das, was sie unfreiwillig mitbekam, reichte ihr aus. Cornelius mochte beide Geschlechter gerne und machte keinen Hehl daraus. Sie war sicher, dass er im Castle Hotel wieder an seine Bekanntschaft mit dem Barkeeper Lucas anknüpfen würde. Cor verstand sich mit jedem gut und hatte die Gabe, Freunde und Geliebte für sich gewinnen zu können.

Das lag sicherlich nicht an seinem Charme, den er zwar hatte, jedoch längst nicht immer zum Vorschein kommen ließ. Im Gegenteil, er war direkt und damit nicht immer diplomatisch. Dennoch konnte man nicht bestreiten, dass er ein fantastischer Freund war, der einem den Rücken freihielt und alles in seiner Macht Stehende tat, wenn es darum ging, jemanden anzuspornen.

Oftmals schoss er über das Ziel hinaus, was, vorsichtig ausgedrückt, zu Irritationen führte. Er schaffte es schnell, einen durch seine bloße Wortwahl auf die Palme zu bringen. Dennoch konnte man ihm nicht lange böse sein, denn egal wie schonungslos seine Worte waren, Cornelius lies nie einen Zweifel daran, wie viel man ihm bedeutete.

Nun beugte er sich vor und tätschelte ihr das Knie – eine Geste, die Samy hasste, aber ihm nicht abgewöhnen konnte.

»Nun beruhige dich wieder, meine Liebe. Ich möchte nur, dass es dir gut geht, du kennst meine Meinung zu den Männern in deinem Leben. Ich finde, es ist an der Zeit, dass an deinem Horizont ein vernünftiger Kerl auftaucht.«

Sie wollte etwas erwidern, doch im nächsten Moment linste Cor an ihr vorbei und auf seinem Gesicht zeichnete sich Begeisterung ab. Als Samy seinem Blick folgte, sah auch sie einen leise schnurrenden sich nähernden Rolls Royce. Die silbergraue Edelkarosse kam unmittelbar neben ihnen zum Stehen, und der Fahrer, in eine klassische Chauffeurslivre gehüllt, ignorierte geflissentlich das Halteverbot und auch die hinter ihm hupenden Fahrzeuge.

Als die verdunkelte Scheibe im Fond des Fahrzeugs geräuschlos herabglitt, erschien dahinter kein anderer als Sir Charles Bolman-Whitecliff.

Er nickte ihnen zu und meinte lediglich: »Tee, um 16 Uhr 30 bei mir?«

Noch bevor Samy reagieren konnte, hatte Cor zugestimmt und damit die Verabredung bestätigt. Das Fenster schloss sich und die Limousine fuhr weiter der Parkstreet entgegen.

Cornelius rieb sich die Hände und stand geschmeidig auf, was bei seiner Figur verwunderlich war. Er machte eine ausschweifende Geste und trieb Samy an.

»So gefällt mir das. Der Mann hat Stil, das muss man ihm lassen«, meinte er selbstgefällig und Samy erwiderte, dass dies im Zusammenhang mit Charles die Untertreibung des Jahrhunderts war.

Achselzuckend marschierte Cornelius los, sodass Samy sich beeilen musste, um mit ihm Schritt zu halten. Als sie wissen wollte, wohin es gehen sollte, erklärte er hochtrabend: »Lass uns einen Spaziergang auf dem Long Walk machen, dabei kann ich am klarsten denken. Und das ist es, was wir jetzt brauchen.«

Cornelius schritt förmlich aus und Samy konnte sich nicht verkneifen, ihn zu fragen, wo er seinen Gehstock gelassen habe.

Für einen kurzen Moment hielt er inne und Samy glaubte schon, dass er solch ein Teil wirklich besaß und es lediglich vergessen hatte. Er sinnierte jedoch nur darüber, ob man Derartiges in gehobener Qualität in Windsor bekam und entschied, sich bei Charles danach zu erkundigen. Schließlich hatte Samy ganz offensichtlich keine Ahnung von den Herrenausstattern vor Ort.

Es war frisch und Cornelius trug nun einen Regenmantel von Babor. Zwar deutete nichts auf einen Regenguss hin, aber Samy konnte sich denken, dass er ihn ausgewählt hatte, weil er zu Windsor passte. Auf passende Schuhe, womöglich Gummistiefel, hatte er verzichtet. So etwas Gewöhnliches hätte er abseits einer Landpartie niemals in Betracht gezogen. Stattdessen trug er olivenfarbene Loafer mit kurzen Ledertroddeln, die niemand außer ihm angezogen hätte. Sicherlich sündhaft teuer – womöglich eine Sonderanfertigung – und trotzdem in Samys Augen ein No-Go.

Aber auch wenn sie sich gerne mit Mode beschäftigte und durchaus wusste, was angesagt war, konnte sie mit Cornelius Wissen um Designer und aktuelle Kollektionen kaum mithalten. Sicherlich hätte er aus dem Stegreif mehrere gute Argumente für diese Geschmacklosigkeiten auf dicken Sohlen parat gehabt und so sparte sie sich die Spucke.

Während sie am *Princess-Margaret*-Krankenhaus vorbeiliefen und später in die St. Leonards Road abbogen, diskutierten sie die Motive von Niklas Bolman-Whitecliff, seiner Frau, Daniel und Carols. Cor warf noch einmal ein, dass Daniels kleine Freundin ebenfalls verdächtig sein konnte.

Samy hielt dies für kaum denkbar, weil Naomi eine wirklich nette Frau war, und sie und Jennifer sich gut verstanden hatten. Dennoch bestand Cor darauf, sie auf die Liste zu setzen.

Als sie beim Laden der Takkas vorbeikamen, waren Ramesh und Himadri mit Kunden beschäftigt, daher konnte sie Cornelius nicht vorstellen. Wie nicht anders zu erwarten, konnte er nicht fassen, dass Samy dieses Geschäft betrat, geschweige denn, dort einkaufte. Er betonte, dass er es aus medizinischer Sicht bedenklich fand, Waren derartig zu präsentieren. Er könne sich beim besten Willen nicht vorstellen, dass man auf so kleinem Raum so viele Dinge hygienisch einwandfrei bevorraten konnte.

Auch Samys Argument, dass die Takkas keine Frischware anboten, überzeugte ihn nicht. Aber darüber wollte Samy nicht diskutieren, denn sein Snobismus war legen där und würde jedes weitere Argument im Keim ersticken. Daher kam es ihr entgegen, dass Cornelius sich immerhin für Rameshs Bartpflege begeisterte und ihr einen Vortrag darüber hielt, wie sich die Haarstruktur der Inder von Europäern unterschied.

Manchmal hätte sie gerne gewusst, ob er diese Dinge aus seinem Medizinstudium kannte oder ob er sie erfand. Zweiteres war natürlich Blödsinn. Dr. Cornelius von Reeder war ein wandelndes Lexikon. Samy hatte noch nie etwas von ihm gehört, was sich nicht hätte verifizieren lassen. Allerdings waren manche Dinge so abstrus, dass sie wirklich ausgedacht sein konnten.

Schließlich wollte er noch einen Blick auf das Yogastudio werfen und liebäugelte mit einem Cappuccino im Café auf der gegenüberliegenden Seite. Samy lehnte dankend ab, weil sie sich für das Treffen bei Sir Charles umkleiden wollte. Nach kurzer Überlegung schloss er sich ihr an und meinte, es könne nicht schaden, das Schuhwerk zu wechseln – Gott sei Dank, seufzte Samy und war froh, eine halbe Stunde Abstand von ihm zu haben.

Solange sie sich erinnern konnte, hatte ihre Freundschaft genau so funktioniert – intensive Gespräche, in denen Cor sie nicht selten auf die Palme brachte und anschließende Pausen, die sie brauchte, um sich abzureagieren.

In den kurzen Auszeiten überlegte sie, warum sie ihn sich antat. Doch regelmäßig brauchte sie nicht lange zu überlegen, denn seine Qualitäten als Freund waren unschlagbar.

KAPITEL 9

———◇◆◆◇———

WAS MAN ALLES ERFÄHRT ...

Beim Abendessen war Cornelius immer noch voll des Lobes für Sir Charles und den High Tea, den dessen Sekretärin serviert hatte.

Die blütenweißen Porzellanteller, in glänzenden silbernen Etageren, enthielten ein Potpourri an Sandwiches und Petit Fours, wie man sie nur bei exquisiten Konditoren bekam. Samy war sich nicht sicher, ob sie etwas Derartiges in Windsor schon einmal gesehen hatte und überlegte, ob die Kanzlei die Leckereien aus London hatte kommen lassen.

Die separat gereichten Scones waren so warm gewesen, dass die frische Clotted Cream darauf beinahe zerfloss. Sowohl Samy als auch Sir Charles hatten ungläubig verfolgt, wie Cornelius alles aufgegessen hatte.

Wie immer hatte er keinen Hehl aus seiner Vorliebe für gutes Essen gemacht und nicht mit Lob und Begeisterungsbekundungen gegeizt. Im Nachhinein grenzte es an ein Wunder, dass sie es dennoch geschafft hatten, daneben ein vernünftiges Gespräch zu führen.

Aber das hatten sie in der Tat. Iron Charly, wie der Strafverteidiger, der wohl jedem Engländer bekannt war, genannt wurde, hatte berichtet, wie Jennifer gestorben war. Er hatte für seinen Sohn bei der Polizei Akteneinsicht gefordert und inzwischen lagen die Ergebnisse der Gerichtsmediziner vor.

Schockiert hatte Samy erfahren, dass die Yogalehrerin niedergeschlagen worden war. Die Tatwaffe, ein einfacher Knüppel, war wenige Meter entfernt mit Jennifers Blut beschmiert im hohen Schilf gefunden worden. Allerdings war der Schlag nicht tödlich gewesen. Stattdessen war die Arme anschließend mit einem breiten Band oder Gürtel erdrosselt worden. Davon fehlte jede Spur und die Polizei tappte noch im Dunklen, worum es sich genau handelte. Die Faseranalyse lief noch.

Leider war die Alibisituation von Niklas Bolman-Withecliff und seiner Frau Diana weiterhin unverändert. Charles hatte einen Mitarbeiter aus London, den er für solche Aufgaben immer hinzuzog gebeten, von Haus zu Haus zu gehen. Er sollte herauszufinden, ob nicht jemand die beiden zur Tatzeit durch die großen Fenster ihres Hauses gesehen hatte – erfolglos.

»Uns bleibt nichts anderes übrig, als herauszufinden, wer es wirklich war«, hatte Charles abschließend mitgeteilt.

Er hatte keinen Zweifel daran gelassen, wie wichtig es war, dass ihnen dies schnell gelang, sonst würde der Ruf seines Sohnes Schaden nehmen.

Als Cor weiter bohrte, was Niklas mit Jennifer zu schaffen gehabt habe, wollte Charles seinem Sohn nicht vorweggreifen. Er sprach stattdessen eine weitere Einladung aus – Samy und Cornelius sollten am Samstagabend zu einem Dinner zu den Bolman-Whitecliffs kommen und würden dort neben Charles' Frau und Anabel auch Niklas und Diana treffen.

Niklas hatte versprochen, offen über sein Verhältnis zu der Toten zu reden, und Charles hatte noch einmal betont,

dass auch er nicht mehr wusste. Sein Sohn habe ihm lediglich anvertraut, die Angelegenheit sei sehr delikat und es
ginge um sehr viel.

»Was auch immer das heißt«, unkte Cornelius bei einem
Glas Wein auf Samys Sofa und fügte hinzu: »Sicherlich
haben diese Leute eine andere Vorstellung davon, was
viel ist, als die meisten anderen. Ich bin jedenfalls sehr
gespannt.«

KAPITEL 10

N WIE NACHBAR

Die Tage, seit Cor angekommen war, waren so ereignislos dahingeplätschert, dass Cor ungehalten wurde. Immer wieder hatte er sich beschwert, dass sein Aufenthalt begrenzt war und daher endlich etwas geschehen sollte. Gerade so, als habe Samy Einfluss auf die Ereignisse.

Während Samy sich für das Dinner auf Beechworth Manor, dem Herrensitz von Sir Charles & Lady Helen, zurecht machte, dachte sie an Nate. Sie hatte seit Tagen nichts von dem Polizisten gehört und sinnierte darüber, was es damit auf sich hatte.

Sie und Cor hatten ein paar Mal vom Café *The Edge* aus, das Kommen und Gehen im Yogastudio beobachtet. Dabei war nur eine einzige Situation interessant gewesen: Jennifers Ex-Mann war vor dem Studio auf und ab gelaufen, während seine junge Freundin trainierte, als müsse er sie bewachen. Er hatte telefoniert und seinen Gesprächspartner beschworen, ihm noch ein wenig Zeit zu geben.

Cor hatte daraus geschlossen, dass er Geldschulden hatte und Samy verrückt gemacht, sie solle bei ihrem Polizisten in Erfahrung bringen, wie Dans finanzielle Lage sei.

Obwohl Samy nicht sicher war, dass Nate ihr derartige Informationen geben würde, hatte sie versucht, ihn zu erreichen. Sie war jedoch auf seiner Mailbox gelandet und hatte Minuten später ein knappes »Melde mich« per WhatsApp von ihm erhalten.

Obwohl es schon eine Weile her war, hatte er sich noch nicht gemeldet, was sie wunderte, denn schließlich hatte er auch die Nachricht auf ihrer Fußmatte hinterlassen. Seine Funkstille ärgerte Cornelius vehement, er hatte sich mehrmals ereifert.

»Ein Unding, wenn du es wissen willst«, stellte er fest. Es hatte nichts genutzt, dass Samy auf die hohe Arbeitslast der Polizei hinwies – Cor hatte feste Vorstellungen vom menschlichen Miteinander.

»Auch wenn eine Verbrecherjagd zeitaufwendig ist, die Regeln der Höflichkeit sollte selbst Inspector Stone einhalten.«

Er selbst legte sich ins Zeug und strengte sich insbesondere an, den modischen Anforderungen der Verbrechensbekämpfung gerecht zu werden. So waren seine Augen, seit er angekommen war, beinahe ausnahmslos hinter einer dunklen Sonnenbrille verborgen. Nach seinem Verständnis gehörte es zu einer guten Observierung, sich nicht zu erkennen zu geben.

Samy hätte bei der Erläuterung schreien können. Am liebsten hätte sie ihn gefragt, ob er in den Spiegel gesehen hatte.

Wer konnte einen zwei Meter Mann, der nicht nur hundertvierzig Kilo wog, sondern auch noch in auffällige Designerklamotten gekleidet war, übersehen? Da stach eine große Sonnenbrille nur noch mehr ins Auge. Aber sei es drum, sie hatte sich die Diskussion gespart. Unter anderem auch, weil sie nicht sicher war, ob er seine Aussagen über die Polizei, ihre Umgangsformen und Nates Verhalten ernst meinte. Seine Ansichten und Etikettierungen waren immer mit Vorsicht zu genießen. Manchmal gab er etwas vollkommen Lächerliches von sich und meinte es dennoch ernst, während er in anderen Situationen wirklich ernste Dinge mit Ironie vortrug.

Während Samy in ein enges Etuikleid aus dunkelrotem Wollstretch schlüpfte, beschloss sie, Nate anzurufen, sollte er sich bis zum nächsten Morgen nicht melden. Sie griff nach passenden Pumps mit einer kleinen Straßapplikation und bewunderte sich im Spiegel.

Es war kein vertrauter Anblick, wenn sie sich in derart femininer Kleidung sah. Schließlich hatte sie immer ausschließlich praktische Jeans und Sweatshirts getragen. Etwas anderes wäre ihr nicht in den Sinn gekommen. Außerdem hatte ihre konservative Mutter stets betont, dass nur dumme Menschen ihre Zeit dafür verschwendeten, was sie anzogen. Ein dunkelblauer Hosenanzug war mehr als ein Jahrzehnt das Highlight in Samys Kleiderschrank gewesen.

Erst mit dem Umzug hatte sie diese Gewohnheit abgestreift. Es machte ihr jeden Tag mehr Spaß, sich in Schale zu werfen.

Dabei hielt sie ihrem Spiegelbild gerne vor *nicht nur dumme Menschen, Mutter. Sondern auch ich!*

Sie machte sich keine Illusionen, denn sie wusste, dass sie nach der Meinung ihrer Mutter dumm war – wie die meisten Menschen übrigens. Was bedeutete schon ein Doktortitel oder beruflicher Erfolg?

In den Augen von Klaudia Wilde würde Samy ewig einen Makel haben, schließlich war sie ein uneheliches Kind, noch dazu von einem unmöglichen Engländer.

Dass sie dafür verantwortlich war, hatte Klaudia Wilde geflissentlich aus ihrem Gedächtnis getilgt. Stattdessen behandelte sie Samy von oben herab und ließ keine Gelegenheit aus, sie wissen zu lassen, dass sie nicht viel von ihr hielt.

Aus irgendeinem Grund hatte sie den Mann, der für Samys Dasein verantwortlich war, nicht haben wollen. Viel schlimmer war jedoch, dass sie es so dargestellt hatte, als sei Roderick Lovejoy ein Schwein gewesen, der sie zum Ende ihres Studiums geschwängert und dennoch verlassen hatte. Allerdings hatte sie immer verschwiegen, dass er nach wenigen Wochen zurückgekehrt war und sich um sein Kind kümmern wollte.

Klaudia und ihre Eltern, Samys Großeltern, hatten ihm gegenüber behauptet, es gäbe kein Kind und ihn gerichtlich daran gehindert, sich ihnen zu nähern. Damit hatten sie ihm die Chance genommen, seine Tochter kennenzulernen und auch Samy daran gehindert, ihren Vater zu treffen. Ihr Glaube, dass er kein Interesse hatte, war daran schuld, dass sie jedem Treffen aus dem Weg gegangen war.

Nun war es zu spät dafür, denn Roderick Lovejoy war vor mehr als einem Jahr tödlich verunglückt. Samy hatte erst vor wenigen Monaten seinen Bruder kennengelernt und erfahren, wie intensiv ihr Vater ihren Lebensweg verfolgt hatte.

Nun wusste sie, dass sie eine große Familie in England hatte und kannte die wahre Geschichte. Seit sie all das erfahren hatte, war das ohnehin angespannte Verhältnis zu ihrer Mutter komplett erloschen.

Samy ignorierte ihre Anrufe und weitere Kontaktversuche. Die räumliche Trennung und der lange Lockdown, hatten es Klaudia unmöglich gemacht, persönlich zu erscheinen und Samy zu maßregeln.

Von der Tatsache, dass der Einflussbereich ihrer Mutter geschmälert worden war, regelrecht berauscht, legte sie glitzernden Schmuck an, den sie in ihrem früheren Leben nicht einmal zur Kenntnis genommen hätte. Denn auch er war ein Hingucker, etwas, was sie immer vermieden hatte.

Zufrieden goss sie sich einen Gin Tonic ein und prostete sich zu. Sie wusste, dass die Ereignisse der letzten Monate und ihre Distanz zu ihrem alten Leben es ihr ermöglichten, sich freizuschwimmen.

Mit einem großen Schluck, der sie wärmte, ließ Samy sich in die Kissen sinken, um sich den Gedanken an ihren Vater und seiner Familie hinzugeben. Außer ihrem Onkel Thomas hatte sie bisher niemanden kennengelernt. Dabei wusste sie, dass sie dies nicht ewig aufschieben konnte. Aber auch an dieser Stelle war die Pandemie ihr entgegengekommen, denn zurzeit machte niemand unnötige Besuche.

Sie hatte nicht vor, sich jemandem zu stellen, bevor sie nicht die Stabilität erlangt hatte, die sie in Anbetracht ihres Werdegangs haben sollte. Viel zu lange hatte sie sich dem Diktat ihrer Mutter gebeugt und daraus resultierend auch in ihren Beziehungen immer die Opferrolle bekleidet.

Damit war jedoch endgültig Schluss, nichts und niemand würde ihr mehr vorschreiben, was sie zu tun hatte. Zufrieden strich sie über den weichen Stoff des sündhaft teuren Burberry Kleides und überlegte, wie der Abend wohl verlaufen würde.

So sehr sie es schätzte, weder ihre Mutter noch die neue Verwandtschaft treffen zu müssen, so sehr bedauerte sie die Schattenseite der Pandemie, denn es mangelte ihr an Kontakten.

Sie befürchtete, nicht zu wissen, wie man sich bei Einladungen in Herrenhäuser verhielt. Die beiden Soireen, die sie besucht hatte, hatten den Eindruck eines komplexen

Regelwerkes erahnen lassen. Regeln, die sie nicht kannte, denn die englische Gesellschaft war eigen und in sich geschlossen. Auch die Nachfrage bei Anabel, was von ihr und Cornelius erwartet wurde, hatte sie nicht weitergebracht. Angeblich ging es nur darum, angemessen gekleidet zu sein und die leichten Häppchen wertzuschätzen, die angeboten wurden.

So einfach konnte es nicht sein, war Samy sicher. Doch mehr als sich für ein angemessenes Kleid zu entscheiden und sicherheitshalber ein Foto davon an die Freundin zu schicken, konnte sie nicht tun. Außerdem wusste Cornelius sicherlich Bescheid und würde dafür sorgen, dass sie nicht versagten.

Anabel, bekannt für ihre knappen Antworten, hatte zu ihrer Kleiderwahl lediglich ein Daumenhoch Emoji geschickt. Somit wusste Samy nicht, ob der Schmuck und die Schuhe, vielleicht zu viel waren. Aber dieses Risiko musste sie eingehen.

Schließlich ging es vor allem darum, wie sie sich selbst wahrnahm, denn inzwischen wusste Samy sehr gut, wie wichtig es war, dass sie sich in ihrer Haut wohlfühlte. Gerade, als sie sich dies vor Augen hielt und das Kinn aufmüpfig in die Höhe reckte, klopfte es an der Wohnungstür.

Erschrocken zuckte sie zusammen und starrte auf die Uhr ihres Handys. Cor hatte vor ein paar Minuten geschrieben, dass er in absehbarer Zeit bei ihr sein würde, was auch immer das heißen sollte. Inzwischen war eine Viertelstunde vergangen und so ging sie davon aus, dass er es sei.

Sie rappelte sich auf und ging mit dem Drink in der Hand zur Tür, die sie schwungvoll öffnete. Mit einer ausladenden Handbewegung wies sie auf ihr Kleid und meinte stolz: »Tada!«

Die letzte Silbe blieb ihr im Hals stecken. Vor der Tür stand nicht Cornelius von Reeder, sondern ein wildfremder Mann, der höchstens Mitte Zwanzig sein konnte.

Panik überkam sie, denn sie wusste nicht, wie er in das geschlossene Haus gelangt war. So versuchte sie sofort, ihm die Tür vor der Nase zuzuschlagen.

Mit einem schnellen Reflex trat er jedoch einen Schritt vor und hielt sie auf halbem Weg fest. Die Überraschung auf seinem Gesicht wich einem umwerfenden Lächeln und er meinte leichthin: »Asif hat mir erzählt, dass du nett bist. Hätte er allerdings erwähnt, wie umwerfend du aussiehst, hätte ich Blumen mitgebracht.«

Dabei grinste er sie spitzbübisch an, während zwei Dinge zu Samys durchdrangen. Erstens hatte er Asif erwähnt, was bedeutete, dass er kein ganz Fremder sein konnte. Zweitens war er barfuß – was zumindest nach normalen Maßstäben dagegensprach, dass er von der Straße ins Haus eingedrungen war.

Dennoch war sie alarmiert und erkundigte sich mit vorwurfsvoller Stimme, die selbst in ihren eigenen Ohren schrill klang: »Wer sind Sie?«

Sein Äußeres ließ keinen Rückschluss auf seine Herkunft zu, seine zerrissene Jeans und das weiße T-Shirt hatten beide schon bessere Zeiten gesehen. Allerdings musste das nichts heißen, denn Samy erkannte auf den ersten Blick, dass beides von teuren Marken stammte. Noch viel mehr beeindruckte sie die Ausstrahlung des jungen Kerls. Er wirkte zufrieden und selbstbewusst. Obwohl das Abgerockte seiner Klamotten seine Attraktivität unterstrich, vermittelte es eine unglaubliche Lässigkeit.

»Ich bin Joe«, strahlte er sie an. »Eigentlich Jonathan McCansy, der Mieter aus dem Souterrain. Asif berichtete mir, was mit Rod passiert ist. Auch, dass er Ihr Vater war. Das tut mir leid.«

Ein wenig verzweifelt griff er sich an den Kopf und fuhr durch das lange Haar. Seidige Locken hingen ihm beinahe bis auf die Schultern. Sofort nahm er seine Hand wieder herab, als er ihren Blick bemerkte, und steckte sie wie die andere in seine Hosentaschen. Beinahe so, als müsse er sie irgendwo unterbringen, um sie unter Kontrolle zu halten.

Dann begriff Samy, woher seine Verlegenheit rührte. Er wusste nicht, wie er sich verhalten sollte. Daher versuche sie, es ihm einfacher zu machen.

»Das ist sehr freundlich, aber ich kannte meinen Vater nicht.«

Als sie es ausgesprochen hatte, kam es ihr wie eine dumme Rechtfertigung für mangelnde Trauer vor und sofort stellte sich ihr altes Zweifeln wieder ein. Warum musste sie sich immer unzulänglich fühlen und dämliche Dinge von sich geben?

Ebenfalls aus dem Konzept gebracht, murmelte der Fremde: »Oh.«

Doch anders als bei Samy war im nächsten Moment von seinem Unbehagen nichts mehr zu merken. Stattdessen strahlte er sie wieder an und kam zum Grund seines Besuches.

»Ich war eine ganze Weile weg und weiß noch nicht, wie es für mich weitergeht. Die Unis sind noch nicht zum Präsenzunterricht zurückgekehrt. Ich kann daher noch nicht abschätzen, ob mein alter Herr mir den Luxus meines Apartments weiterhin gönnt. Der Vertrag läuft nächsten Monat aus und ich könnte bald erfahren, ob ich bleiben kann. Das heißt, wenn es noch nicht weitervermietet ist.«

Ihr entging nicht, wie selbstbewusst er war. Er wirkte, als könne ihn nichts erschüttern und als sei ihm jede Reaktion recht. Ohne wirklich auf seine Worte zu hören, betrachtete sie ihn und wünschte sich, ein kleines bisschen dieses unglaublichen Selbstbewusstseins.

Ihr ging durch den Kopf, wie schüchtern sie als Studentin gewesen war und sie überlegte, ob es manchen Menschen in die Wiege gelegt wurde, sich anderen ebenbürtig zu fühlen, oder ob es eine Konsequenz aus familiären Prägung war.

Dann schob sie diesen Gedanken beiseite, denn sie erinnerte sich an den Vorsatz, die Vergangenheit hinter sich zu lassen und die Frau zu sein, die sie sein wollte.

Nicht unhöflich, aber bestimmt, teilte sie ihm mit, dass sie sich Gedanken machen müsste und es nichts sei, was sie im wahrsten Sinne des Wortes zwischen Tür und Angel entscheiden konnte.

Joe schien das nicht verstehen zu können, denn auf seinem schönen Gesicht zeigte sich Überraschung, aber er war nicht der Typ Mann, der sich aus der Fassung bringen ließ. Stattdessen erkundigte er sich bei Samy, ob er sie auf ein Glas Wein ins *Horse* einladen könnte.

Obwohl Samy darüber nachdachte, wie er in Anbetracht ihrer Aufmachung glauben konnte, sie habe nichts vor, gefiel ihr der Gedanke, mit ihm ins Pub zu gehen. Allerdings wollte sie ihm das nicht unter die Nase binden, und so deutete sie auf ihr Outfit und wollte erklären, dass sie eingeladen war. Bevor sie jedoch etwas erwidern konnte, lachte er und griff sich erneut in die Haare.

»Ah, verstehe! Du bist verabredet.«

Anerkennend ließ er seinen Blick über ihren Körper wandern, Samy fühlte sich sofort unwohl. Daher meinte sie schroffer als geplant.

»In der Tat. Ich würde es vorziehen, wenn ich mich fertigmachen könnte.«

»Was willst du noch verbessern? Für mich sieht alles perfekt aus«, war sein Resümee, das entwaffnend ehrlich klang.

Sofort verflog ihr Ärger und die Idee, mit ihm etwas trinken zu gehen, gewann an Reiz. Auch wenn er schon aufgrund seines Alters ein No-Go war, schmeichelte ihr seine Begeisterung. Er schien ein netter Kerl zu sein und es war an der Zeit, endlich Leute kennenzulernen. Auch wenn er wohl nicht zu den Kreisen zählte, an die sie anknüpfen wollte, konnte es dennoch nicht schaden, neue Leute zu treffen.

Daher räumte sie ein, dass sie eventuell am Sonntagabend Zeit hatte und war nicht überrascht, als er diesen Vorschlag genauso gut fand. Samy hatte keinen Zweifel daran, dass Joe auch ohne sie den Abend überstehen würde. Was auch immer er tun würde, Joe sah aus, wie jemand, der alles von der positiven Seite nahm und das Leben in vollen Zügen genoss.

Genau so reagierte er auch und trat zufrieden den Rückzug an. Auf dem Weg zur Treppe warf er ihr zu: »Ich hoffe für dich, dass der Kerl es wert ist. Du siehst großartig aus! Morgen um 20 Uhr, ich freue mich!«

Samy wollte protestieren und die Sache richtigstellen. Nicht, dass es ihn etwas anging, dennoch wurmte es sie, dass er einen falschen Eindruck bekommen hatte. Aber er war weg und sie hatte bereits die Tür geschlossen, als ihr noch etwas Wichtiges einfiel.

Hastig trat sie ins Treppenhaus und lief zum Geländer, von wo aus sie nach unten spähte. Joe war schon pfeifend auf dem untersten Absatz angelangt, blieb jedoch stehen und blickt zu ihr herauf, als sie ihn rief.

»Hast du mir vor ein paar Tagen eine Nachricht auf die Fußmatte gelegt?«, wollte sie wissen.

»Ja, ich war bei dir, nachdem mir Asif erzählte, dass ich eine neue Vermieterin habe. Aber du warst nicht da. Also habe ich einen Zettel geschrieben und ihn hoch vor deine Türe gebracht. Warum?«

»Warum hast du mit N. unterschrieben?«

»Nachbar …«

Sie hörte ihn wieder pfeifen, als sie zurück in ihr Apartment ging, hatte jedoch keine Zeit, über den amüsanten Kerl nachzudenken. Bereits in der nächsten Sekunde klingelte es und über die Gegensprechanlage tönte Cors tiefe Stimme, die sie aufforderte, runterzukommen, er habe den Fahrer bereits instruiert.

KAPITEL II

---◆◇◆◇◆---

BEECHWORTH MANOR

Als Fawards Wagen in die Einfahrt zu dem großen Herrenhaus einbog, knirschte der Kies so laut unter den Reifen, dass er trotz der geschlossenen Fenster zu hören war. *Wahrscheinlich ist genau das der Sinn dieses Bodenbelags,* sinnierte Samy. So war sichergestellt, dass sich niemand geräuschlos nähern konnte.

Ihr Herzschlag beschleunigte sich, denn sie sah dem Treffen mit gemischten Gefühlen entgegen. Zwar freute sie sich, doch nach Cors Vortrag über die Benimmregeln und Situationen, die es zu vermeiden galt, war ihr mulmig geworden. Sie hoffte, dass sie nicht allzu viele Fettnäpfchen erwischen würde, und nahm sich vor, noch bedachter als sonst ihre Worte zu wählen.

Cor wurde nicht von derartigen Sorgen geplagt und würde, ob sie es wollte oder nicht, einen Großteil der Konversation bestreiten. Er trug einen tiefschwarzen Abendanzug mit auffälliger Krawatte, seine Schuhe waren auf Hochglanz poliert.

Einen Moment hatte Samy darüber nachgedacht, ob er das selbst gemacht hatte, war aber schnell zu dem Schluss gekommen, dass er den Housekeepingservice seines Hotels bemüht hatte. Obwohl sie nicht daran zweifelte, dass er es selbst hinbekommen hätte, denn Cornelius erinnerte immer gerne an die Bedeutung von militärischen Traditionen in seiner Familie.

Von ihrem Großvater wusste sie, wie polierte Schuhe auszusehen hatten. Der behauptete, es von seinem Vater, einem Soldaten, gelernt zu haben. So ging sie davon aus, dass auch Cornelius das Pflegen seiner Schuhe beherrschte. Allerdings kannte sie ihn gut genug, um zu wissen, dass er keinen Handschlag zu viel tat und es sicherlich gegen seinen Kodex verstoßen hätte, in einem fünf Sterne Hotel die Aufgaben der Dienerschaft zu übernehmen.

Seufzend versuchte sie sich auf den Abend vorzubereiten, doch als sie vor dem hell erleuchteten Gebäude aus der Tudorzeit vorfuhren, rutschte ihr das Herz erneut in die Hose.

Der riesige Bau sah in der einsetzenden Dämmerung besonders eindrucksvoll aus und gab Rückschluss auf die Eleganz der Menschen, die darin wohnten. Die hellgraue Steinfassade des zweistöckigen Hauses war schlicht, doch die Dimension des Gebäudes ließ keinen Zweifel an der gesellschaftlichen Stellung seiner Bewohner. Hortensiensträucher von der Größe einer Doppelgarage, wirkten klein davor und schimmerten im Licht der großen Laternen, die rechts und links des Einganges ein warmes Licht verströmten.

Nachdem Faward ihnen die Tür der Limousine geöffnet hatte – er hatte sie gebeten, diese Aufgabe übernehmen zu dürfen, als er das Haus sah – richtete Cor sich zu seiner vollen Größe auf und ließ den Blick fachmännisch über den Park vor dem Haus schweifen.

»Sehr schön. Gepflegt, dennoch nicht protzig. Nicht anders, als von Charles zu erwarten.«

»Sprich ihn nicht so an«, ermahnte Samy ihn panisch, denn sie kannte Cor. Er fühlte sich niemandem unterlegen und hätte sogar die Königin mit *meine liebe Elizabeth* angeredet.

»Natürlich nicht!«, ereiferte er sich empört und setzte zu einer weiteren Belehrung an. »Ich kenne die Gepflogenheiten der Gesellschaft besser als du, meine Liebe. Daher weiß ich sehr wohl, was sich gehört und was nicht. Wobei, streng *entre nous*, meine Gute, es würde mich nicht wundern, wenn der liebe Charles nichts dagegen hätte.«

Samy verdrehte die Augen und hoffte, dass sich für Cor keine Gelegenheit ergeben würde, das herauszufinden. Im Gegensatz zu ihm war sie der Überzeugung, dass es allein aus Altersgründen nicht infrage kam, Sir Charles ohne Titel anzusprechen.

Ihr blieb keine Zeit etwas zu erwidern, denn im selben Moment wurde die schwere Flügeltür geöffnet und eine Frau in mittleren Jahren in einem schlichten schwarzen Kostüm bat sie herein.

Samy wusste, dass es sich bei ihr um Mrs Lister handelte, die Haushälterin der Bolman-Whitecliffs. Die hagere Frau wirkte ernst, als sie die Gäste durch das beeindruckende Entrée führte. Es erstreckte sich über beide Etagen und eine breite Treppe führte zentral zu der oberen Etage, wo eine Galerie den Blick auf ein paar Türen freigab.

Auf den schwarz-weißen Bodenfliesen klapperten Samys Absätze. Es bereitete ihr weiteres Unbehagen, denn von den Schuhen, die Mrs Lister trug, ging nicht einmal die Andeutung eines Geräusches aus.

Kurz bevor sie die Tür zum Salon erreichten, hörte sie ein bewunderndes »sehr stilvoll« hinter sich und blieb stehen, um auf Cor zu warten. Er hatte in der Mitte der Halle Halt gemacht und nahm die Details in sich auf. Dabei deutete er auf die großen Gemälde, während er eine Hand an die pinken Blüten des Bouquets am Fuße der Treppe gelegt hatte. Er stand da wie ein Restaurantkritiker, der jeden Moment zu einer großen Lobesrede ansetzen wollte.

»Komm jetzt«, zischte Samy ihm entnervt zu. Sie hatte keine Lust, noch vor der Begrüßung bei ihren Gastgebern unangenehm aufzufallen. Der überhebliche Blick von Mrs Lister war ihr nicht entgangen, daher legte sie so viel Nachdruck in ihre Worte, dass Cor nicht anders konnte, als ihrer Aufforderung zu folgen.

Allerdings würdigte er die Haushälterin keines Blickes, was auf Samy den Eindruck machte, als wolle er damit klarstellen, dass er als Gast über dem Personal stand.

Sie schüttelte den Kopf und sah dem Abend mit immer mehr Skepsis entgegen. Doch sie wurde angenehm überrascht, als Sir Charles und Lady Helen ihnen von der Terrasse aus entgegeneilten.

Nachdem Cor zu ihnen gestoßen war, hatte Mrs Lister sie in den Salon geführt, wo Samy gesehen hatte, dass alle auf der Terrasse vor den deckenhohen französischen Fenstern standen. Aus irgendeinem Grund erleichterte sie diese Tatsache, vielleicht weil sie davon ausging, dass ein Stehempfang im Freien zwangloser war.

Die Begrüßungen, die wegen der neuen Corona Normalität ohne Körperkontakt ausfielen, hätten unpersönlich oder gar frostig sein können. Dennoch war das Willkommen von Sir Charles und seiner Frau warmherzig. Beide kamen mit strahlenden Augen auf Samy und Cor zu. Die herzlichen Worte, die sie für beide hatten, ließen keinen Zweifel daran, dass dieser Abend kein stocksteifes Spießrutenlaufen werden würde.

Anabel, die mit ihrem Bruder an einem Barwagen stand, der von den Ausmaßen und der Bestückung jedem

Nachtclub alle Ehre gemacht hätte, kam auf Samy zu und umarmte sie, bevor ihre Mutter an die Corona-Restriktionen erinnern konnte. Dann beäugte sie Cornelius neugierig und brach das Eis.

»Lieber Cor, wie schön, dich endlich persönlich kennenzulernen. Wenn du auch bedeutend größer bist, als ich es mir vorgestellt hatte.«

Cor nahm dies als Kompliment und verbeugte sich vor Anabel. »Das Vergnügen ist ganz auf meiner Seite, Anabel. Ganz bezaubernd, ganz bezaubernd«, umsäuselte er sie. Samy wäre am liebsten im Boden versunken, doch voller Überraschung konnte sie sehen, dass Anabel diese schwülstige Begrüßung zu mögen schien.

Sie überließ die beiden sich selbst und begann ein Gespräch mit Niklas und seiner Frau. Auch wenn sie Diana flüchtig aus dem Yogastudio kannte, war ein Aufeinandertreffen schwierig. Diana war unnahbar, wenn man nicht das Wort unfreundlich benutzen wollte.

Sie war groß und hager, ihre dünnen blonden Haare sicherlich teuer, aber geschmacklos zu einem nichtssagenden Kurzhaarschnitt frisiert. Nichts, was Samy jemals an ihr gesehen hatte, hätte sie eines zweiten Blickes gewürdigt, so langweilig sah die Frau aus.

Überrascht bemerkte Samy, dass Diana angetrunken war. Sie leerte ihr Glas in einem Zug und sprach eindeutig zu laut. Auch Lady Helen und Charles war es nicht entgangen. Sie verlagerten die Gesellschaft ins Innere des Hauses, wo das Essen serviert wurde.

Samy konnte beobachten, wie Diana mit Wasser versorgt wurde und auch nach mehrmaligem Nachfragen keinen Wein mehr erhielt. Sie bemerkte, dass Sir Charles der Frau, die um die vierzig war, einen strengen Blick zuwarf. Danach senkte sie beschämt ihren Kopf und griff resigniert nach ihrem Wasserglas.

So läuft das also, sinnierte Samy. Sie war nicht überrascht, denn sie hatte selten jemanden erlebt, der derart viel Autorität ausstrahlte, wie Sir Charles. Dabei war er ein zuvorkommender Mann mit besten Manieren, dennoch ging diese Überlegenheit von ihm aus, die einen wissen ließ, dass er keinen Widerspruch duldete.

Für den Verlauf des Essens war es sicherlich das Beste. Nachdem Diana in ihre Schranken gewiesen worden war, lag das Augenmerk auf dem köstlichen Dinner, das Lady Helen auf Samys Bedürfnisse abgestimmt hatte. Sie hatte sich gemerkt, dass Samy Vegetarierin war und für jedes Gericht eine fleischlose Alternative gefunden.

Cor wurde über die Corona Situation in Deutschland befragt, der Abend plätscherte dahin, bis Anabel und Diana mit Lady Helen den Raum verließen. Wie auf ein Signal hin erhoben die drei sich und verkündeten, einen Kaffee auf der Terrasse trinken zu wollen.

Samy war unsicher, ob von ihr erwartet wurde, dass sie sich zu den Frauen gesellte. Doch die Frage erübrigte sich, als Sir Charles sie aufforderte, ihn mit Cor und Niklas in die Bibliothek zu begleiten.

Als sie den Raum mit den hohen Decken und Tausenden von Büchern betraten, fühlte Samy sich wie in *Downton Abbey.* Die Bibliothek hatte Regale vom Boden bis zur Decke, vor denen Leitern in Schienen liefen. Die unterschiedlichen Bücher bildeten eine Kulisse, wie Samy sie bisher nur in den alten Universitäten erlebt hatte. Nun verstand sie auch, warum es Menschen gab, die davon leben konnten, den Buchbestand in privaten Haushalten zu ordnen.

Sir Charles und Niklas waren zu einer Sitzecke, in der sich zwei mit dunkelgrünem Samt bezogene Chesterfield Sofas gegenüberstanden, gegangen, während Cor wie Samy den Raum bewunderte. Nachdem sie ein paar Worte über den Architekten des Hauses und die Tatsache, dass es seit Jahrhunderten im Besitz der Familie war, gewechselt hatten, sorgte Niklas für Drinks. Samy hatte den Eindruck, dass er das Gespräch herauszögern wollte, was sie vermuten ließ, dass es doch eine enge Beziehung zwischen ihm und Jennifer gegeben hatte. Warum sonst sollte er angespannt sein?

Er reichte den Männern Kristalltumbler mit einem Laphroaigh und bereitete für Samy und sich einen Whiskey Mac zu. Den torfigen Geschmack der Islay Whiskeys wie Laphroaigh oder Lagavulin fand sie widerlich, nicht einmal aus Höflichkeit hätte sie sich überwinden können. Niklas betonte, dass es ihm ähnlich ging, was Cornelius nicht davon abhielt, einen Vortrag über die Besonderheit der Getränke von der südlichen Hebriden Insel vor der Westküste Schottlands zu halten.

Als er ansetzte, von einer viele Jahre zurückliegenden Reise dorthin zu berichten, unterbrach Sir Charles ihn höflich und lenkte das Gespräch auf den Grund ihres Zusammentreffens.

Samy sah, dass Cor ihm das nicht übel nahm, sondern sich voll dem Gustieren seines Getränkes widmete und atmete innerlich auf. Einen schmollenden Cor konnte sie nicht gebrauchen.

»Wie ich Ihnen bereits erläuterte, war ich nicht in die Zusammenarbeit meines Sohnes mit der Verstorbenen eingeweiht. Erst heute Abend hat Niklas mich ins Vertrauen gezogen. Ich muss gestehen, die Reichweite von Jennifer Daltons Machenschaften haben mich überrascht.«

Mit einer auffordernden Geste signalisierte er seinem Sohn, zu übernehmen. Wie bereits zuvor ließ Niklas sich Zeit und starrte lange in sein Glas, bevor er bedacht zu reden begann.

»Es ist unbestritten, dass Jennifer und ich in den letzten Monaten sehr viel Zeit miteinander verbracht haben«, legte er los. Samys Blick musste Bände gesprochen haben, denn sofort strengte er sich an, den ersten Eindruck zu relativieren.

»Nicht in der Form, wie es geklungen hat, Samantha!« Sein Ton hatte sowohl etwas Drängendes als auch etwas Entschuldigendes und Samy überlegte, ob sie sich in dem zurückhaltenden Mann getäuscht hatte. Aus irgendeinem Grund hatte sie das Bedürfnis, Distanz zwischen ihn und sich zu bringen. Daher lehnte sie sich, soweit es ging, in die Kissen des harten gepolsterten Sofas zurück.

Niklas war anders als sein Vater. Samy wurde schlagartig bewusst, wie schwer es sein musste, neben einer Ikone wie Iron Charly im selben Berufsumfeld Fuß zu fassen. Während Niklas sich sammelte, beobachtete sie ihn – er schien zarter besaitet als sein Vater und konnte sein Gegenüber nicht wie dieser in den Bann ziehen.

Ob er eine Enttäuschung für Charles ist? fragte sie sich und hatte gleichzeitig Mitleid mit ihm. Dann begann er zu sprechen und sie konnte sehen, was in ihm schlummerte.

»Sie war ein schwieriger Mensch, aber eine fantastische Geschäftsfrau«, betonte er mit Inbrunst. Mit jedem Wort verstärkte sich der Eindruck, dass auch Niklas für etwas brannte – Geschäftssinn.

»Jennifer hat mich vor etwa sechs Monaten kontaktiert und gebeten, sie bei einer Geschäftsübergabe zu unterstützen. Zunächst konnte ich mir nichts darunter vorstellen.

Ich muss gestehen, dass ich überheblich war und überlegte, *wie groß kann der Verkauf eines Yogastudios schon sein.* Aber Jennifer belehrte mich schnell eines Besseren. Es stellte sich heraus, dass das Studio kaum von Bedeutung war. Vielmehr ging es um ihr Label.«

»Ihr Label?«, wollten Samy und Cornelius gleichzeitig wissen.

»Davon hast du mir gar nichts erzählt!«, warf Cor ihr vor. Bevor sie ihm aber mitteilen konnte, dass sie keine Ahnung hatte, wovon Niklas sprach, nahm er sie in Schutz.

»Sie wusste es nicht, niemand wusste davon. Jennifer hat ein erfolgreiches Yoga Label aufgebaut, das inzwischen eine derart bedeutende Marktposition eingenommen hat, dass die Großen auf sie aufmerksam geworden sind. Sie hatte sowohl Übernahmeangebote von *Nike*, als auch von *Lululemon*. Mich bat sie, die Offerten zu prüfen und den geeigneten Käufer auszuwählen. Dabei stellte sich heraus, dass sie etwas aufgebaut hatte, was einen dreistelligen Millionenbetrag einbringen würde. Ehrlicherweise viel mehr, als ich bei einem Unternehmen, das von einer einzelnen Person innerhalb so kurzer Zeit aufgebaut worden war, jemals gesehen habe.«

»Um welches Label handelt es sich?«, wollte Samy wissen und präzisierte: «Ist es bekannt oder hat es nur unter Insidern einen Namen?«

Niklas nahm einen Schluck seines Drinks und schien zu überlegen. Sicherlich dachte er darüber nach, ob diese Information vertraulich war, was Samy schätze. Es zeigte, dass er ein gewissenhafter Mensch war.

Ein Blick auf Sir Charles verriet ihr, dass er mit der Reaktion seines Sohnes zufrieden war. Juristen unterlagen der Schweigepflicht, von denen sie sicherlich auch solch eine Situation nicht entband. Daher war es nicht weiter verwunderlich, dass Niklas nicht freizügig mit den Informationen umging, dennoch würden sie sie brauchen. Schließlich wollten Samy und Cor ihn und seine Frau entlasten. Dies brachte sie auch mit wenigen Worten zum Ausdruck.

»Wir benötigen so viele Informationen, wie möglich, Niklas. Es geht nicht darum, Jennifer auszuspionieren!«

Nach einigen Sekunden lenkte er schließlich ein und fuhr resigniert klingend fort.

»Du hast recht, Samantha. Wahrscheinlich ist es eh nicht wichtig. Momentan steht in den Sternen, ob der Deal überhaupt realisiert wird.« Er schien wirklich enttäuscht zu sein, Samy war klar, dass auch für ihn viel Geld im Spiel war. Sicherlich verdiente er nicht schlecht bei einer Unternehmensübernahme. Sie überlegte intensiv, ob dies gegen ihn als Täter sprach, dann drang jedoch ein Name in ihr Bewusstsein und sie ließ vor Schreck beinahe ihr Glas fallen.

»*OM Shape?*«, wiederholte sie und starrte ihn fassungslos an.

»Du meinst das *OM Shape*, das nur an der kleinen Blume zu erkennen ist?«

Natürlich wusste sie, wie dumm diese Äußerung war, denn es gab nur ein *OM Shape*. Es war eine moderne Marke, die teure Yogakleidung auf den Markt brachte. Die Sachen waren so angesagt, dass jeder, der es sich irgendwie leisten konnte, etwas haben wollte. Sie hatte unzählige Teile und war ein begeisterter Fan, was wie sie zugeben musste, nicht nur an der Qualität lag. Ohne oberflächlich zu sein, gefiel es ihr, Yogaleggins zu tragen, die in jeder Modezeitschrift gehypt wurden – zurecht, wie sie fand.

Überall trugen Yogabegeisterte die funktionelle Kleidung, auf der niemals ein Namenszug zu sehen war. Lediglich eine kleine Blume fand sich irgendwo. Vielleicht war es genau dieses Understatement, was den Menschen gefiel. Anders als bei anderen Marken musste man bei *OM Shape* gezielt Ausschau halten, ob es das Markenzeichen gab und wo es sich befand. Viele der Kollektionsstücke waren weiß und schlagartig wurde Samy klar, warum Jennifer diesen Tick mit weißer Kleidung gehabt hatte. Sie war das beste Testimonial ihrer Marke und keiner hatte es gewusst.

OM Shape hatte in den letzten Jahren den Markt dominiert und schien weiter Fahrt aufzunehmen. Kaum zu glauben, dass ein derart großes und erfolgreiches Unternehmen in einem kleinen Städtchen wie Windsor seinen Ursprung hatte.

»Kann mich jemand aufklären?«, schnappte Cornelius beleidigt. »Es tut mir leid, aber ich gehöre nicht zu den Yogajüngern und trage keine schmalen Leggins, was, wie sich am Falle der guten Frau zeigt, auch nicht ganz ungefährlich ist.«

Samy sah das amüsierte Lächeln auf Charles Gesicht und war sich sicher, dass er sich Cor nicht in einer Leggins vorstellen wollte.

»Wenn du *OM Shape* googelst, wirst du jede Menge Lobeshymnen finden. Jeder Star trägt die Klamotten, es gibt kaum eine Modestrecke in Zeitschriften, in denen nicht etwas von *OM Shape* eingesetzt wurde – sei es nur ein Stoffarmband oder Haarband. Die Leute sind verrückt danach, glaub mir. Allein in unserem Yoga Studio gibt es niemanden, der nichts von *OM Shape* hat. Und bei allen Online Retreats, an denen ich teilnehme, sieht man Werbebanner mit der kleinen Blume.«

Sie wusste, dass die Begeisterung in ihrer Stimme Cor zur Weißglut trieb. Er selbst hatte nichts mit gesundheitsbewusster Lebensführung, die Yoga oder den Verzicht auf Fleisch beinhaltete, am Hut. Daher wunderte sie sein verächtliches Schnauben nicht.

»Nun, ich bleibe dabei – hipp hin oder her, zu viel des Guten gefährdet die Gesundheit. Dieser ganze Körperwahn, man sieht ja, was daraus wird«, gab er kryptisch von sich, sodass alle ihn fassungslos anstarrten.

Samy fing sich schnell wieder und stellte klar, dass Jennifer nicht an einer Überdosis Yoga gestorben war, sondern umgebracht worden war.

Cors Antwort folgte postwendend.

»Und dennoch hat die gute Frau es mit irgendetwas oder irgendwem übertrieben, ansonsten würde sie noch leben. Da stimmst du mir wohl zu, nicht wahr, meine Liebe?«

Samy wollte ihm widersprechen, doch Sir Charles schaltete sich ein. Wie immer hatte er die Gabe, den roten Faden im Auge zu behalten. Er wies seinen Sohn an, zu erklären, wer von der Sache betroffen war, beziehungsweise profitieren würde.

Niklas wirkte abgekämpft und Samy konnte erahnen, dass die letzten Tage schwierig gewesen waren.

Er erläuterte ihnen, dass er mit Jennifers Hilfe eine Bewertung vorgenommen und mit beiden Interessenten verhandelt hatte. Vor zwei Wochen war die Entscheidung gefallen und die Vorbereitungen für den Verkauf liefen auf Hochtouren, als der Mord geschah. Jennifer hatte viel daran gelegen, dass die Sache geheim blieb, auch über den Verkauf hinaus. Der Hintergrund war so simpel wie niederträchtig – rechtlich stand ihrem Mann die Hälfte von allem zu, denn sie hatten keinen Ehevertrag, sondern eine

Zugewinngemeinschaft. Das war auch der Grund, warum sie sich gegen eine Scheidung wehrte. Spätestens dann wäre die Sache herausgekommen und Daniel hätte seinen Anteil fordern können.

»Jennifer war der Meinung, dass ihr Mann ein Versager war und es nicht verdiente, von ihrer Geschäftstüchtigkeit zu profitieren.«

»Wie wollte sie es vor ihm geheim halten? Das wäre doch nicht für immer gut gegangen. Und hätte sie nicht irgendwann zwangsläufig in die Scheidung einwilligen müssen?«, unterbrach Samy ihn.

»Ja und ja«, schloss Niklas und verwunderte damit alle. Dann hatte er noch weitere Details auf Lager, die Cornelius mit einem knappen *Miststück* kommentierte – in Deutsch.

Als Samy Sir Charles zustimmendes Nicken sah, wurde ihr klar, dass der alte Anwalt noch facettenreicher war, als sie angenommen hatte.

Niklas erklärte ihnen, dass Jennifer Vorkehrungen getroffen hatte, um nach dem Verkauf das Land zu verlassen. Sie hatte Niklas gebeten, ein Angebot für ein Haus auf Curaçao unter seinem Namen abzugeben. Sie wollte mit ihren Millionen verschwinden und den armen Daniel nicht nur um seinen Anteil prellen, sondern ihn auch daran hindern, sich scheiden zu lassen.

Samy kam eine Idee, sie wollte wissen, ob das Yogastudio auch zur Verkaufsmasse gehört hatte. In diesem Fall hätte zumindest Carol als ihre Geschäftspartnerin eingeweiht sein müssen.

Doch was Niklas dazu berichtete, ließ die Ermordete in einem noch schlechteren Licht dastehen. Sie wollte nicht nur ihren Mann ausbooten, sondern auch Carol, deren Existenz an dem Betrieb hing. Das Yogastudio lief unabhängig und theoretisch hatte Carol ein Vorkaufsrecht in ihrem Vertrag stehen. Allerdings hatte Jennifer diesen vor einiger Zeit von Anwälten unter die Lupe nehmen lassen und herausgefunden, dass Carol aufgrund ihrer Minderheitsbeteiligung von nur 15 Prozent einem Verkauf nicht zustimmen musste.

Natürlich hatte sie hypothetisch ein Vorkaufsrecht, doch kein Gericht hätte Jennifer das Recht verwehrt, einen Verkauf zu realisieren, der das Zehnfache von dem einbrachte, was Carol ihr hätte bieten können.

Geschickt hatte sie Ausschau nach einem Interessenten gehalten, der mit dem kleinen Studio sein Netz erweitern wollte. Auf diese Art und Weise war sie mit einer großen Fitnesskette einig geworden, die landesweit Studios betrieb und sich erhoffte, mit kleinen Juwelen, wie dem *Windsor Yoga Studio*, in ein anderes Marktsegment einzudringen.

Der Kaufpreis von zweihundertfünfzigtausend Pfund war exorbitant, für Jennifer jedoch in Anbetracht der Millionen aus dem *OM Shape* Deal nicht nennenswert. Für Carol wären dabei jedoch nur knapp 30 Tausend herausgesprungen. Von diesem Geld musste sie einen Kredit abzahlen, den sie aufgenommen hatte, um sich bei Jennifer einzukaufen. Da das Yogastudio ihre einzige Einnahmequelle war, wäre es schwierig geworden, sich über Wasser zu halten.

Jennifer hätte aber auch eine Lösung mit Carol finden können und ihr das Studio zu einem vernünftigen Preis überlassen können.

»Aber sie war kein netter Mensch. Es bereitete ihr Vergnügen, sowohl Daniel als auch Carol zu schädigen. Ich habe mehrmals versucht, die Dinge in eine andere Richtung zu lenken, doch Jennifer war schlicht und einfach boshaft«, endete Niklas.

Er leerte sein Glas mit einem großen Schluck und blickte in die Runde. Er sah aus, als habe er resigniert, als er endete: »Was letztlich auch zu meinem eigenen Problem wurde und sowohl mich als auch Diana in diese missliche Lage mit der Polizei gebracht hat.«

Als er geendet hatte, lag eine lähmende Stille über dem Raum. Schließlich war es Cor, der das Schweigen brach. Es kostete ihn Überwindung, sich nicht wortgewaltig über Jennifer zu äußern. Samy wusste, dass er bei all seinen Schrullen null Toleranz für Menschen hatte, die aus niederen Beweggründen handelten. Jennifer schien genau das getan zu haben, aber das war es nicht, was Cor interessierte.

»Niklas, mein Guter, haben Sie das der Polizei mitgeteilt? Meinem Empfinden nach sollten Sie damit aus dem Schneider sein. Weshalb sollten Sie den Ast, auf dem Sie sitzen, abgesägt haben? Sie verstehen, was ich meine?«, wollte er wissen und erläuterte seinen Gedankengang, obwohl Niklas nickte.

»Aus monetären Gründen muss Ihnen doch daran gelegen gewesen sein, den Deal abzuschließen. Ich könnte mir vorstellen, dass Sie erst bezahlt werden, wenn alles in trockenen Tüchern ist.«

Erneut nickte Charles' Sohn und wollte etwas erwidern, aber Cornelius war noch nicht fertig. Nachdem er lange einfach zugehört hatte, musste er endlich zum Zuge kommen. Auch wenn er zweifelsohne ein guter Zuhörer war, in jeder Diskussion war irgendwann der Punkt erreicht, wo er seine eigenen Überlegungen in Worte fassen musste.

»Warum also solltest du die Frau, die deine – hoffentlich große – Rechnung bezahlen wird, umbringen? In meinen Augen macht es keinen Sinn. Bitte korrigiert mich, wenn ich mich täusche!«

Inzwischen war Sir Charles aufgestanden und hatte alle Gläser wieder aufgefüllt und nickte seinem Sohn aufmunternd zu.

Niklas schien das Wohlwollen seines Vaters zu brauchen, wie ein Kind Lob. Samy wurde mit einem Mal klar, warum Anabel sich geweigert hatte, ebenfalls Juristin zu werden. Der Druck, neben oder vor Charles zu bestehen, schien enorm.

So gerne Samy Sir Charles auch mochte, als Vater musste er ein Albtraum sein. Sie war gespannt, wie Niklas die Situation erklären würde, denn Cor hatte recht. Für ihn wäre es lukrativer gewesen, wenn Jennifer am Leben geblieben wäre.

Niklas schien in sich zusammenzusinken, dann aber fasste er sich ein Herz und richtete sich wieder auf. Genau das war es, was Samy an ihm verunsicherte, dieses Wechselspiel zwischen einem Häufchen Elend und flammendem Vortrag seiner Gefühle.

Als er wieder redete, schwang in seinen Worten jedoch noch etwas mit, was Samy als Wut identifizierte. Allerdings blieb offen, wem sie galt.

»Natürlich. Nur leider gab es da diese Angelegenheit vor unserem Haus am Tag vor Jennifers Ermordung. Diana liegt mir seit Wochen in den Ohren und unterstellt mir, dass ich ein Verhältnis mit Jennifer hatte. Welch ein Blödsinn, obwohl ich nicht leugnen kann, dass sie es versucht hat. Aber diese Frau war ein Albtraum. Ich wäre im Leben nicht auf die Idee gekommen, mich in ihre Fänge zu begeben.«

An dieser Stelle räusperte Sir Charles sich und Niklas zuckte zusammen. Ein Blick seines Vaters wirkte genau, wie zuvor bei seiner Frau, und Niklas räumte kleinlaut ein weiteres Detail ein.

»Zunächst hat es mir gefallen, dass Diana eifersüchtig war. Daher habe ich sie eine Weile in dem Glauben gelassen, dass da etwas zwischen Jennifer und mir ist. Aber irgendwann ist die Sache aus dem Ruder gelaufen und Diana hat angefangen, Jennifer anzufeinden. Diese hatte an der Sache Vergnügen, so wie an allem, was anderen schadet. Wann immer sich eine Gelegenheit ergab, hat sie Öl ins Feuer gegossen und den Eindruck erweckt, als wäre es wirklich so. Am Tag vor Jennifers Tod ist die Sache eskaliert. Diana und ich waren nicht in der besten Verfassung miteinander, wenn ihr versteht, was ich meine.«

Bei dieser Ausdrucksweise war Samy sicher, dass es sich um einen handfesten Streit handelte. Genau das entsprach dem Ruf, den die beiden laut Anabel genossen. Sie hatte Samy erzählt, dass ihr Bruder immer handzahm gewesen war, sich aber im Laufe seiner Ehe zu einem übellaunigen Querkopf entwickelt hatte. Wann er diese Attitüden an den Tag legte, wusste Samy allerdings nicht, denn bei den wenigen Gelegenheiten, zu denen sie Niklas getroffen hatte, war sein Benehmen tadellos gewesen.

Nichtsdestotrotz zweifelte sie nicht an Anabels Beschreibung, schließlich kannte sie ihren Bruder besser. Dessen Schilderung, was sich an eben diesem Tag ereignet hatte, ließ auch keinen anderen Schluss zu.

»Meine Frau hatte sich schon auf unserem Weg durch die Stadt mehrfach laut über diverse Dinge geäußert, sodass ich sie das ein oder andere Mal bitten musste, sich zu mäßigen.« An dieser Stelle verzog Charles das Gesicht. Einen kleinen Moment war die Verachtung, die er für seine Schwiegertochter empfand, unübersehbar.

»Unglücklicherweise verließ Jennifer ihr Haus in dem Moment, als wir vor unserer Haustür ankamen. Mir war klar, dass dies ein ungünstiges Timing war. Diana war angespannt und Jennifers anzügliches Grinsen ließ mich sofort ahnen, dass die Frauen aneinandergeraten würden.« Seine Worte waren nicht mehr leidend, wie zu Beginn seiner Schilderung, sondern voll von unterdrücktem Zorn.

Dies schien auch Cornelius nicht entgangen zu sein. Er versuchte Niklas mit einem flapsigen Spruch ein wenig zu entspannen, erreichte jedoch nur das Gegenteil. Niklas wirkte von Satz zu Satz feindseliger und ignorierte die mahnenden Blicke seines Vaters.

»Jennifer hat mich anzüglich begrüßt und Diana ist explodiert, hat sie als Schlampe und noch schlimmer beschimpft. Zunächst hat Jennifer darüber gelacht, was Diana noch wütender machte. Aber dann gingen die Beleidigungen so weit unter die Gürtellinie, dass ihr das Lachen verging. Meine Frau kann sehr, nun wie soll ich es ausdrücken, sehr gewöhnlich sein.« Erneut leerte er sein Glas und Samy war gespannt, ob sein Vater es noch einmal füllen würde.

»Plötzlich ging alles ganz schnell. Jennifer hat ihre Tasche abgestellt und Diana eine schallende Ohrfeige gegeben. Im nächsten Moment sind sie aufeinander losgegangen, wie bei einem Boxkampf. Da es Mittagszeit war, waren alle Tische vor dem *Two Brewers* besetzt. Ihr wisst, wie gehoben das Klientel dort ist. Das hat die Leute aber nicht davon abgehalten, aufzustehen und die Frauen zu beobachten. An einem anderen Ort hätte man sie wahrscheinlich noch angefeuert. Ich bin dazwischen gegangen und habe es geschafft, sie zu trennen. Leider war Diana so in Rage, dass sie für jeden gut hörbar keifte: ›Ich bringe dich um, du Miststück. Glaub mir, das ist noch nicht zu Ende‹.«

Allen war die Tragweite dieser Worte bewusst, besonders wenn sie am Vortag eines Mordes geäußert wurden. Es herrschte Schweigen, das lediglich vom Ticken einer großen Standuhr unterbrochen wurde.

Samy war sprachlos, denn es war schwer, sich zu solch einem Familienstreit angemessen zu äußern. Auch wenn sie verstehen konnte, dass Jennifer bei Diana unangenehme Gefühle hervorgerufen hatte, war es ihr selbst fremd, sich derart gehen zu lassen. Auch Cornelius schienen die passenden Worte zu fehlen. Samy sah, wie er betreten seine polierten Schuhe betrachtete, während er den schweren Kristalltumbler mit der goldenen Flüssigkeit in der Hand hielt.

Niklas saß wie ein Häufchen Elend neben seinem Vater, dem die ganze Angelegenheit unangenehm war. Andererseits wirkte Charles jedoch auch abgeklärt. Samy konnte sich vorstellen, dass der alte Strafverteidiger in den letzten Jahrzehnten Dinge gesehen und gehört hatte, die weit über diese Peinlichkeiten hinausgingen. Daher wunderte es sie auch nicht, dass es schließlich Sir Charles war, der die Schilderung mit nüchternem Resumee zum Abschluss brachte.

»Als wäre diese Entgleisung nicht schlimm genug, hat mein Sohn den Fehler gemacht, sich ebenfalls unvorteilhaft zu äußern. Nachdem seine Frau ins Haus gegangen war, hat er mit Jennifer darüber gestritten, dass es unnötig sei, derartige Szenen zu produzieren. Abschließend hat er sich dazu hinreißen lassen, der jungen Frau zu erwidern, er würde verhindern, dass sie seine Ehe zerstört.«

Von Cor ertönte ein leiser Pfiff, der in plötzlich einsetzendem Lärm unterging. Unweit der Bibliothek war ein Streit entbrannt. Dianas keifende Stimme war trotz der dicken Holztüren laut und deutlich zu hören. Sie schien mit Anabel und Lady Helen zu diskutieren, denn hin und wieder hörte man auch die beiden, wenn auch wesentlich gesitteter. Immer wieder fiel Jennifers Name und auch unflätige Ausdrücke, die Samy niemals in einem edlen Ambiente, wie dem Herrenhaus erwartet hätte, drangen zu ihnen durch. Charles war aufgesprungen, während auf seinem Gesicht ein empörter Ausdruck erschien. Sein Sohn hockte weiterhin wie gelähmt auf dem Sofa.

Plötzlich wurde die Tür aufgerissen und Anabel stürmte hinein. Alle anderen ignorierend brüllte sie ihren Bruder an.

»Kümmere dich um deine Frau. Es ist schlimm genug, dass sie ein Aggressionsproblem hat. Scheinbar hat sich jedoch noch ein alkoholisches dazu gesellt. Bring sie nach Hause oder zumindest zum Schweigen. Niklas, das ist ekelhaft!«

Diana hatte es nun in die Bibliothek geschafft, obwohl Lady Helen versuchte, sie daran zu hindern. Die ältere Dame war überfordert und peinlich berührt.

Falls Diana gute Marinieren hatte, hatte sie diese eindeutig auf dem Weg verloren. Ihre langweilige und dennoch kostspielige Garderobe wirkte derangiert und selbst die akkurate Frisur saß nicht mehr.

»Euer Sohn ist ein Waschlappen. Ich weiß nicht, woher er den Mut genommen hat, aber ich versichere euch, hätte er es nicht getan, hätte ich die Schlampe umgebracht.«

Ein Raunen ging durch den Raum und Charles wies seinen Sohn an, aktiv zu werden.

»Du solltest Diana nach Hause bringen. Helen, bitte lass einen Wagen kommen!«

Seine Worte gingen beinahe unter, da Diana weiter keifte und auch Niklas sich zu vergessen schien. Nach der

Aufforderung seines Vaters war er aufgesprungen und auf seine Frau zugestürmt. Er packte sie am Arm und schob sie in die Richtung des Ausgangs. Nur an Samy richtete er zum Abschied noch ein paar Worte.

»Sie weiß nicht, was sie von sich gibt. Wir waren beide zu Hause, das hat sie bestätigt. Weshalb hätte ich meinen Verdienst gefährden sollen? Ich habe nichts getan. Bitte findet heraus, wer das wirklich war!«

Es war schwer, ihn zu verstehen, denn Diana brüllte weiter unzusammenhängendes Zeug und versuchte, sich aus seinem Griff zu befreien. Doch Niklas ließ nicht locker.

Er entschuldigte sich bei seiner Mutter und im nächsten Moment waren sie verschwunden. In der Bibliothek wurde es schlagartig still. Lady Helen verabschiedete sich mit dem knappen Hinweis, sie habe Migräne und müsse sich zurückziehen.

Samy blieb zurück mit einem sichtlich angeschlagenen Charles, einer wütenden Anabel und einem fassungslosen Cornelius, der trotz allem Gefallen an der Darbietung zu haben schien. Seine Augen wanderten fix hin und her, um nur ja nichts zu verpassen.

Nach einem kurzen Durchatmen wandte Sir Charles sich wieder an seine Gäste. Durch und durch Gentleman entschuldigte er sich und lies Samys und Cors Beteuerung, es sei kein Problem, nicht gelten.

»Unverzeihlich. Vollkommen inakzeptabel und wir müssen uns als Familie bei Ihnen entschuldigen. Nichtsdestotrotz weiß ich Ihre Höflichkeit zu schätzen.«

Anabel platzte der Kragen, als sie ihren Vater unterbrach. »Was für eine Ziege. Niklas sollte überdenken, wie die Ehe weitergeht. Glücklich ist er schon lange nicht mehr, das wissen wir spätestens seit letztem Jahr ...«

Weiter kam sie nicht, denn Charles schnitt ihr das Wort ab und brachte sie zum Verstummen. »Anabel, wir sollten unsere Gäste nicht mit Familiengeschichten belästigen. Um diese müssen wir uns kümmern.«

Samy hätte gerne gewusst, wovon ihre Freundin gesprochen hatte. Doch die Gelegenheit ergab sich nicht mehr, da Sir Charles klarstellte, dass der Abend beendet sei, und Samy und Cornelius mit eleganten Worten verabschiedete.

»Ich denke, für diesen Abend wurde genug auf den Tisch gebracht. Ich bitte Sie, liebe Samantha und geschätzter Dr. von Reeder, den Worten meiner Schwiegertochter keine Bedeutung zu schenken. Ich versichere Ihnen, dass ich reinen Gewissens davon ausgehe, dass sowohl mein Sohn als auch seine Frau zu Unrecht verdächtigt werden. Auch wenn ich gestehen muss, dass beide sich ungeschickt in diese Lage gebracht haben. Dennoch – Niklas Ruf darf keinen weiteren Schaden nehmen. Daher möchte ich Sie bitten, sich umzuhören und zu sehen, was sie in Erfahrung bringen können.«

Er hinderte seine Tochter daran, die beiden wie geplant, zu begleiten. Samy wurde den Eindruck nicht los, dass Sir Charles seiner Familie einen Maulkorb verpassen wollte.

Bel hatte sie und Cor nach dem Abend ins *Horse* begleiten wollen, um bei ein paar Drinks Cornelius besser kennenzulernen. Nun mussten sie den Heimweg allein antreten und Cor brachte es im Fond des Wagens, den Sir Charles bereitgestellt hatte, auf den Punkt.

»Was für eine Gesellschaft! Und da glaubt unser eins immer, in gewissen Kreisen wisse man sich zu benehmen. Ich halte es da doch lieber mit der Anweisung meiner verehrten Mutter – schmutzige Wäsche wäscht man nur daheim!«

Samy war erschüttert von dem Ausgang des Abends und konnte sich kaum vorstellen, wie sie Sir Charles oder seiner Familie wieder begegnen sollte. Eine derartige Peinlichkeit hatte sie noch nie erlebt.

Als der Wagen vor ihrem Haus hielt, wurde ihr bewusst, dass sie die Fahrt schweigend zugebracht hatten. Cor ging es nicht anders als ihr, auch er musste alles sacken lassen. Bevor sie ausstieg, erkundigte sie sich dennoch nach seiner Meinung.

»Glaubst du, dass an der Sache mit Niklas nichts dran ist?«

Cor gab ein verächtliches Schnauben von sich und ließ keinen Zweifel an seiner Abscheu für derart niveauloses Handeln.

»Lass mich eine Nacht darüber schlafen, Frau Doktor. Mir ist selten etwas derart Geschmackloses, wie diese Frau untergekommen. Ich muss gestehen, dass ich jeden Mann verstehen kann, der sich an ihrer Seite vergisst. Allerdings hätte ich persönlich ihr den Hals umgedreht, wenn ich Mordgelüste verspüren sollte, und nicht einer anderen.«

Er machte eine Handbewegung, als wolle er ein lästiges Insekt abwehren und schloss mit seiner Einschätzung.

»Es besteht wohl kein Zweifel daran, dass Jennifer Dalton ein Exemplar Mensch mit sehr niedrigen moralischen Standards gewesen ist. Dennoch will mir nicht einleuchten, warum ein Anwalt, der mit ihr ein Vermögen verdienen kann, sie aus dem Weg räumen sollte. Aber wie bereits erwähnt, ich möchte alles in Ruhe überdenken, denn irgendwas stimmt an dieser Sache nicht.«

Er hauchte ein paar Luftküsse in die Nähe von Samys Gesicht und forderte sie auf, das Auto zu verlassen, da er in sein Hotel zurückwollte.

»Der Abend war alles andere als *agreable*, meine Liebe. Ich werde versuchen, ihn zu einem angenehmen Abschluss zu bringen, sei es nur mit einem angemessenen Maß an Schlaf. In diesem Sinne *Bon Nuit*!«

Samy stieg aus und schaute dem Wagen hinterher. Sie zweifelte nicht daran, dass ihr Freund sein Vorhaben in die Tat umsetzen würde. Sicherlich würde er es sich noch in der Hotelbar gemütlich machen und vielleicht auch Zeit mit dem Barkeeper Lucas, mit dem er sich bei seiner letzten Reise angefreundet hatte, verbringen.

Sie beneidete ihn und hätte etwas darum gegeben, ebenfalls eine kleine Abwechslung vor sich zu haben. Als sie das Haus betrat, erinnerte sie sich an Joe und spielte kurz mit dem Gedanken, an seine Tür zu klopfen. Diese Idee verwarf sie jedoch sofort, denn so weit war es mit ihrem Weg zu einer selbstbewussten Frau noch nicht. Seufzend stieg sie die Treppe in ihre Wohnung hinauf und hoffte auf einen erholsamen Schlaf, in dem ihr weder die keifende Diana noch die boshafte Jennifer als Gespenster erschienen. Von beiden hatte sie für diesen Abend genug.

KAPITEL 12

---◆◇◆◇◆---

THE FOX & HOUNDS

»Wenn man rechts weitergehen würde, käme man zum Gelände der Royal Lodge«, erklärte Samy und fügte erklärend hinzu: »Das Haus von Andrew und seiner Ex-Frau Fergie.«

Cor warf einen Blick auf die zartrosafarbenen Gebäude, die im *Windsor Great Park* eingebettet lagen und den Eingang zur Lodge markierten.

»Warum sollte irgendwer dort hinwollen? Noch eine Person, mit der man seine kostbare Zeit nicht verschwenden sollte. Ich bin ja der Meinung, dass es für den Umgang mit derartigen Menschen nur einen Umgangston gibt …«

Schnell unterbrach Samy ihn, denn sie wollte keine weitere Diskussion riskieren.

»Auf dem Gelände befindet sich die *Royal Chapel of All Saints*. Das ist die Kirche, die man oft auf Instagram oder Facebook sieht, wenn die Queen beim sonntäglichen Kirchgang gefilmt wird.«

Damit war Cors Aufmerksamkeit geweckt, denn alles, was mit der Queen zu tun hatte, interessierte ihn. Dennoch wechselte Samy erneut das Thema, denn für die Monarchin hatten sie heute keine Zeit.

Als es noch gut zehn Minuten Fußmarsch waren, verlor Cor allmählich die Lust am Laufen. Er jammerte über schmerzende Füße, weil er sich eine Blase geholt hatte, und war inzwischen unleidlich. Daher war es am besten, sich nicht länger hier aufzuhalten, sondern den Rest des schönen Weges zu schaffen.

Als sie sich vor zwei Stunden bei Asif getroffen hatten, um die Ereignisse des gestrigen Abends zu erörtern und sich eine Meinung über Niklas und Diana zu machen, hatten sie unerwartet weiteren Input erhalten.

Der Kreis der Verdächtigen wuchs!

Asif hatte Samy rhetorisch gefragt, ob sie Carol vom Yogastudio kannte. Natürlich wusste er genau, dass sie die Frau kannte, denn er war es gewesen, der ihr nach ihrer Ankunft geraten hatte, sich in Jennifers Studio anzumelden. Seitdem war sie beinahe jeden Tag in Yogaklamotten an dem Café vorbeigekommen, um ihren geliebten Chai Latte als Belohnung nach langen Yoga Sessions zu trinken. Mehr als einmal hatte sie ihm berichtet, wie tratschig Carol im Gegensatz zu der professionellen Jennifer war.

Daher hatte er auch keine Erwiderung abgewartet, sondern verschwörerisch geflüstert: »Sie ist vor einer halben Stunde hier gewesen und hat sich mit einer Frau, die ich nicht kannte, unterhalten. Sie war sehr selbstgefällig und hat laut herum posaunt, wie glücklich sie sei, dass ihre Geschäftspartnerin tot sei. Ich fand das nicht richtig und habe ihr das auch mitgeteilt. So sollte man nicht über Tote reden. Carol hat mich jedoch ausgelacht und den ganzen Laden damit unterhalten.«

Er hatte ihnen erzählt, wie unmöglich die Frau darauf herumgeritten war, dass Jennifer ein gemeines Biest gewesen wäre, die keine Skrupel davor gehabt hatte, ihr die Existenz zu nehmen. Des Weiteren hatte sie behauptet, Daniel würde ihr den Laden überlassen, dafür würde sie sorgen.

Sie hatten daraufhin beschlossen, einen Spaziergang zu machen, um alle Gedanken zu ordnen. Samy hatte den Long Walk vorgeschlagen, an dessen Ende sie Englefield Green und das *Fox & Hounds* erreichen würden. Sie hatte Cor von diesem Restaurant vorgeschwärmt und schnell seine Zustimmung erhalten. Im Laufe des Spaziergangs, der in der Tat lang war, war seine Begeisterung von Meter zu Meter geschwunden.

Immer wieder hatte sie ihm jedoch die wunderbare Atmosphäre und Köstlichkeiten des Pubs geschildert, damit er durchhielt. Über ihre Verdächtigen zu reden, hatte sie schon vor einer Weile aufgegeben. Cor hatte klargemacht, dass er sich nicht konzentrieren könne, solange ihm die Füße schmerzten und es ihm an vernünftiger Nahrung mangelte.

Samy hatte darauf verzichtet, ihn daran zu erinnern, dass er nach seinem Full English Breakfast im Hotel bei Asif auch noch einen Scone mit Clotted Cream verdrückt hatte. Derartige Diskussionen führten bei Cor zu nichts. Hungrig war er ungenießbar, daher galt es, ihn schnell ans Ziel zu bringen.

Als sie den Great Park verließen und die Beschilderung des *Fox* vor ihnen auftauchte, atmete Samy innerlich auf und Cor meckerte: »Wurde aber auch Zeit.« Allerdings besserte seine Laune sich umgehend, als sie den Biergarten des Lokals betraten.

Wie nicht anders zu erwarten, erlag er dem Charme dieses besonderen Ortes. Das verwunschene recht flache Haus sah zu jeder Zeit zauberhaft aus. Es war weiß getüncht und rechts und links des Einganges ragten breite Erker heraus, deren Sprossenfenster hellgrau gerahmt waren und durch eine schöne Dekoration einladend wirkten. Davor standen große Blumenkübel mit üppigen Bepflanzungen, die dem Ganzen einen warmen Landhauscharakter verliehen.

Der Biergarten mit den verwitterten Teakholzmöbeln befand sich vor dem Pub. Tische mit Bänken und Hockern in unterschiedlichen Höhen luden sowohl zum Essen, als auch zum zünftigen Biertrinken ein. Bei den Besuchern handelte es sich um Mitglieder der gehobenen Mittelschicht, die sich allein oder mit Familie und Freunden im *Fox* verwöhnen ließen. Es gab viele Eltern mit kleinen Kindern, deren Wachsjacken und Gummistiefel beinahe wie eine Uniform wirkten, aber auch ältere Ehepaare, die herkamen, um nicht mit ihrem Partner allein zu sein.

Darüber hinaus trafen sich hier größere Gruppen von Yuppies, die am Wochenende das Landleben zelebrierten, als gehörte es zum englischen Lifestyle einfach dazu.

Genau aus diesem Grund liebte Samy das *Fox & Hounds* – es bot nicht nur eine gute Küche, sondern auch die Möglichkeit, Menschen zu beobachten und herauszufinden, wie die englische Mittelschicht tickte.

Ihr Highlight waren die an den Wänden befestigten Futterkörbe für Pferde, die mit frischem Heu gefüllt waren. Als sie zum ersten Mal hergekommen war, dachte sie, es sei eine schöne Deko, doch dann hatte es nur Minuten gedauert, bis sie Hufgeklapper hörte und sah, wie selbstverständlich zwei Reiter ihre Pferde dort anbanden und sich ins Pub begaben.

Sowohl die Reiter als auch die Pferde nahmen diese Möglichkeit als selbstverständlich. Auch jetzt verfolgte Samy das Spektakel immer noch mit Vergnügen. Sie wusste, dass die Pferde für den Charme der Location von großer Bedeutung waren, und war daher froh, dass auch heute mehrere Futterkörbe frequentiert wurden.

Cornelius ließ seinen Blick wohlwollend über die Szenerie schweifen und schien versöhnt mit dem langen Marsch. Sie suchten sich ein Plätzchen hinter einer Hecke aus Kirschlorbeeren in großen Terrakottagefäßen und bestellten ihr Essen. Cor entschied sich für ein klassisches Sunday Roast und Samy wählte eine der rustikalen Pizzen, für die das Restaurant bekannt war. Während sie warteten, ließen sie sich einen Cider schmecken. Samy schilderte Cor, wie schön das Restaurant im Winter aussah, wenn rechts und links der Eingangstür deckenhohe Nussknacker standen. Außerdem erläuterte sie ihm, was es mit Engelfield Green und den riesigen Anwesen, die sich hinter hohen Mauern verborgen auf sich hatte.

Hier wohnten die Reichen, die es sich unbemerkt vor den Toren Londons bequem gemacht hatten. Es handelte sich um eine Mischung aus Scheichs, Unternehmern und Celebrities, die man nie zu Gesicht bekam. Von den gigantischen Häusern sah man manchmal einen Zipfel, wenn eines der Tore leise auf glitt, um einen monströsen Rolls Royce hinausgleiten zu lassen, der die Frauen zum Shoppen in die City brachte, oder die Kinder von ihren Schulen zurückholte.

Samy hätte nichts darüber gewusst, wenn sie nicht selbst in einem der Häuser zu Besuch gewesen wäre. Valerie, die älteste Tochter von Charles und die Schwester von Bel und Niklas, residierte mit ihrem Mann und den gemeinsamen Kindern hier. Dies war sowohl der Tatsache, dass die Bolman-Whitecliffs sich alles leisten konnten, als auch dem Umstand, dass Valeries Mann ein hochkarätiger Investmentbanker war, zu verdanken.

Samy beschrieb Cornelius das Anwesen in den schillerndsten Farben und war sicher, dass er hören konnte, wie fassungslos sie von den Ausmaßen gewesen war.

»Dennoch ist Val eine sehr sympathische Frau«, betonte sie, »Auch ihr Mann ist ganz nett. Ehrlich gesagt hatte ich gehofft, sie häufiger zu treffen, denn sie hat eine Professur in Oxford und erschien mir eine spannende Person. Na ja, vielleicht ergibt sich eine Chance, wenn alle wieder zur Normalität zurückkehren.«

Cor hörte aufmerksam zu und wollte gerade etwas erwidern, als sie Gesprächsfetzen von der anderen Seite des Lorbeerstrauches mitbekamen.

Eine weibliche Stimme redete über den Mord im Yogastudio und wollte von ihrer Gesprächspartnerin hören, was sie darüber wusste. Sie konnten nicht alles verstehen, was die andere Person murmelte, doch Samy war sicher, dass sie die Stimme kannte. Allerdings konnte sie diese nicht zuordnen und auch aus dem, was sie hörte, wurde sie nicht schlau.

Einerseits beharrte die Frau darauf, nichts zu wissen, dann jedoch schilderte sie, wie ihre Tochter von der Polizei vernommen worden war.

An diesem Punkt bat Samy Cor, einen Blick auf die andere Seite zu werfen und ihr zu beschreiben, wie die Damen, die sich unterhielten, aussahen. Sie hoffte, damit eine Zuordnung vornehmen zu können, und wartete gespannt auf seine Schilderung.

Cornelius ließ sich Zeit, sodass sie es irgendwann nicht mehr aushielt. Vorsichtig linste sie um den Strauch herum. Sie konnte die beiden Damen zwar immer noch nicht sehen, aber zumindest sah sie, warum Cor so lange wegblieb.

Er stolzierte wie ein Pfau durch den Biergarten und hatte sein Handy auf Gesichtshöhe in der Hand. Samy verfluchte ihn und verstand nicht, warum er sich derart exponierte. Musste wirklich jeder sehen, dass er wie ein Paradiesvogel aussah?

Schon morgens hätte sie schreien können, als er in Knie-bundhosen bei Asif aufgetaucht war. Diese fielen auf, weil er sie mit einem langen Mantel aus hellem Tuch kombinierte. Um dem Outfit den letzten Schliff zu verpassen, hatte er einen Hut mit breiter Krempe aufgesetzt.

Samy versuchte, ihn auf sich aufmerksam zu machen, und wollte gestikulieren, damit er zurückkehrte, dann begriff sie jedoch, was er tat. Er bewegte sich absichtlich wie ein Tourist und nutzte die Assoziation, die dabei bei den meisten Einheimischen entstand als Chance, den Biergarten und die Pferdetränken zu filmen. Abschließend ließ er sein Handy über die Lorbeersträucher gleiten und Samy wusste, dass er auch ihre bis dahin für sie unsichtbaren Nachbarn festgehalten hatte.

Sie ließ sich auf ihren Platz zurückgleiten und gratulierte ihrem Freund innerlich zu dieser Idee. Gleich würde sie wissen, wer dort über die Ermordung sprach. Ihr Herz pochte vor Aufregung. Sie versuchte weiterhin zu lauschen, worüber die beiden jenseits der Sträucher sprachen. Inzwischen drangen nur noch Bruchstücke zu ihr herüber, da an einem Nachbartisch eine Familie mit vielen Kindern Platz genommen hatte. Zum Geplapper der Kleinen gesellte sich noch das Bellen eines vorwitzigen Pudels, der eindeutig nicht überhört werden wollte.

Gerade als Cornelius wieder um die Ecke kam, hörte sie die Stimme, die ihr bekannt vorkam: »Für seine Kinder tut man schließlich alles, nicht wahr?«

Samy wusste nicht, ob sie es sich einbildete, doch in ihren Ohren klangen diese Worte sehr theatralisch.

Leider musste sie sich gedulden, denn zeitgleich mit Cors Rückkehr wurde ihr Essen serviert und Cornelius ließ nicht mit sich reden. Er wollte auf keinen Fall das wunderbar duftende Gericht warten lassen, damit Samy sich sein Video ansehen konnte.

»Bitte, meine Liebe, zuerst kümmern wir uns um unser körperliches Wohlbefinden. Der gestrige Abend und der Gewaltmarsch haben uns einiges abverlangt – da ist es von äußerster Bedeutung, unsere Energiereserven wieder aufzufüllen.«

»Wir haben vor nicht einmal zwei Stunden erst gefrühstückt«, protestierte Samy. »Ein klein wenig wirst du doch wohl noch warten können, ohne zu verhungern. Komm schon, Cor, zeig mir das verdammte Video. Ich platze vor Neugierde.«

»Genau das ist die Wurzel allen Übels, Frau Doktor! Die Menschen vergessen immer, dass es unsere oberste Priorität sein sollte, uns um uns und unseren Körper zu kümmern. Nichts ist so wichtig wie die optimale Versorgung. Alles andere kann warten, denn sonst wartet bald nichts und niemand mehr auf uns. In diesem Sinne möchte ich mich auf diesen fantastischen Sonntagsbraten konzentrieren«, erwiderte er und stopfte sich die Stoffserviette in den Kragen seines Oberhemdes.

Er sah zum Schießen aus, aber Samy hatte ihn schon oft so gesehen, daher bemerkte sie es nicht, bis sie die Kinder kichern hörte. Als sie hinüberspähte, sah sie, wie sie sich über Cor amüsierten und zwinkerte ihnen zu. Das war das Mindeste, was sie als Retourkutsche tun konnte, weil er sie hinhielt.

»Das habe ich gesehen«, äußerte der auf sein Essen konzentrierte Dr. von Reeder, ohne aufzublicken. Daher streckte Samy ihm die Zunge raus und erntete damit einen Lachflash vom Nachbartisch, was sie mit einem verschwörerischen Blick quittierte. Dann wandte sie sich seufzend ihrer Pizza zu, denn es war klar, dass Cor sich nicht erweichen lassen würde.

Eine halbe Stunde später wusste sie endlich, wen sie gehört hatte – Mrs Wood, die Mutter von Naomi. Samy hatte die Frau ein paar Mal im Yogastudio erlebt, wenn sie ihre Tochter zu einem Kurs begleitet hatte. Sie hatte ihr keine Beachtung geschenkt, da die Frau unauffällig gewesen war. Lediglich Himadris Schwatzsucht war es zu verdanken, dass sie wusste, wer sie war. Sie hatte ihr zugeraunt, wie schräg sie es fand, dass Jennifer sowohl die neue Freundin ihres Mannes als auch deren Mutter willkommen hieß.

Damals hatte Samy sich nichts dabei gedacht, weil sie Jennifer und Daniel als getrenntes Paar kennengelernt hatte und davon ausgegangen war, dass die Fronten geklärt waren. Vielleicht waren sie das auch. Nun überlegte sie sich jedoch, ob die schüchterne Naomi sich wirklich mit Jennifer verstanden hatte. Vielleicht war es aber auch so, dass sie keine Lust mehr hatte zu akzeptieren, dass Jennifer ihren Mann nicht frei gab.

Als sie mit Cornelius darüber sprach, wandte er ein, dass es wahrscheinlicher war, dass Daniel den Zirkus seiner Frau leid gewesen war und gehandelt hatte.

»Ich denke, einen Menschen zu erdrosseln, erfordert ein gewisses Maß an Kraft. Daher ist es vielleicht eher eine männliche Art, zu morden. Ach, ich weiß nicht, das ist alles sehr verworren. Selbst wenn wir Niklas und seine Frau außen vorlassen, bleibt das Rätsel, was sich hinter dem Streit zwischen diesem Daniel und Carol verbirgt, den du mit Himadri im Studio mitbekommen hast.«

»Richtig«, antwortete Samy und war überrascht, warum ihr das entgangen war. Cor hatte recht. Es gab zu viele lose

Enden und Menschen, die involviert waren. Dann fiel ihr etwas ein.

»Könnte ich dich überreden, einen weiteren Pub aufzusuchen? Im *Piper* in der Peascode Street wird Sonntag Nachmittag Dart gespielt und irgendwer hat erzählt, dass Daniel Vorsitzender des Dart-Clubs ist. Wenn wir Glück haben, treffen wir ihn dort. Vielleicht ergibt sich eine Gelegenheit, ihn ein bisschen unter die Lupe zu nehmen. Was hältst du davon?«

Sofort war Cornelius auf den Beinen, faltete die Serviette zusammen und forderte Samy auf: »Worauf warten wir noch?«

KAPITEL 13

DIE NEBEL LICHTEN SICH

Das *Piper* war ein wunderschönes Restaurant, in dem kaum Pubatmosphäre herrschte. Die Betreiber hatten großen Wert auf die Deko gelegt, bei der sich dunkel gestrichene Wände von schneeweißen Stuckelementen abgrenzten. Große gemalte Bilder zeigten schottische Motive – Familien in Tartans oder Hirsche, die dem Betrachter in die Augen blickten. Von den Decken hingen Kronleuchter im Stil von Geweihen und überall gab es kleine Anspielungen auf Schottland. Unter dem Namensschild über dem Eingang war ein Dudelsackspieler in grau-rotem Karoschottenrock zu sehen, dieses Motiv tauchte auch im Innenraum immer wieder auf.

Nun, am frühen Nachmittag, brachen die letzten Mittagsgäste auf und der Schwerpunkt der Besucher verlagerte sich an den Tresen. Er dominierte den Raum mit einer edlen Mischung aus anthrazitfarbenem Holz und glänzend goldenem Metall.

Samy hatte Daniel gleich bemerkt, weil er sich in einer kleineren Runde von Männern lauthals unterhielt. Er schien angetrunken zu sein und sie hätte zu gerne gewusst, wie er so überhaupt die Dartscheibe treffen konnte.

Sie und Cornelius ließen sich in der Nähe der Gruppe an einem der Tische nieder und taten so, als seien sie intensiv damit beschäftigt, die umfangreiche Whiskey Karte zu studieren – was in Cors Fall sogar zutraf.

Es dauerte nicht lange, bis Daniel sie bemerkte und ihr freundlich zunickte. Das war das Schöne an England – man traf sich immer zufällig in einem Pub und niemand wäre auf die Idee gekommen, dass sich Absicht oder Schnüffelei dahinter verbarg.

Während sie die Männer beobachteten und überrascht feststellten, dass auch ein offensichtlich hoher Alkoholpegel Daniel nicht daran hinderte, seine Pfeile zielsicher zu werfen, erhielt Samy eine WhatsApp von Nate, der wissen wollte, wo er sie finden konnte.

»Ah, die Polizei gewährt dem gemeinen Volk eine Audienz«, witzelte Cornelius. Vorsichtshalber erkundigte Samy sich, warum er so negativ in Stones Richtung eingestellt war. Nachdem sie dem Polizisten mitgeteilt hatte, wo sie war, wollte sie vermeiden, dass es zwischen den Männern zu einem Schlagabtausch kam, sollte Nate sich zu ihnen gesellen.

»Bin ich gar nicht«, wiegelte Cornelius ab und strafte sich selbst im nächsten Satz wieder Lügen. »Ich finde es allerdings unhöflich, dass er deine Anfrage über Daniels finanzielle Lage ignoriert hat. Außerdem hätte ich erwartet, dass er sich eingefunden hätte, um mich zu begrüßen.«

Ah, das war es also, dachte Samy und versuchte, ihn zu überzeugen, dass die Polizei knietief in Arbeit steckte.

»Wenn es nur bis zu den Knien reicht, hätte er die Hände für einen Anruf frei gehabt.«

Händeringend überlegte Samy »Ach Cor, hab dich nicht so, er wird einfach keine Zeit ...«

Weiter kam sie nicht, weil es an der Theke laut wurde. Zwischen den Dartspielern, die schon die ganze Zeit laut gewesen waren, krachte es scheinbar nun richtig. Ein älterer Mann, der förmlich in Sakko und Krawatte gekleidet war, war rot angelaufen und ereiferte sich wortreich in Daniels Richtung.

Erst nachdem Samy sich in den merkwürdigen Akzent eingehört hatte, verstand sie die letzten Worte.

»Vielleicht hatte deine Frau recht, wenn sie dich einen Loser genannt hat. Wenn man Schulden hat, bezahlt man sie. Soviel ich weiß, hast du in der letzten Woche einen Abschluss in Datched gemacht. Das alte Haus der Burlers wird wohl ein bisschen Geld in deine Kasse gespült haben.«

Daniel versuchte sich aufzulehnen und brachte ein paar undeutlich klingende Worten hervor, die sein Gegenüber jedoch sofort beiseite wischte.

»Jetzt hör mir mal gut zu, Daniel Dalton! Du hast genau eine Woche Zeit, bei uns all deine Schulden zu bezahlen, andernfalls bist du die längste Zeit unser Vorsitzender gewesen. Und jetzt verdrück dich, lass dich von deinem Mäuschen abholen oder verschwinde einfach. Schlaf deinen Rausch aus und lass dich erst wieder blicken, wenn du nüchtern bist.«

Der Wirt war angespannt hinter der Bar hervorgekommen. Samy befürchtete, er würde Daniel vor die Tür setzen, denn das ging hier schnell, wenn einer über die Stränge schlug. Doch aus irgendeinem Grund schien er Mitleid zu haben. Er griff ihn am Arm und bugsierte ihn an den Nachbartisch von Samy und Cor. Sie hörten, wie er ihm leise zuredete.

»Reiß dich zusammen Mann. Ich habe Naomi angerufen, sie wird dich abholen. Aber halte dich von den anderen fern, sonst muss ich dich rausschmeißen, verstanden?«

Als er sich abwandte, ergriff Samy die Chance und wandte sich Daniel zu. Dem Barmann erklärte sie: »Wir kümmern uns um ihn«, was der mit einem dankbaren Nicken honorierte.

Schnell stand sie auf und signalisierte Cor, die Gläser zu nehmen und ihr zu folgen. Sie ließen sich an Daniels Tisch nieder und begannen ihn in ein Gespräch zu verwickeln, denn Samy befürchtete, dass er sonst einschlafen würde.

Die Konversation war sehr eingeschränkt, weil er kaum noch ein Wort rausbekam, doch daraus schlug Cornelius Kapital. Daniel schien nicht zu bemerken, dass Cor ihm eine Geschichte auftischte, die beinahe seine war, und dann wissen wollte, ob er ebenfalls eine jüngere Freundin und eine nervige Ex hatte, die sich nicht scheiden lassen wollte.

Daniels glasige Augen weiteten sich überrascht und schon sprudelte er lallend los. Ohne die Hintergründe zu kennen, wäre es schwierig geworden, ihn zu verstehen, doch so war es kein Problem, seine Sicht der Dinge zu hören.

Er bezeichnete seine Frau als eine fiese Schlange, die immer intrigiert habe, und schwärmte von der süßen kleinen Naomi, die ihn auf den rechten Weg brachte – was auch immer das heißen mochte, dachte Samy. Beinahe weinerlich schilderte er den Druck, den Jennifer auf ihn ausgeübt hätte, bis er es nicht mehr habe ertragen können. Aber er habe niemals die Kraft aufgebracht, sie zu verlassen, wäre er nicht Naomi begegnet.

Er schilderte die Studentin wie eine Heilige und beharrte darauf, dass sie ihn gerettet hat. Leider war nicht aus ihm herauszubekommen, was er damit meinte, denn von seinen Geldsorgen schien die junge Frau ihn nicht erlöst zu haben.

Cornelius ging noch ein Stück weiter und versuchte, Daniel zu suggerieren, dass er wisse, wie er sich fühle und auch verstehen könnte, wenn man Mordgelüste deswegen entwickelte.

Daniel, dem es zunehmend schwerer fiel, die Augen offen zu halten, nickte und Samy hielt den Atem an. Konnte es sein, dass Cor auf solch eine banale Art ein Geständnis herausholte? Zuzutrauen war es ihm, denn er verfügte wie kein anderer über die Gabe, das Vertrauen von Menschen zu gewinnen. Sie wusste nicht, woran es lag, und doch waren Frauen wie Männer immer schnell bereit, ihm das Herz auszuschütteln.

Doch im nächsten Moment wurden ihre Hoffnungen zunichtegemacht. Unter größter Anstrengung setzte Jennifers Ex-Mann zu einer Hommage an seine Lebensgefährtin an. Er schilderte die Verbindung zu ihr in derart schillernden Farben, dass Samy beinahe eifersüchtig wurde.

»Stimmt schon Kumpel, ich wäre Jennifer gerne losgeworden, weil Naomi es nicht verdient hat, unehelich …, ich meine, mich nicht heiraten zu können. Sie ist die wunderbarste Frau, die ich je getroffen habe, und ich würde alles für sie tun. Sie ist warmherzig und hat mich nie kritisiert. Wenn ein Deal platzt, in den ich alle Hoffnungen gesetzt habe, ist sie da, um mich aufzubauen, und beruhigt mich: *Mach dir keine Sorgen, mein lieber Daniel. Bald bin ich mit dem Studium fertig und dann verdiene ich auch Geld.* Wer hätte gedacht, dass eine Frau so selbstlos sein kann. Anders, als diese besessene Furie, die jeden Cent, den sie verdient hat, für sich haben wollte.«

An dieser Stelle war über Cors Gesicht ein zufriedenes Lächeln gehuscht, denn sicherlich glaubte auch er, dass Daniel nun die Hosen herunterlassen würde. Doch stattdessen fing dieser an, wie ein Kind zu weinen. Unter lautem Schluchzen jammerte er über sich selbst.

»Aber ich hätte sie nicht aus dem Weg räumen können, denn jeder Mörder fliegt auf, nicht wahr? Und das hätte bedeutet, dass ich von meiner geliebten Naomi getrennt werden würde. Ich weiß, dass ich dieses Risiko eingehen hätte sollen, denn Naomi hätte es verdient, aber ich bin ein Waschlappen. An dieser Stelle hatte Jennifer recht, ich habe kein Rückgrat.«

Er brach ab und legte schluchzend den Kopf auf die Tischplatte. Im selben Moment betrat Naomi das Piper und eilte zu ihnen. Sie wirkte noch blasser als sonst. Samy überlegte, ob sie krank war, oder ob es der Stress um Jennifers Ermordung war, der ihr so zusetzte. Sie nickte ihnen freundlich zu, hockte sich dann neben Daniel und versuchte, ihn zu beruhigen. Allerdings hatte ihre Fürsorge die gegenteilige Wirkung und Daniel heulte auf wie ein verwundetes Tier.

Die umherstehenden Männer schüttelten verständnislos den Kopf und Samy hörte den ein oder anderen unschmeichelhaften Kommentar, der darauf schließen ließ, dass seine Rückgratlosigkeit bekannt war. Innerlich verwarf sie den Gedanken, dass dieser Mann etwas mit der Ermordung seiner Frau zu tun hatte. Sie hätte sich sehr gewundert, wenn sich das Gegenteil herausstellen würde.

Sie und Cornelius sahen dabei zu, wie die blutjunge Frau sich um den Betrunkenen kümmerte und ihn mithilfe des Barmanns nach draußen brachte. Ein paar Minuten später kam sie ins Lokal zurück und bedankte sich bei Samy. Aus irgendeinem Grund war es ihr wichtig, Daniel zu verteidigen.

»Danke, Samy. Mein Bruder« – dabei zeigte sie auf den Barmann – »hat mir mitgeteilt, dass ihr euch um Daniel gekümmert habt. Ich weiß nicht, was los ist. Seit Jennifer tot ist, ist er vollkommen durch den Wind. Ich befürchte, dass es mit mir zusammenhängt. Mir ist klar, dass manche glauben, wir hätten etwas mit ihrem Tod zu tun und es macht mich fertig. Mein Glauben würde niemals zulassen, einem anderen Menschen etwas anzutun oder darauf zu hoffen. Daniel respektiert meine Bindung an die Kirche und befürchtet, dass es mich zu sehr belastet, wenn die Menschen schlecht von mir denken.«

Sie wirkte mitgenommen. *Kein Wunder, dass sie so blass ist*, überlegte Samy. Daher versuchte sie, die junge Frau zu beruhigen, und riet ihr, das Getratsche zu ignorieren.

»Ich bin sicher, dass die Polizei herausfindet, wer Jennifer getötet hat. Dann wird niemand mehr über Daniel und dich reden«, beschwichtigte sie und sah so etwas wie Hoffnung auf Naomis Gesicht aufkeimen. Schnell erlosch es aber wieder, als sich die Eingangstüre erneut öffnete.

Inspector Stone kam an ihren Tisch. Noch bevor er sie begrüßen konnte, eilte Naomi mit einem Nicken in die Runde hinaus.

Nate setzte sich zu ihnen und meinte nach einer Begrüßung, in der er Cornelius angemessen willkommen hieß: »Wie ich sehe, seid ihr vertraut mit den Verdächtigen!«

Vor Überraschung wäre Samy beinahe das Glas aus der Hand gefallen. Sie konnte sich im letzten Moment zusammenreißen und stellte es stattdessen schwungvoll ab. Flüssigkeit schwappte über den Rand und lief über ihre Hand.

»Was soll diese Anspielung? Warst nicht du derjenige, der mich gebeten hatte, mich umzuhören?«

Nate griff nach einer Papierserviette und tupfte den Whiskey von ihrer Hand, bevor Samy sie wegzog und ihn böse anfunkelte.

Er lehnte sich zurück, ohne sich durch ihre Wut aus der Fassung bringen zu lassen.

»Ich hatte dich darum gebeten, den Bolman-Whitecliffs auf den Zahn zu fühlen. Dass du ein Auge auf die anderen Verdächtigen werfen würdest, konnte ich nicht wissen.«

Dann blickte er zu Cornelius und fügte resigniert hinzu: »Obwohl ich es mir eigentlich hätte denken können.«

Cor ignorierte, dass diese Aussage auch gegen ihn gerichtet war, und Samy spürte, wie er sie und Nate fasziniert beobachtete. Sie hasste es, ihm Futter für seine Vermutungen zu geben, konnte ihre Empörung dennoch nicht unterdrücken. Zu gerne hätte sie sich in einen Schlagabtausch mit Nate begeben, doch dieser lenkte vollkommen überraschend ein.

»War nicht so gemeint«, ruderte er zurück und fuhr sich wie immer, wenn er versuchte durchzuatmen, durch die Haare. »Bei uns ist viel los und in diesem Fall gibt es einen riesigen Haufen an Verdächtigen, die auf den ersten Blick kein Alibi haben. Bei genauerem Betrachten passt aber immer irgendetwas nicht ins Bild.«

»Das ist uns aufgefallen«, behauptete Cornelius prompt und Samy hätte ihn erwürgen können.

Sie wusste, worauf das hinauslief, und hatte nicht vor, Nate nach diesem Vorwurf ihre Erkenntnisse auf einem Silbertablett zu servieren. Was glaubte dieser Blödmann eigentlich, wen er vor sich hatte? Zuerst wollte er ihre Hilfe und dann stellte er sie als dumme Zivilistin hin.

Sie atmete laut ein und aus und wusste, dass sie damit deutlich machte, was sie von Cors Mitteilungsfreude hielt.

Nate warf ihr einen entschuldigenden Blick zu und brachte sogar eine Entschuldigung zustande.

»Es tut mir leid, Samantha. Ich habe mich ungeschickt geäußert und ja, du hast recht. Ich kann nicht einerseits um Mithilfe bitten und andererseits erwarten, dass du dich heraushältst.«

Angenehm überrascht von dieser Geste nahm sie die Entschuldigung an und lehnte sich zurück, um Cor mit den Schilderungen über alles, was sie in den letzten Tagen erlebt hatten, den Vorrang zu lassen.

Natürlich war seine Schilderung der Ereignisse des letzten Abends blumiger als nötig. Ein paar Mal musste Samy einschreiten, um zu verhindern, dass er über das Ziel hinausschoss. Nahtlos schloss er mit einem detaillierten Bericht über Daniels vorherigen Auftritt.

»So, mein lieber Inspector Stone. So weit ist das alles, was ihre zivilistischen Helferlein zusammengetragen haben. Nun möchten wir von Ihnen wissen, was die Polizei an Hintergrundwissen hat. Sie hatten der lieben Samantha vor ein paar Tagen die Nachricht zukommen lassen, sie würden sich noch melden.«

Samy sog die Luft erneut stark ein, denn es irritierte sie, wenn sie Samantha genannt wurde. Niemand, außer ihrer Mutter, nannte sie Samantha und so verband sie immer etwas Negatives damit.

Sie wusste genau, warum Cor ihren vollen Namen ausgesprochen hatte, und ihr war auch die Überbetonung nicht entgangen. Es war Cors Art, sie wissen zu lassen, dass er bemerkt hatte, dass sie und Inspector Stone sich inzwischen beim Vornamen ansprachen.

Nate kannte Cornelius jedoch nicht gut, daher entging ihm diese Feinheit. Stattdessen kommentierte er den Abend bei Sir Charles lediglich mit einem *Ein gelungenes Dinner, wie mir scheint,* und erzählte ihnen, was sie über die Alibis und Hintergründe der Verdächtigen in Erfahrung gebracht hatten.

Samy und Cornelius staunten nicht schlecht, als sie hörten, dass Diana Bolman-Whitecliff wirklich einen Grund hatte eifersüchtig zu sein. Selbst wenn Niklas' Schilderungen der Wahrheit entsprachen, hatte es in der Vergangenheit mehrere bekannte Fehltritte ihres Mannes gegeben. Es war kein Geheimnis, dass die Ehe am seidenen Faden hing. Samy war ein wenig pikiert, dass Charles dieses interessante Detail unerwähnt gelassen hatte.

Richtig interessant wurde es jedoch, als Nate ihnen erzählte, dass Diana vorbestraft war. Sie war vor einem Jahr auf eine von Niklas' Eroberungen losgegangen und hatte ihr mit einem gut platzierten Schlag die Nase gebrochen. Die Geschädigte hatte Anzeige erstattet. Selbst Sir Charles hatte es nicht geschafft, seine Schwiegertochter ohne Konsequenzen aus dieser Sache herauszuhauen.

Vielleicht hatte er es aber auch nicht gewollt, ging es Samy durch den Kopf. Sie erinnerte sich an die Abneigung, die dem Anwalt beim Anblick der hysterischen Frau im Gesicht abzulesen war. Das war es also, was Bel am Vorabend angedeutet hatte.

Cornelius war begeistert. Auch wenn sich der Verdacht aufdrängte, dass dies für den vorliegenden Fall unerheblich war, erfreute es ihn, dass die Frau, die ihm am letzten Abend die Laune verdorben hatte, mit einem derartigen Makel behaftet war. Er äußerte ein paar allgemeine Sätze zu den schlechten Manieren mancher Adligen und erging sich in Erläuterungen, wie unpassend es war, wenn man zu viel trank oder die Kontrolle über sich verlor.

Damit lieferte er ein gutes Stichwort, um sich den anderen Verdächtigen zuzuwenden, denn niemand hatte ein besseres Beispiel für die negativen Auswirkungen exzessiven Trinkens geliefert als Daniel. Zu ihm konnte Nate Stone ihnen berichten, dass er nicht viel mehr als ein erfolgloser Immobilienmakler war, der in den letzten zehn Jahren überwiegend vom Geld seiner Frau gelebt hatte.

Wenn die Aussagen von Niklas stimmten, wäre es dabei auch geblieben, denn Jennifer wollte sich zwar absetzen, hatte aber eine monatliche Zahlung an Daniel verfügt, die groß genug war, um ihn davon abzuhalten, sie zu suchen.

»Egal wie man es dreht und wendet, keiner ist wirklich aus dem Schneider. Gleichzeitig gibt es für jeden Argumente, die es als unsinnig erscheinen lassen, dass sie die Frau ermordet haben. Am ehesten käme noch Diana infrage, da sie schlicht und einfach Rache wollte. Allerdings hatte sie vor wenigen Wochen eine Operation am rechten Schultergelenk und ihr Arzt hat mir versichert, dass sie überhaupt nicht in der Lage sei, einen Knüppel zu schwingen, oder gar die Kraft aufbringen könne, einen Menschen zu erdrosseln.«

Verdrossen saßen sie einen Moment schweigend am Tisch und dachten über die Informationen nach, die sie sich gegenseitig gegeben hatten. Es war in der Tat nicht von der Hand zu weisen, dass Nate es treffend ausgedrückt hatte – auch wenn alle keine Alibis und somit die Gelegenheit gehabt hätten, fehlte ihnen entweder die Fähigkeit, der Mut oder die Sinnhaftigkeit, den Mord an Jennifer Dalton ausgeübt zu haben.

Natürlich bedeutete all das noch nichts, wie Nate ihnen erklärte. Mehr als einmal hatte er erlebt, dass all diese Parameter unwichtig gewesen waren und Täter aus purem Hass oder anderen tiefen Emotionen heraus gehandelt hätten.

Dennoch gab es auf den ersten Blick keine Spur, die wirklich heiß erschien. Dann fiel Samy etwas ein und sie brachte hoffnungsvoll ein: »Und Carol?«

Aber noch bevor sie von dem Streit zwischen Jennifers Geschäftspartnerin und ihrem Mann berichten konnte, schüttelte Nate bedauernd den Kopf.

»Sie ist die Einzige, die wirklich raus ist. Obwohl sie darauf beharrt hatte, dass sie allein und somit ohne Alibi war, hat sich die Neugierde einer Nachbarin des Yogastudios als ihre Rettung entpuppt. Ich habe meine Leute von Tür zu Tür gehen lassen, in der Hoffnung, dass irgendwer etwas Interessantes beobachtet hatte. Oft sind genau diese mühsamen Polizeiarbeiten es, die einen Wendepunkt bringen. Leider hat uns das alles nicht zum Mörder geführt, aber zumindest eine Verdächtige von der Liste gestrichen.«

An Cornelius gewandt fügte er hinzu: »Glauben Sie mir, Dr. von Reeder, für Sie als Arzt wäre es ein Fest gewesen. Ich war fasziniert, wie detailliert ein Mensch sein Krankheitsbild und die dazugehörigen Symptome beschreiben kann. Glauben Sie mir, am Ende hätte selbst ich Schlaflosigkeit diagnostiziert.«

Als Cor angewidert dreinblickte, befürchtete Samy Schlimmstes, denn sie wusste, wie sehr ihm schwafelnde Patienten zuwider waren. Da sie verhindern wollte, dass er auf dieses Thema einstieg, erkundigte sie sich bei Nate, was das mit Carol zu tun hatte.

»Eine alte Dame, die über dem Café wohnt, kann krankheitsbedingt nicht schlafen und behält daher, wie sie sich ausdrückt, die Straße im Auge.«

»Vielleicht hält sie auch die Neugierde davon ab, zu schlafen« warf Cornelius ein. »Ihr glaubt gar nicht, wie oft das der Grund ist.«

»Ja, wie auch immer«, übernahm Nate wieder. »Jedenfalls hat sie beobachtet, dass Carol spätabends ins Studio gegangen ist und kurze Zeit später ein Mann dazu stieß, der nicht erkannt werden wollte. Wie die Dame berichtete, hatte er einen Hut tief ins Gesicht gezogen und selbst bei gutem Wetter den Kragen eines Sommermantels hochgestellt. Wie der Zufall es will, konnte besagte Dame am Abend vor dem Mord wieder nicht schlafen und bekam mit, dass erst Carol erschien und wenig später ihr Besucher. Keiner von beiden verließ in der Nacht das Haus, Carol ging nicht einmal vor der ersten Yogastunde nach Hause. Nachdem wir diese Information hatten, haben wir ihr auf den Zahn gefühlt. Letztlich hat sie uns gebeichtet, dass sie ein Verhältnis mit einem Mann hat, der ein hohes Amt bekleidet. Um ihn zu schützen, hat sie riskiert, ohne Alibi dazustehen. Wir haben das bei ihm überprüft, und schließlich hat er zähneknirschend zugegeben, dass er in der Nacht und auch an dem Morgen mit Carol zusammen war. Damit steht es wahrscheinlich nicht mehr gut um seine Ehe, aber für Carol hat es etwas Gutes, denn wir konnten sie von unserer Liste streichen.«

Cors Stimme klang beinahe empört, als er resümierte.

»Na wunderbar! Ich reise bald zurück und wir haben immer noch keinen Ansatz. Wir hätten die Zeit intensiver nutzen sollen!«

»Ach ja?«, wollte Samy wissen. »Wie hätten wir das deiner Meinung nach machen sollen? Wann immer sich eine Gelegenheit ergab, waren wir unterwegs. Lediglich unterbrochen von den Momenten, in denen du für dein leibliches Wohl sorgen musstest.«

»Was, wie ich dir bereits im *Fox & Hounds* erklärt habe, auch stets oberste Priorität haben sollte. Nichtsdestotrotz, es drängt sich mir der Eindruck auf, als haben wir versagt! Sicherlich hast du unsere Aktionen nicht optimal geplant. Du weißt, wie exzellent mein Zeitmanagement ist, daran kann es also nicht gelegen haben. Sieh dies jetzt bitte nicht als Vorwurf, lediglich eine Anregung, wie wir zukünftig vorgehen sollten.«

Samy verdrehte die Augen und wollte erwidern, dass viel mehr sie es war, die für ihre Pünktlichkeit und gutes Einschätzungsvermögen bekannt war, doch hier schaltete Nate Stone sich ein.

»Es besteht kein Grund, dass ihr euch Vorwürfe macht. Es ist unser Fall und ich muss mich bedanken, dass ihr Informationen zusammentragt, an die wir nicht rankämen.« An Samy gewandt fuhr er fort: »Ich kann mir gut vorstellen, dass es dir nicht leichtgefallen ist, mich wissen zu lassen, wie der Abend bei Sir Charles verlaufen ist.«

«Da haben Sie recht«, unterbrach Cor den Polizisten. »Samy hat einen hohen Ehrenkodex – was ich sehr schätze, nebenbei erwähnt – daher habe ich Sie über die bedauerlichen Vorkommnisse bei dem Dinner in Kenntnis gesetzt. Nicht, dass ich es mit der Loyalität weniger ernst nehme als die liebe Samy, aber ich fühle mich den Bolman-Whitecliffs vielleicht eine Nuance weniger verpflichtet. Wobei ich betonen möchte, dass auch ich Sir Charles in hohem Maße schätze. Dennoch – Gerechtigkeit muss sein, und wenn diese Menschen damit zu tun haben, sollte das aufgeklärt werden.«

»Wenn aber nicht, sollte es genauso aufgeklärt werden«, warf Samy ein.

»Selbstredend!", war Cors einziger Kommentar, ausgesprochen in seiner selbstgefälligen Art, die Samy schon immer gehasst hatte.

Dann aber tätschelte er ihr das Knie und fügte hinzu: »Natürlich ist es unser beider Bestreben, die Familie von jedem Verdacht reinzuwaschen. Da sind wir uns einig, meine Liebe. Aber ganz streng *entre nous* – du musst zugeben, dass wir weniger Probleme damit hätten, wenn Diana, diese unmögliche Kanaille, involviert wäre.«

»Das wäre für Sir Charles und Lady Helen genauso schlimm. Ich glaube nicht, dass diese Gesellschaft etwas verzeiht.«

Cornelius spitzte die Lippen seines Schmollmundes und blies gleichzeitig seine Pausbacken auf, was ihm ein engelsgleiches Aussehen verlieh. Nate beobachtete ihn und schien wieder vergessen zu haben, was er erwähnen wollte, bevor Cor ihn unterbrochen hatte.

Samy wusste, dass Cornelius diese Wirkung auf andere hatte, obwohl er auf den ersten Blick aufgrund seines Auftretens und seiner Kleidung manchmal lächerlich wirkte. Die Leute starrten in an, doch sobald sie sich mit ihm unterhielten, zog er sie in seinen Bann.

Keiner verstand es so gut, sich das Vertrauen seiner Mitmenschen zu sichern, wie er. Samy wusste, dass es an seiner überdurchschnittlichen Wertschätzung lag.

Egal, zu welchem Schluss er kam, er begegnete jedem Menschen positiv und mit Interesse. Das vermittelte seinem Gegenüber das Gefühl, bedeutend zu sein, und führte dazu, dass man ihm zugetan war.

Schon während ihrer gemeinsamen Schulzeit hatte sie dieses Verhalten bemerkt und auch verstanden, woher es kam, nachdem er ihr erklärt hatte, dass er für seinen Vater beinahe unsichtbar war.

Cor war der jüngste Spross eines Medizinerclans. Schon als kleiner Junge hatte er tollpatschig und gewöhnungsbedürftig gewirkt, weil er größer und schwerer als alle anderen war. Daher war er durch das Raster seines ambitionierten Vaters gefallen und hätte niemals mit seinen nicht weniger ehrgeizigen Brüdern mithalten können. Zumindest glaubte man das von ihm. Cor hatte schnell begriffen, dass diese Einschätzung ihm ein großes Maß an Freiheit bescherte, und so hatte er eine vermeintliche Schwäche zu seinem Markenzeichen stilisiert.

Aufgrund seines Aussehens glaubten viele, ihn nicht ernst nehmen zu müssen, und gaben ihm damit die Chance, alle durch seine Bildung und sein weltmännisches Auftreten zu überraschen. Es war seine Art, die Menschen zu manipulieren, denn meist bemerkten sie nicht, wie er sich so an ihrer eventuellen Ablehnung vorbeischob und stattdessen ihr Vertrauen gewann.

Sie beneidete ihn um seine Stärke und Gelassenheit, die er sich schon sehr früh zugelegt hatte, denn sie selbst war noch Lichtjahre davon entfernt. Außerdem wusste sie, dass Cor es gut mit ihr meinte, egal, wie exaltiert er sich anstellte und wie herablassend er wirkte. Es war seine Art, sich einzubringen, und daher konnte sie ihm auch nicht lange böse sein. Selbst den Knie-Tätschler ließ sie ihm durchgehen und so baute sie ihm eine Brücke, um das Loyalitätsdilemma zu meistern.

»Aber ich weiß, was du meinst, Cor. Auch wenn wir das Vertrauen, dass Charles in uns setzt, gleichermaßen respektieren, gibt es auch für uns Grenzen; und du hast vollkommen Recht, Niklas Frau ist unerträglich.«

Ihr entging nicht, wie Nate sie bewundernd anschaute, und freute sich, dass er zu begreifen schien, dass ihre Freundschaft zu Cor ihr so wertvoll war, dass sie sich niemals öffentlich gegen ihn stellen würde.

Davon abgesehen waren sie in dieser Angelegenheit ohnehin einer Meinung. Diana war die Pest und würde es nicht großen Schaden für die Bolman-Whitecliffs bedeuten, hätte sie kein Problem mit dieser Frau als Täterin. Allerdings kam dies nach Nates Schilderung nicht infrage.

Cornelius war zufrieden mit Samys Einschätzung und bestellte sich einen weiteren Whiskey, während Nate sich ins Zeug legte, um dem Gespräch eine Wende zu geben.

»Sei es drum. Wir stehen zwar weiterhin am Anfang, dennoch ist es nicht so, als hätten wir nichts in den Händen. Wir haben viele Informationen zusammengetragen und vielleicht ist das Schlüsselelement auch dabei. Ich werde morgen meine Leute anweisen, noch einmal alles zu überprüfen und in kleinen Teams die einzelnen Aussagen in Zusammenhang bringen lassen. Manchmal reicht es schon, alles aus einer anderen Warte zu betrachten. Sicherlich wird Constable Friendly auch mit der Auswertung aller Kameraaufnahmen beginnen. Dann können wir hoffentlich Naomi Taylor von der Liste der Verdächtigen streichen.«

Scheinbar war Cor nicht entgangen, wie Samy das Gesicht verzog, als der Name von Nates unliebsamer Mitarbeiterin fiel. Er hatte mehrmals betont, Frauen wie Becca seien wie Schmeißfliegen, die sich auf jeden Mist stürzten und keinen weiteren Gedanken wert.

Daher ignorierte er den Hinweis auf Constable Friendly und erkundigte sich stattdessen, was es mit Naomi auf sich hatte, während er an Samy gewandt meinte: »Sie haben wir zu wenig beachtet. Immerhin wird sie profitieren, wenn Daniel die Millionen aus dem Deal erbt!«

Dabei war sein Blick derart stechend, dass Samy sich beinahe wieder persönlich angegriffen gefühlt hätte.

»Sie studiert an der Halogate University, nicht weit von hier, und behauptet, den Tag dort verbracht zu haben. Allerdings gibt es nur Zeugen, die bestätigen können, sie am Nachmittag gesehen zu haben. Was wiederum bedeuten würde, dass sie kein Alibi für den Morgen hat«, erläuterte Nate.

»Mist, eine mehr«, kommentierte Samy frustriert, doch Nate widersprach.

»Das steht noch nicht fest. Sie beharrt darauf und auch ihre Mutter behauptet, sie habe das Haus früh verlassen. Naomi bleibt bei ihrer Behauptung und ist sicher, dass irgendeine CCTV-Kamera sie erfasst haben muss. Daher macht Constable Friendly seit Tagen nichts anderes, als alle relevanten Kameras aufzuspüren und das Bildmaterial auszuwerten. Wie schon erwähnt, manchmal bleibt uns nichts anderes übrig, als auf diese Art und Weise Personen auszuschließen. Wenn wir nicht auf Hinweise stoßen, die einen anderen überführen, grenzen wir durch Ausschlussverfahren wenigstens ein und vertrödeln nicht unnötig Zeit mit denen, die raus sind.«

Wie mühsam, resignierte Samy und warf einen Blick auf die Uhr. Inzwischen war es beinahe Abend und draußen wurde es schon dunkel. Wenn sie sich für ihren Pubbesuch mit Joe noch umziehen wollte, musste sie aufbrechen. Als sie nach Jacke und Tasche griff, starrten die beiden Männer sie verdutzt an und Nate rappelte sich ebenfalls auf.

»Eigentlich war ich nur hergekommen, um euch beide zum Abendessen einzuladen«, warf er ein, sichtlich bemüht, seinen Worten einen beiläufigen Klang zu geben. Dennoch wurde Samy den Eindruck nicht los, dass er diese Einladung gerne aussprach, und sofort beschlich sie ein schlechtes Gewissen.

»Das ist sehr lieb, Nate«, brachte sie hervor und sah die Enttäuschung auf seinem Gesicht, denn scheinbar schrie ihre Einleitung nach einem *aber*.

Es blieb ihr nichts anderes übrig, als es knapp und bündig auf den Punkt zu bringen.

»Ich würde wirklich gerne, aber ich bin schon verabredet.«

»Du bist was?«, kam es fassungslos von Cornelius, als habe sie etwas Unanständiges von sich gegeben.

»Ich bin verabredet!«, wiederholte sie und reckte dabei ihr Kinn in die Höhe. Irgendetwas vermittelte ihr den Eindruck, dass Cor die Sache nicht einfach auf sich beruhen lassen würde, und so war es auch.

In Staccato feuerte er Fragen ab – wann, mit wem und wo – die sie sachlich und ruhig beantwortete.

»Mit deinem Mieter?« Er schnappte theatralisch nach Luft. »Ich glaube, ich höre nicht recht. Ich habe noch nie von diesem Mieter gehört und finde es mehr als unerhört, dass du eine Verabredung triffst, während ich zu Besuch bin.«

Wut stieg in Samy auf, doch Cor war nicht zu bremsen. Erst, als er Nate mit in seine Argumentationskette hineinzog, und behauptete, es sei eine Unverschämtheit, seine Einladung auszuschlagen, schließlich kenne der Polizist sie bedeutend länger als irgendein ominöser Nachbar, gebot sie ihm Einhalt.

»Jetzt mach mal einen Punkt, Cornelius!«

Sie betrachtete ihn nicht weniger empört und schlug ihn mit seinen eigenen Waffen.

»Ich bin eine erwachsene Frau und tue das, was du mir geraten hast. Ich lebe mein Leben. Und auch auf die Gefahr hin, dass ich die Gefühle von Inspector Stone verletze, wage ich zu behaupten, dass er sicherlich versteht, dass es sehr unhöflich wäre, eine getroffene Verabredung einfach abzusagen, weil sich etwas anderes ergibt.« Mit einem Blick auf Nate wollte sie sich seinen Zuspruch holen, musste jedoch feststellen, dass er stattdessen seinen neutralen Polizistenblick aufgesetzt hatte. Das ärgerte sie noch mehr, und sie fragte sich, was mit den Kerlen los war.

Mit einem Ruck erhob sie sich und beugte sich verabschiedend vor.

»Es tut mir leid, wenn ich eure Gefühle verletze, aber dir, Nate, kann ich nur für die Einladung danken. Ein anderes Mal nehme ich sie sehr gerne an.« Dann wandte sie sich Cor zu. »Dich brauche ich wohl nicht daran zu erinnern, dass du schon häufig während deiner Aufenthalte in Windsor andere Verabredungen meiner Gesellschaft vorgezogen hast.« Damit spielte sie auf seine Treffen mit dem Barkeeper des Castle Hotels an.

Was sich zwischen Lucas und Cor abspielte, wusste sie nicht, und sie wollte auch nicht tiefer involviert werden. Allerdings hatte sie nicht die Absicht, noch länger mit ihm zu diskutieren.

Stattdessen klopfte sie ihm auf die Schulter und ließ ihn mit einem freundlichen *Daher wirst du auch für mich Verständnis haben*, zurück.

KAPITEL 14

EIN SCHÖNER ABEND

Samy kam aus dem Lachen nicht mehr raus und genoss den Abend mit Joe in vollen Zügen. Der junge Mann war amüsant und charmant, außerdem hatte er einen beeindruckenden Studienweg hinter sich.

Als Archäologiestudent hatte sein Werdegang wenig mit dem ihr vertrauten Unialltag zu tun. Es war spannend zu hören, dass er im Mittleren Osten und Südamerika gearbeitet hatte. Er berichtete von Beduinenzelten, in denen man nicht selten ungebetene Besucher, die krabbelten oder krochen, vorfand und Samy ekelte sich beim bloßen Zuhören. Bei den alten Inkatempeln in Südamerika war es nicht anders und dennoch schilderte Joe das Camp als angenehmer. Während er von einer dramatischen Schlangenattacke sprach, klinkte Samy sich aus und beobachtete stattdessen seine Gestik.

Er war vollkommen mit sich im Reinen und schien sich keine Gedanken über sein Äußeres zu machen. Wie am Vortag trug er eine zerrissenen Jeans und ein simples T-Shirt. Seine langen Haare hätten einen Schnitt vertragen, und auch der Bartschatten auf seinem schön geschnittenen Gesicht schrie nach Pflege. Doch Joe schien nichts von all dem wichtig zu sein und Samy überlegte, ob es daran lag, dass ihm bewusst war, wie gut er aussah oder ob er einfach uneitel war.

Wenn er redete, waren seine Emotionen wie in einem offenen Buch zu verfolgen, denn seine Mimik war bewegt. Er sprach mit Händen und Füßen und lachte viel. Um seine Augen hatten sich kleine Fältchen gebildet und die Winkel seiner vollen Lippen waren stets nach oben gezogen. Er wirkte wie ein Mensch, dessen Glas immer halb voll und nicht halb leer war.

Samy beneidete ihn um seine Unbekümmertheit. Er schien sich im Pub genauso zu Hause zu fühlen, wie barfuß im Treppenhaus. Inzwischen hatte er die Schlangen hinter sich gelassen und war bei Skorpionen und Spinnen, so groß wie Handteller, angekommen. Von beidem wollte Samy nicht mehr hören als von den Reptilien. Dennoch unterbrach sie ihn nicht, denn es fiel ihr leichter, seine Worte auszublenden, als mit ihm zu diskutieren. Nicht selten hatte sie erlebt, dass Menschen, die kein Problem mit Tieren hatten, die Gefahr verbreiteten und überall kreuchten und fleuchten, erst recht davon redeten, wenn sie die Angst ihres Gegenübers erkannten.

Sie kannte ihn und seine kleinen Nickeligkeiten nicht und wollte ihm diese Genugtuung nicht geben und so ließ sie ihn erzählen, während sie sich umsah und feststellte, wie sehr die Zeiten sich geändert hatten.

Früher war das *Horse and Groom* bis zum Bersten gefüllt gewesen. Menschentrauben hatten innen wie außen herumgestanden und das Vorankommen beinahe unmöglich gemacht. So, wie die Engländer es gerne taten – trinkend und feiernd den Feierabend willkommen heißend. Die Pubbesuche waren den Menschen heilig. Den Moment genießen und das Beisammensein zelebrieren, gehörte zur englischen DNA.

Inzwischen, seit Corona den Alltag bestimmte, hatte sich jedoch alles geändert. Das Bestellen an der Bar war nicht möglich gewesen und auch heute nicht mehr gerne gesehen. Samy hatte den Eindruck, dass weniger Menschen einen Pub frequentierten. Nachdem die Anzahl der Gäste, die Lokale betreten durften, monatelang reglementiert worden war, schienen die Menschen vorsichtiger geworden zu sein.

An diesem Abend waren zwar alle Sitzplätze belegt, aber das war kein Wunder. Das *Horse and Groom* war winzig und es gab nicht viele Tische. Nur in den Gängen, in denen es früher kein Durchkommen gegeben hatte, stand heute niemand. Dennoch war es ein Glück gewesen, dass Joe und sie den schönsten Platz in der Fensternische neben dem Eingang bekommen hatten – ihren Lieblingsplatz. Zum einen hatte man den gesamten Schankraum im Blick und die Aussicht aus ihrem Fenster zeigte die Schlossmauern.

Sie war dankbar für diesen Abend, denn er war eine Abwechslung zu dem ernsten Gespräch, das sie mit Cor und Nate geführt hatte. Im *Piper* war ihnen bewusst geworden, dass sie bei Null standen. Es gab viele Verdächtige und niemand konnte von der Liste gestrichen werden. Dennoch hatte Samy, als sie am Spätnachmittag allein in ihre Wohnung zurückgekehrt war, das Gefühl beschlichen, kurz vor einem Durchbruch zu stehen.

Zu gerne hätte sie gewusst, wo diese Empfindung herkam, und war im Kopf alles durchgegangen – erfolglos. Und auch nun, während Joe redete, zermarterte sie sich das Gehirn, woher dieses Gefühl rührte. Rationell war es nicht zu erklären.

Seit Stunden dachte sie darüber nach, ob irgendwer etwas erwähnt hatte, das sie nicht beachtet hatten, in ihrem Unterbewusstsein jedoch eine Saite anschlug. Aber sie kam nicht darauf und hoffte, dass Joes blumige Erzählungen ihr Abstand zu den Geschehnissen um Jennifer Dalton brachten und sie dadurch wieder klarer sehen konnte.

Seine Schilderungen waren lebhaft. Er ließ offensichtlich seinen Charme spielen, um sie zu beeindrucken. Dennoch gelang es Samy nicht, alles auszublenden. Ihr war nicht entgangen, dass Cornelius kurze Zeit nach ihnen ins *Horse* gekommen war. Er hatte sich demonstrativ an einen kleinen Tisch ans andere Ende des Schankraums gesetzt und beobachtete sie ungeniert.

Samy hatte keinen Zweifel daran, dass er gerne den Tisch neben ihnen in Beschlag genommen hätte und sie auch von dort aus nicht diskreter begafft hätte. Glücklicherweise war in ihrer Nähe alles besetzt gewesen und Joe saß mit dem Rücken zu ihm. Das verhinderte, dass er Cors Penetranz bemerkte, während Samy sich ihrer bewusst war, denn Cor versuchte unaufhörlich, auf sich aufmerksam zu machen.

So sehr sie versuchte, es zu ignorieren, seine Bemühungen wurden immer wilder. Als Joe einen Anruf erhielt und ihn entschuldigend annahm, nutzte sie die Gelegenheit, zur Toilette zu gehen. Auf dem Weg blieb sie an seinem Tisch stehen und blaffte ihn an. Sie bemühte sich nicht erst, so zu tun, als heiße sie seine Anwesenheit gut, doch Cor ging über ihre Beschwerde hinweg und raunte ihr stattdessen zu: »Wir müssen reden!«

Er ist wirklich unglaublich, ging es ihr wieder einmal durch den Kopf und sie wollte einfach weitergehen, doch Cor griff nach ihrem Arm. Seine Stimme wurde eindringlicher.

»Ich habe Neuigkeiten«, er nahm langsam sein Pint in die Hand, während er mit abfälligem Blick zu Joe linste.

«Während du dich mit einem lächerlich jungen Kerl vergnügst …«

Samy schäumte innerlich und konnte nicht schnell genug von ihm wegkommen. So sehr sie Cors Freundschaft schätzte, hier war ein Punkt erreicht, wo er seine Kompetenzen überschritt. Sie wollte ihm dies nicht durchgehen lassen. Außerdem konnte sie sich nicht vorstellen, was sich ereignet haben sollte.

»Es reicht«, raunte sie ihm zu und versuchte, seine Hand abzuschütteln. Dabei warf sie einen Blick über ihre Schulter, um sich zu vergewissern, dass Joe diese Scharade nicht mitbekam. Sie hatte keine Lust zu erklären, wer Cornelius war, geschweige denn, ihn vorzustellen.

Als sie nach der Türklinke griff, die neben Cors Tisch zu den Toiletten führte, sah sie erleichtert, dass der junge Mann telefonierend weiterhin in die andere Richtung blickte.

»Behalte deine Unverschämtheiten für dich«, entgegnete sie hochmütig zu Cor und fügte an: »Ich kommentiere deine Bekanntschaften auch nicht!«

Doch bevor sie weitergehen konnte, ließ er eine Bombe platzen, die sie mitten in der Bewegung innehalten ließ.

»Unsere gute Jennifer hatte einen Liebhaber. Mit dem hat sie sich vor aller Augen am Vorabend ihrer Ermordung heftig gestritten. Sie hat ihm eine Ohrfeige gegeben, woraufhin er sie bedroht hat.«

»Woher weißt du das? Und wer ist dieser Mann?«, wollte Samy wissen und war fassungslos.

»Später, meine Liebe.«

Die Genugtuung in seinen Augen war kaum zu übersehen. Während Samy noch überlegte, was er von sich gegeben hatte und von wem er redete, stand Cornelius auf und warf sich seinen Umhang über die Schultern.

»Wenn du zu Hause bist, kannst du mich anrufen. Ich nehme nicht an, dass es allzu spät wird, denn dein kleiner Freund muss sicherlich bald ins Bett.«

»Du bist so ein …«, setzte sie an, kam jedoch nicht weiter, denn Cor gab ihr zu verstehen, dass Joe sein Telefonat beendet hatte und sie beobachtete.

Mit den Worten: »Dein Toy verlangt nach dir« verabschiedete er sich und verließ das Pub durch den Nebeneingang.

Samy war wütend und dennoch vergaß sie die Sticheleien gegen Joe wieder. Viel zu sehr beschäftigten sie Cors Erzählungen.

Warum hatte niemand davon gesprochen, dass Jennifer einen Lover hatte? So abwegig war dies schließlich nicht.

Noch viel mehr interessierte sie allerdings, wer dieser Mann war und woher Cor seine Informationen hatte. Für Letzteres gab es nur wenige Möglichkeiten – entweder hatte Nate es ihm berichtet, nachdem sie das *Piper* verlassen hatte, oder aber Cor hatte von seinem Freund, dem Barmann Lucas, etwas erfahren.

Ihre Gedanken rasten, doch als sie sich an den Tisch zu Joe setzte, nahm er sie wieder in Beschlag. Offensichtlich hatte er nichts von der Diskussion mit Cor mitbekommen, denn er wollte wissen, was sie mit der ehemaligen Wohnung von Mrs William-Turner vor hatte.

Sie war überrascht, dass er sie darauf ansprach und erkundigte sich, ob er sie kannte. Getrieben von seiner Unbeschwertheit schilderte er die alte Apothekerin als ein furchteinflößendes Unikum und Samy stimmte ihm zu.

Seine Schilderungen über zufällige Begegnungen im Haus und ihre Beschimpfungen, wenn er Müll in die falsche Tonne geschmissen hatte, vermittelten Samy den Eindruck, dass er nicht mitbekommen hatte, dass die Alte versucht hatte, Samy zu ermorden.

Stattdessen alberte er herum, und imitierte erschreckend echt die Stimme der ehemaligen Nachbarin. Samy entging nicht, dass Joe versuchte, mit ihr zu flirten. Dabei ging er subtil vor, dennoch war sein Interesse nicht zu übersehen. Auch wenn es ihr schmeichelte, ging sie nicht darauf ein. Nachdem sie sich von ihrem langjährigen Freund Karl getrennt hatte, hatte sie sich geschworen, sich nicht mehr auf einen unnötigen Flirt einzulassen – und unnötig würde eine Liaison mit dem Studenten bestimmt sein.

An dieser Stelle musste sie Cor zustimmen. Allerdings hatte sie nicht die Absicht und empfand Cornelius' Unterstellungen als eine Grenzüberschreitung.

Aber natürlich war sie nicht immun gegen das wunderbare Gefühl, begehrt zu werden. Noch dazu von einem knackigen Kerl wie Joe, der keinen Mangel an Interessentinnen zu beklagen hatte. Von ihm ging ein angenehmer Reiz aus. Samy glaubte, es läge daran, dass er allein aufgrund seines Alters niemals eine Option für sie wäre.

Joe machte keinen Hehl daraus, dass er Spaß haben wollte. Diese Unverbindlichkeit hatte etwas Berauschendes, denn es war vollkommen frei von Verpflichtungen, verzweifeltem Zusammensetzen von Puzzleteilen und nervigen Diskussionen mit Cor. Zumindest für einen Moment wollte sie das ausblenden, auch die neuen Informationen über Jennifer, egal wie interessant sie waren.

Sie wusste, dass sie sich für diese Auszeit entscheiden musste. Anderenfalls wären ihre Gedanken weiterhin in der gleichen Schleife gefangen und sie würde nicht von der Stelle kommen.

Außerdem würde sie Cor nicht den Gefallen tun, ihn bald anzurufen. Dann würde er nicht mehr aufhören, über Joe zu lästern. Kurz überlegte sie, ihn bis zum Morgen schmoren zu lassen, verwarf die Idee jedoch wieder, denn sie wusste, dass ihre Neugierde sie daran hindern würde, standhaft zu bleiben.

Ein Stündchen oder mehr würde sie allerdings noch aushalten, schwor sie sich und setzte sich entspannt auf die Holzbank in der Fensternische zurück. Sie nippte an ihrem Glas und hörte Joes Erzählungen über die Streitgespräche, die er zwischen Mrs Williams-Turner und dem alten Major Bright-Leven mitbekommen hatte, nur halbherzig zu. Erst, als er ihren Vater erwähnte, war sie mit einem Schlag wieder voll anwesend.

Allerdings war ihre innere Aufregung unbegründet, denn Joe hatte ihn nicht gekannt. Er war ihm nur ein paar Mal im Flur begegnet und meinte, er sei ein reicher Schnösel gewesen, der von ihm kaum Kenntnis genommen hatte.

Es war ihm nicht unangenehm, derart von ihrem Vater zu sprechen, im Gegenteil, denn er fügte noch »Genau wie mein alter Herr« an.

Während Samy darüber sinnierte, was er damit meinte, brachte er sie aus dem Konzept, in dem er klarstellte, was er von ihrem neuen Zuhause hielt.

»Was macht eigentlich eine Frau wie du in einem Kaff wie Windsor?«, wollte er wissen. Im ersten Moment war sie sprachlos, denn aus irgendeinem Grund nahm sie die wenig schmeichelhafte Bezeichnung persönlich.

»Warum wohnst du hier, wenn es ein Kaff ist?«, konterte sie eine Spur zu scharf mit einer Gegenfrage und war gespannt darauf zu sehen, wie Joe damit umging. Doch sie hätte sich keine Sorgen machen müssen, denn er lachte und erklärte, dass er finanziell nicht unabhängig war und daher nach der Pfeife seines Vaters tanzen musste.

»Nicht meine Entscheidung«, gluckste er und strich sich erneut durch die zerzausten Haare. »Das geht auf die Kappe meines alten Herrn, der mit meiner Studienfachwahl nicht glücklich ist. Auch nach dem Master hofft er noch, mich auf den rechten Weg locken zu können.«

Er grinste und ließ keinen Zweifel daran, dass sein Vater sich alle Mühen sparen konnte.

»Er glaubt immer noch, wenn er mich lange genug in der Nähe Londons hält, käme ich zur Einsicht und würde vielleicht doch noch Wirtschaft, Jura oder irgendetwas anderes studieren, was mich in die City führt. Das ist natürlich Blödsinn und pures Wunschdenken. Auch wenn ich hier lebe, gibt es nichts, was mich mehr abstößt, als die Vorstellung in diesem riesigen Moloch zu leben.«

»An welcher Uni bist du denn?«, erkundigte Samy sich und versuchte, sich einen Reim darauf zu machen, warum Joe in Windsor war. Natürlich war es möglich, in die Hauptstadt zu pendeln, aber es erschien ihr nicht praktikabel. Ihrer Erfahrung nach suchten die meisten Studenten das ausschweifende Leben, das parallel zum Unialltag stattfand. Weshalb sollte ein junger Mensch freiwillig dreißig Kilometer von der Hochschule entfernt leben?

Oxford war noch weiter weg. Ganz sicher hätte Joe in der Nähe der Uni wohnen müssen, daher fiel diese Option auch weg.

Bevor er sich äußerte, genehmigte er sich einen weiteren Schluck seines Pints. Samy gewann den Eindruck, dass er vielleicht schon ein bisschen zu viel getrunken hatte. Seine Augen funkelten und er wirkte ausgelassen. Er gestand, dass er zwar auf Wunsch seiner Familie an einer der renommierten Universitäten angefangen hatte, aber bereits nach dem ersten Semester wieder gehen musste. Seine Lebensführung hatte nicht zu der Erwartungshaltung des elitären Umfelds gepasst.

»Das war ein herber Schlag für meine Leute, mein Vater wollte mir den Geldhahn zudrehen. Es hat meine Mutter einige Überredungskünste gekostet, ihn daran zu hindern.«

Die Art, wie er von seiner Mutter sprach, unterschied sich von den Worten, die er für seinen Vater fand.

In seiner Stimme lag Zuneigung und auch etwas, was Samy wie Dankbarkeit vorkam, als er beschrieb, dass es dem Weitblick seiner Mutter zu verdanken war, dass er danach an der *Royal Holloway University*, wenige Minuten von Windsor entfernt, studieren durfte.

Sie hatte den schönen Campus besichtigt und war sicher, dass es sich um eine erstklassige und nicht günstige Kaderschmiede handelte. Was sie aber beschäftigte, war Joes Art, über seine Mutter zu reden. Das Verhältnis zu ihrer eigenen Mutter war momentan nicht existent, konnte jedoch auch unter normalen Umständen bestenfalls als unterkühlt bezeichnet werden.

Ihre Mutter war herrisch und hatte ihr immer ihren Willen aufgezwungen. Gleichzeitig hatte sie keinen Zweifel daran gelassen, dass sie von ihrer Tochter nicht viel hielt.

Samy konnte sich nicht vorstellen, wie es sein musste, von der eigenen Mutter unterstützt zu werden. Für ihre Mutter war nie etwas gut genug gewesen, was sie getan hatte, schon Cor hatte sie um die Verbindung zu seiner Mutter beneidet. Als sie Joe nun zuhörte, dachte sie darüber nach, ob es Jungen leichter fiel, ihre Mütter von sich zu überzeugen, verwarf die Idee jedoch gleich wieder, denn sie hatte auch Freundinnen gehabt, die sich mit ihren Müttern verstanden.

So musste sie sich eingestehen, dass es an ihrer Mutter lag. Sie seufzte und konzentrierte sich wieder auf Joes Worte. Er schilderte, warum seine Wahl auf diese Universität gefallen war und dass seine Eltern Windsor akzeptiert hatten, weil es nach Meinung seines Vaters beinahe zu London gehörte.

Joe war es egal gewesen, wo er unterkam, solange er nur sein Wunschstudienfach belegen konnte. Er hatte nie einen Gedanken an London verschwendet und auch das Nachtleben schien auf ihn keinen Reiz gehabt zu haben. Aus seinen Erzählungen konnte sie schließen, dass er den Ausdruck *Kaff* in Bezug auf Windsor nicht despektierlich gebraucht hatte. Im Gegenteil, die Überschaubarkeit und der Kleinstadtcharme schienen ihm zu gefallen – auch wenn er nur durch seinen Vater gelandet war.

Dennoch hatten seine Worte Samy veranlasst, darüber nachzudenken, ob Windsor jungen Menschen, die es gerne krachen ließen, etwas zu bieten hatte. Diesen Aspekt der Stadt hatte sie nie im Auge gehabt. Daher nahm sie sich vor, sich bei Anabel oder vielleicht bei Cor zu erkundigen, was man hier machen konnte, wenn man mehr als ein Bier oder ein Glas Wein trinken wollte.

Sollte es so etwas wie ein Nachtleben geben, konnte sie sicher sein, dass Cornelius bereits bei seinem ersten Besuch alles in Erfahrung gebracht hatte, was es zu wissen gab.

KAPITEL 15

LIEBHABER UND ANDERE FEINDE

Wieder stand Samy in ihrer dunklen Wohnung und starrte auf die beeindruckenden Schlossmauern gleich gegenüber.

Die Straße und das Castle waren in ein leicht oranges Licht der altmodischen Laternen getüncht und menschenleer. Noch vor wenigen Minuten war das anders gewesen, doch nun war niemand mehr zu sehen.

Nachdem Joe über die Vorzüge einer Kleinstadt referiert – und seine vorherige Behauptung selbst Lügen strafte – war ihr klargeworden, dass es nichts brachte, den Abend in die Länge zu ziehen. Cor hatte das Samenkorn der Neugierde in ihr gesät, daher wurde es Zeit, aufzubrechen.

Auf dem kurzen Weg war er ungewohnt still gewesen und hatte erst wieder gesprochen, als sie beinahe dort waren. Dann hatte er sie jedoch aus dem Konzept gebracht.

»Stehst du unter Beobachtung der Polizei?«

»Wie meinst du das?«, wollte sie wissen und verstand nicht, wie er darauf kam.

Als er jedoch in Richtung der Biegung nickte, an der die High Street der Castle Mauer folgte, sah sie Nate. Wie schon ein paar Tage zuvor, stand er an einen Laternenmast gelehnt und rauchte eine Zigarette. Dabei blickte er auf den Boden. Auch als sie näherkamen, schien er sie nicht zu beachten, obwohl Samy alles daransetzte, Augenkontakt zu ihm aufzubauen.

Seine Präsenz verwirrte sie, schließlich hatten sie erst wenige Stunden vorher zusammengesessen. Was sollte es geben, was er ihr mitteilen wollte?

Sie überlegte, dass er vielleicht doch derjenige gewesen war, der Cor von Jennifers Freund erzählt hatte, verwarf den Gedanken jedoch gleich wieder. Sie konnte sich nicht vorstellen, dass er um diese Zeit bei ihr auftauchen würde, um ihr Ermittlungsneuigkeiten zu überbringen.

Stattdessen beschlich sie das ungute Gefühl, dass er erneut hier stand, um auf sie aufzupassen – eine Vorstellung, die sie in Panik versetzte und die Erinnerungen an Mrs Williams-Turner und ihre Attacke wieder aufflackern ließ.

Sie hatte jedoch keine Gelegenheit gehabt, länger darüber nachzudenken. Plötzlich wurde ihr bewusst, dass Joe Nate kannte. Wie sonst hätte er wissen sollen, dass er Polizist war?

Darauf angesprochen, erzählte er ihr, dass er den Inspector kenne, weil er ihn wegen Jennifer kontaktiert hatte.

»Du kanntest Jennifer?«, hatte sie sich fassungslos erkundigt. Sein Kommentar war entwaffnend ehrlich gewesen.

»Jeder Mann zwischen 18 und 60 in Windsor kannte Jennifer. Sie war eine *Femme Fatale*. Wenn man dumm genug war, sich auf sie einzulassen, konnte es passieren, dass man sie so schnell nicht mehr loswurde.«

Seine Stimme war nicht mehr so unbefangen und Samy hätte zu gerne gewusst, wie gut er die Yogalehrerin gekannt hatte.

»Darf ich daraus schließen, dass ihr ziemlich vertraut miteinander wart? Oder warum hat dich die Polizei verhört?«

»Weil ich in ihrem Notizbuch stand. Verhört ist übrigens das falsche Wort, sie hatten lediglich ein paar Fragen.«

Als Samy entsetzt stehen bleiben wollte, hatte er nach ihrem Arm gegriffen und sie auf die andere Straßenseite gelenkt.

»Ich habe keine Lust, schon wieder mit Stone zu sprechen.«

Samy hatte begonnen sich unwohl zu fühlen, doch Joe entkräftete dieses Gefühl schnell wieder.

»Ich habe sie nicht so gekannt, wie sie es gerne gehabt hätte. Aber auch bei mir hat sie versucht zu landen. Ich kannte den Ruf, der ihr vorauseilte, und bin ihr aus dem Weg gegangen. Allerdings waren wir uns vor meiner Abreise nach Südamerika auf einer Cocktailparty begegnet. Sie hatte nicht lockergelassen, bis ich einem Treffen zustimmte. Die Frau war wie Tekla, die Spinne von *Biene Maja*. Sie lockte einen mit Nettigkeiten in ihr Netz und man merkte erst zu spät, dass man festsaß. Meine Abreise stand bevor und ich trickste sie aus, indem ich ein Date vereinbarte, dass erst nach meinem Abflug lag. Danach ließ sie mich in Ruhe. Ehe sie es erneut versuchen konnte, war ich schon auf dem Weg in die Anden. Danach hat sie unzählige Male versucht, mich telefonisch zu erreichen, aber ich habe sie blockiert. Ich fand sie nervig und unangenehm.«

Samy hatte nicht verstehen können, was das alles mit der Polizei zu tun hatte. *Warum war er befragt worden, wenn er sie nicht gesehen hatte?*

»Ich bin ihr nach meinem Auslandsaufenthalt über den Weg gelaufen. Wir haben ein paar Minuten gequatscht und uns wieder verabschiedet. Ich dachte, sie hätte geschnallt, dass ich kein Interesse habe und keinen Gedanken mehr an sie verschwendet. Die blöde Kuh hat aber anschließend meinen Namen mit einem Ausrufezeichen versehen in ihrem Kalender vermerkt. Leider war das genau einen Tag bevor sie umgebracht wurde, und ich war damit auf dem Radar der Polizei.«

Inzwischen hatten sie das Haus erreicht und Samy war hin- und hergerissen gewesen, ob sie Nate ansprechen sollte. Allerdings zeigte ihr ein Blick über die Schulter, dass er noch auf den Boden starrte, als habe er nichts mit ihr am Hut, und so verwarf sie die Idee. Stattdessen war sie mit Joe ins Haus gegangen und hatte dankend abgelehnt, als er sie überreden wollte, noch etwas bei ihm zu trinken.

Hätte der Abend normal geendet, wäre sie wahrscheinlich auf einen Drink mitgegangen. Joe war nett und sie hatte seine Aufmerksamkeit aufgesogen.

So aber war ihr die Lust vergangen und sie wollte lieber allein sein, um ihre Gedanken zu sortieren und eventuell noch Cor anzurufen, auch wenn sie sich geschworen hatte, ihn zappeln zu lassen – veränderte Situationen riefen nach angepassten Verhaltensweisen.

Den letzten Ausschlag hatte Nate gegeben. Sie wusste, er würde dort verweilen, bis das Licht in ihrer Wohnung anging und er sehen konnte, dass sie in Sicherheit war.

Diese Aufmerksamkeit schätze sie, daher wollte sie seine Zeit nicht noch mehr in Anspruch nehmen. Wäre sie nicht in ihre Wohnung gegangen, hätte Nate sich alles Mögliche vorstellen können. Sie wollte nicht, dass er glaubte, sie sei eine Frau, die sich kurzerhand auf einen Kerl einließ – wobei ihr diese Einschätzung egal sein konnte.

Noch viel weniger wollte sie, dass er mit der Kavallerie anrückte, weil er glaubte, sie sei in Gefahr. Zwar glaubte sie selbst zu übertreiben, aber nach allem, was Samy in den letzten Monaten erlebt hatte, wäre sogar diese Variante denkbar gewesen.

Also hatte sie Joe enttäuscht und ihm versprochen, seine Einladung bald anzunehmen. Dann war sie in ihre Wohnung gegangen und hatte das Deckenlicht des Salons eingeschaltet. Als sie ans Fenster getreten war, hatte sich ihre Vermutung bestätigt. Nate, der hinaufblickte, hatte ihr zu genickt, seine Zigarette ausgetreten und war in der Dunkelheit verschwunden.

Inzwischen waren zwei Stunden vergangen. Es war weit nach Mitternacht und das Licht in Samys Salon schon lange erloschen. Sie hatte versucht zu schlafen, doch das Telefonat mit Cornelius hatte sie aufgewühlt und nachdem sie sich umher gewälzt hatte, stand sie wieder an ihrem Lieblingsplatz und versuchte ihre Gedanken zu ordnen.

Sie liebte es, im Dunkeln auf das hell erleuchtete Schloss zu blicken und sich vorzustellen, was die monumentalen Mauern in den letzten tausend Jahren gesehen hatten. Bei dieser Vorstellung wurde sie immer demütig und meist gelang es ihr dann, die eigenen Probleme in einem anderen Licht zu sehen.

Was von allem, was sie umtrieb, würde auch in tausend Jahren noch Bedeutung haben?

Samy war in dieser Beziehung realistisch. Oftmals lichtete sich von diesem Standpunkt aus der Nebel, und sie konnte wieder klarer sehen.

Leider war es in dieser Nacht nicht so und sie ließ Cors Worte erneut Revue passieren.

Nachdem Nate verschwunden war, hatte sie Cor angerufen und wider Erwarten hatte er direkt beim ersten Klingeln das Gespräch angenommen. Sie hätte erwartet, dass er sie zappeln ließ, doch sein Mitteilungsbedürfnis war größer. Vielleicht war es aber auch seine Sensationslust, doch dieser schob sie sofort einen Riegel vor, indem sie klarstellte, dass sie nicht mit ihm über Joe sprechen würde.

Cor hatte verschnupft gemault: »Behalte deine amourösen Abenteuer gerne für dich, meine Liebe« und Samy hatte den beleidigten Unterton ignoriert. Sie wusste aber, dass Cor sicherlich auf Joe zurückkommen würde – doch nicht an diesem Abend.

»Nachdem du unsere nette Runde mit Inspector Stone verlassen hast, hat es auch uns nicht länger im *Piper* gehalten. Ich muss sagen, dass ich das Interieur des Pubs über die Maßen schätze – es ist bedeutend einladender als so manch andere Etablissements hier vor Ort. Aber sei es drum. Ich bin in mein Hotel gegangen und habe mich zu Lucas an die Bar gesellt. Kaum hatte ich mich niedergelassen und begonnen, einen exquisiten Champagner zu genießen – Lucas weiß um meinen Geschmack und käme nicht auf die Idee, mir irgendeine Plörre vorzusetzen – hörte ich nicht weit entfernt den Namen Jennifer. Wie du dir vorstellen kannst, habe ich sogleich meine Lauscher aufgestellt und das Gespräch unauffällig im Spiegel hinter der Bar verfolgt. An einem Tisch saßen zwei schlecht gekleidete Herren bei einer Flasche Wein zusammen. Ihre Stimm- und Tonlage ließ darauf schließen, dass es nicht die erste Flasche war. Diese Vermutung hat Lucas mir später bestätigt. Streng *entre nous*, meine Liebe, so etwas dürfte er mir natürlich nicht erzählen, aber na ja, da zeigt sich wieder, wie wichtig es ist, sich auf allen Ebenen zu vernetzen.«

Samy hatte Mitleid mit dem armen Lucas gehabt, denn sie wusste, wie penetrant Cornelius sein konnte. Wahrscheinlich war der Barmann nicht geschwätzig, sondern lediglich Cors Umgarnerei erlegen. Doch sie hatte sich jeden Kommentar verkniffen, denn ein einziges Wort reichte aus, ihren Freund von seinen Erzählungen abzubringen.

»Die beiden waren in den Fünfzigern, wenn nicht älter. Und alles andere als attraktiv, was nebenbei bemerkt nicht am Alter lag. Der eine war ein Opatyp und der andere, der unsere gute Jennifer gekannt hatte, sah abgehalftert aus. Es wird mir ein Rätsel bleiben, was manche Menschen aneinander finden.«

An dieser Stelle hatte sie ihn minimal gelenkt, denn auch diese Diskussion kannte sie. Cornelius begeisterte sich an seiner Chemie-Theorie, die erläuterte, warum einige miteinander konnten, während andere sich sprichwörtlich nicht riechen mochten. Ein interessantes Thema, aber nicht vor Anbruch der Nacht. Daher hatte sie nachgehakt und wollte wissen, ob er herausgefunden hatte, wer die beiden waren.

»Selbstverständlich! Beide waren Stammgäste in der Bar, wie Lucas mich wissen ließ. Den einen können wir wohl vergessen. Er ist in einer festen Beziehung mit dem hiesigen Chef des Ordnungsamtes und daher kaum an Jennifer interessiert. Der andere hingegen ist ein Fotograf aus Eton, der die Schulfotos der reichen Bubies macht. Laut Lucas hatte er, bevor ich dazu stieß, erzählt, wie froh er sei, dass Jennifer tot sei.«

Samy war so aufgeregt, dass sie Cor unterbrach und damit die Erzählung unnötig in die Länge gezogen hatte. Die Quintessenz war, dass die Männer sich über das Verhältnis des Fotografen mit Jennifer unterhalten hatten. Der ältliche Typ hatte darauf hingewiesen, dass er seinen Freund gewarnt habe, während der Fotograf schilderte, dass es unmöglich gewesen sei, sie loszuwerden. Als die beiden die Bar verließen, hatte er die Worte »Der Mörder hat mir wirklich einen Gefallen getan« aufgeschnappt und danach Lucas durch die Mangel gedreht.

Der Barmann hatte alles berichtet, was er von dem Fotografen wusste. Allerdings war das nicht mehr als sein Name – Steven O'Connor – und die Adresse seines Studios auf der anderen Seite der Themse.

Cornelius hatte sich bereits einen Schlachtplan zurechtgelegt und wollte am nächsten Morgen in Eton vorbeigehen. Er wehrte sich mit Händen und Füßen, weil Samy mitgehen wollte, doch letztlich kapitulierte er, denn auch sie konnte penetrant sein.

Danach hatte er das Gespräch beendet und sie darauf hingewiesen, dass er seinen Schönheitsschlaf brauche. An dieser Stelle hatte er sich einen kleinen Seitenhieb in Richtung Joe nicht verkneifen können und ihr geraten, es ihm gleich zu tun, besonders, wenn sie mit jüngeren Menschen mithalten wollte. Doch bevor sie ihre Empörung kundtun konnte, hatte er schon aufgelegt.

Samy hatte alles durchdacht, den Fotografen gegoogelt aber nichts Auffälliges gefunden und war schließlich ins Bett gegangen. Aber leider war der Schlaf ausgeblieben, obwohl sie hundemüde war.

Nun stand sie am Fenster und sog den süßen Duft des Tees ein, der in einer großen Tasse in ihren Händen dampfte. Zunächst hatte sie auf dem weißen Sofa gesessen und sich mit einer Decke in die Kissen gekuschelt. Mit einem Block bewaffnet, hatte sie versucht, Ordnung in die Informationen zu bringen, die sie am heutigen Tage zusammengetragen hatten.

Nach mehreren Versuchen, diversen Listen und Mindmaps, hatte sie Tee gekocht. Es machte keinen Sinn, weitere

Aufzeichnungen anzufertigen, denn nichts hatte Klarheit gebracht, sondern umso deutlicher gezeigt, wie unübersichtlich das Wirrwarr an losen Enden und Verdächtigen war.

Am Nachmittag dieses Tages hatten sie gehofft, dass Nate Naomi ausschließen und den Dschungel weiter lichten könnte, doch nun war wieder jemand aufgetaucht.

Während sie über Steven nachdachte, schweiften ihre Gedanken zu Joe. Automatisch begann sie zu grübeln, ob sie ihn eventuell auch zu den Verdächtigen zählen müsste. Schließlich war er der Polizei eine Überprüfung wert gewesen. Andererseits war sie sicher, dass Nate nicht verschwunden wäre, wenn es auch nur den Hauch einer Gefahr für sie gegeben hätte.

Außerdem wollte sie nichts Schlechtes von ihm denken. Es machte sie verrückt, dass sie immer Hintergedanken hatte, und sie strengte sich nach Kräften an, die Befürchtung wieder loszuwerden.

Schließlich brachte sie den Teebecher in die Küche und machte ein paar Atemübungen. Auch wenn sie Cors Begründung ablehnte, wusste sie dennoch, dass sie dringend Schlaf brauchte.

KAPITEL 16

LEIDER KEIN FOTO ...

Der kleine Laden war genauso staubig und heruntergekommen, wie die Hauptstraße Etons. Samy blickte sich fasziniert darin um.

Sie mochte den kleinen Nachbarort Windsors, der außer einer Hauptstraße nur aus ein paar kleinen Seitenstraßen bestand. Diese waren nur wenige Meter und maximal zwei, drei Häuser lang und kaum nennenswert. Hätte es dort nicht das berühmte *Eton College* gegeben, hätte den Ort wahrscheinlich niemand zur Kenntnis genommen.

Einzig in unmittelbarer Nähe der Jungenschule strahlten die Gebäude etwas Herrschaftliches aus. Auch wenn der Campus für die Öffentlichkeit tabu war, ließen die Außenanlagen mit der beeindruckenden Kirche und Bücherei keinen Zweifel daran, wie bedeutend das College war.

Je weiter man sich vom Campus entfernte, umso maroder wurde die Bausubstanz. Um die Schule herum gab es mehrere Backsteinhäuser, in der die älteren Schüler untergebracht waren. Schon sie waren nicht mehr gut in Schuss und wirkten an manchen Stellen alles andere als standesgemäß. Immerhin sah ihre Bausubstanz noch intakt aus, doch die Rahmen von Türen und Fenstern waren desolat. Dachrinnen, Kellerabgänge und Geländer konnten dem Zahn der Zeit kaum noch standhalten.

Mit jedem Schritt weg vom College in Richtung Windsor, wurde es schlimmer. Die Häuser reihten sich aneinander und wurden immer windschiefer. Die Farbe an den Fassaden war so oft überstrichen worden, dass sie meist gleich wieder abblätterte, so war der Gesamteindruck ein bisschen schäbig. Viele Fenster hatten alte Fensterläden, die kaum noch in den Angeln hingen, sodass es besser war, wenn sie geschlossen waren. Andernfalls gaben sie den Blick auf altmodische – und meist vergilbte – Gardinen frei, die gegen die Fensterscheiben gedrückt wurden.

In beinahe jedem Gebäude befand sich ein kleiner Laden oder ein Restaurant. Das hatte sicherlich seinen Charme, dennoch blieb Samy lieber auf der Windsor Seite des Flusses. Man konnte in Eton gut essen und vielleicht ein paar nette Dinge kaufen, doch sobald man wieder auf der Straße war, fiel einem der Niedergang der Schulstadt ins Auge.

In dem kleinen Verkaufsraum vor Steven O'Connors Atelier sah es nicht anders aus. Es war düster und roch modrig. Die alte Holztheke und die Schrankwände waren schwarz gestrichen. Alles wirkte so, als habe Steven einen Laden übernommen, der vor mehr als 100 Jahren eingerichtet und nie modernisiert worden war. An manchen Stellen blätterte die alte Farbe ab und der großgeblümte Teppichboden war an vielen Stellen abgewetzt.

Samy schauderte beim Betrachten der unzähligen Fotos mit Jungen in Schuluniformen. Mit einem Mal war es ihr unbegreiflich, wie Eltern ihre Kinder in solch ein antiquiertes Umfeld schicken konnten. Es nahm ihr die Luft zum Atmen, daher wollte sie sich nicht vorstellen, was es mit Kinderseelen machte, wenn sie sprichwörtlich ins vorletzte Jahrhundert zurückversetzt wurden.

Die Fotografien steckten in dunklen Holzrahmen und nahmen einen Großteil der Wände ein. Sie wirkten zeitlos, denn die konservative Kleidung der Schüler – dunkle Anzüge mit weißen Hemden und gestreifte Krawatten – so wie das Setting waren gleich. Sie hätten 50 Jahre oder aktuell sein können, was einige auch waren, da hin und wieder eine Apple Watch zu erkennen war.

Auch wenn Samy Traditionen mochte, war ihr dies eindeutig zu viel. Sie empfand beinahe Mitleid mit den kleineren Burschen, die oftmals ängstlich in die Kamera blickten. Cornelius, der in dem niedrigen Raum wie ein Riese wirkte, schien es ähnlich zu gehen. Wortlos hatte auch er alles betrachtet und schüttelte anschließend den Kopf.

»Wenn ich das hier sehe, bin ich auch im Nachhinein dankbar, dass ich nicht solch eine Leuchte wie meine Brüder war. So wurde mir wenigstens *Salem* erspart – eine ähnlich traditionelle Institution. Die Jungs wurden dort geschliffen, allerdings habe ich die Besuche bei meinen Brüdern nicht annähernd so antiquiert in Erinnerung wie *Eton*. Nun kommt mir *Salem* beinahe modern vor. Wenn ich auch glaube, dass dort die Zeit stehen geblieben war, muss ich betonen, das hat eine ganz andere Dimension.«

Er zog missbilligend die Augenbrauen in die Höhe und verstummte, als die junge Frau zurückkam, die sie empfangen hatte. Samy zuckte bei ihrem Anblick innerlich zusammen, denn niemand hätte weniger in diese Umgebung gepasst als sie. Ihre langen, neonpink lackierten Fingernägel standen in solch starkem Kontrast zu dem Laden und seinen Fotos, dass sie wie Leuchtbojen hervorstachen. Als wäre dies nicht schon unpassend genug, trug sie ein Minikleid in Orange mit einem Ausschnitt, der beinahe den Blick auf ihren Bauchnabel freigab. Ihre blondierten

Haare waren locker zusammengefasst und beim Sprechen bewegte sie auffällig einen Kaugummi hin und her.

Überraschenderweise waren ihre Wortwahl und Aussprache exzellent und ließen auf Bildung und Herkunft schließen.

Nun verfolgte Samy fasziniert, wie die junge Frau Cornelius in ein vorgegebenes Muster zu pressen versuchte. Sie erklärte, Steven hat eigentlich keine Zeit für unangemeldete Besucher und sie können lediglich davon profitieren, dass bereits Besuch da sei, der in wenigen Minuten gehen würde. Daher sei der Fotograf gewillt, ihnen fünf Minuten seiner kostbaren Zeit zu opfern. Spätestens, als sie anfügte: »Fassen Sie sich kurz, ein Überziehen dieser Zeit ist undenkbar. Stevens Termine sind eng getaktet«, war Samy sicher, dass Cor die junge Frau wissen lassen würde, was er von ihrem Getue hielt.

Cor, auch wenn ihm Fassungslosigkeit ins Gesicht geschrieben stand, blieb stumm und nickte, um seine Zustimmung zu signalisieren. Er folgte ihr durch einen Fadenvorhang, der links in den hinteren Raum führte, in dem Samy das Studio vermutete. Sie selbst musste sich beeilen, um den Anschluss nicht zu verpassen. Allerdings hatte sie die Dimensionen der Räumlichkeiten falsch eingeschätzt und prallte nach dem Durchschreiten gegen den Freund, der auf der anderen Seite stehen geblieben war.

Empört wollte sie wissen, warum er nicht weiterging, als sie eine vertraute Stimme hörte.

»Dann überlasse ich sie Ihren neu ankommenden Besuchern, Steven. Vielen Dank, dass Sie sich Zeit für mich genommen haben. Sollte Ihnen noch etwas einfallen, können Sie mich jeder Zeit über das Revier erreichen.«

Samy dachte innerlich Sch... und verharrte, wo sie war. Sie hatte Nate sofort erkannt und konnte sich vorstellen, was er davon hielt, dass sie hier auftauchten. Während sie überlegte, wie es sein konnte, dass er scheinbar zeitgleich mit Cor von Jennifers Liebhaber erfahren hatte, bewegte Cornelius sich zur Seite, um Nate vorbeizulassen. Sein Blick sprach Bände, doch er erwähnte nicht, dass sie sich kannten.

Aus unerklärlichen Gründen konnte sie sich nicht vorstellen, dass es sinnvoll war, den Fotografen gemeinsam mit Cor zu interviewen. Daher entschuldigte sie sich und folgte Nate nach draußen.

Als sie das Bimmeln der kleinen Türglocke hinter sich hörte und nach rechts und links spähte, um zu sehen, in welche Richtung er gegangen war, wäre sie beinahe in ihn hineingelaufen. Er hatte sich nicht von dem Geschäft wegbewegt, sondern schien damit gerechnet zu haben, dass sie ihm nachging.

Während er aus seiner Jackentasche ein Päckchen Zigaretten hervorholte, guckte er sie direkt an. Erst nachdem er ein paar Mal gezogen hatte, ergriff er das Wort.

»Warum wundert es mich nicht, euch hier anzutreffen?«

Samy überlegte noch, welche Erwiderung sie nicht dumm dastehen ließ, als er die kaum gerauchte Zigarette zu Boden schmiss und austrat. Dann kam er einen Schritt auf sie zu und seine Stimme klang nun eindringlich, als er weitersprach.

»Ich weiß, dass ich dich um Unterstützung in Bezug auf Sir Charles gebeten habe, allerdings hatte ich nicht gemeint, dass ihr beide wie Agatha Raisin und Roy Silver auf eigene Faust ermittelt.«

»Ich hoffe, du hast die beiden nicht wegen optischen Ähnlichkeiten gewählt«, versuchte Samy es mit einer Erwiderung, die die Situation entspannte. Allerdings hatte sie nicht mit seiner vehementen Äußerung gerechnet.

»Wohl kaum«, kam es abgenervt von ihm zurück. Auch ihr war bewusst, dass das von ihm gewählte fiktive Detektivpaar wenig mit ihr und Cornelius gemeinsam hatte. Auch wenn Roy wie Cor extravagante und bunte Kleidung liebte, war seine Statur nicht mal die Hälfte von diesem. Über Agatha Raisin wollte sie lieber nicht nachdenken, denn die ehemalige Werbefrau, die seit ein paar Jahren im Fernsehen als Hobbydetektivin in den Cotswolds ermittelte, war weder äußerlich noch charakterlich so gestrickt, dass Samy mit ihr verglichen werden wollte.

»Samy, das ist kein Witz! Es geht um eine Mordermittlung. Gerade du solltest wissen, was passieren kann, wenn man einem Mörder in die Quere kommt.«

Seine Stimme war eindringlich und der Ausdruck seiner Augen war am besten mit Sorge zu beschreiben. Wie immer fühlte Samy sich in seiner Gegenwart wohl und von der natürlichen Autorität, die er ausstrahlte, angezogen. Sie vermittelte ihr ein Gefühl von Sicherheit. Sie erinnerte sich an den Vorabend, als er vor ihrer Tür ausgeharrt hatte, bis sie in Sicherheit war. Doch bevor sie sich bedanken konnte, stellte er sie erneut zur Rede.

»Also, wie kommt es, dass ihr hier auftaucht? Wer hat euch von Steven O'Connor erzählt? Ich habe ihn nicht erwähnt!«

Die Besorgnis war aus seiner Stimme verschwunden. Stattdessen waren seine Worte fordernd und Samy entging die Schärfe nicht, die darin mitschwang. Sie räusperte sich und berichtete ihm, wie sie von dem Gespräch, das Cor in der Bar des Castle Hotels verfolgt hatte, erfahren hatte.

»Und da habt ihr herausgefunden, um wen es sich handelt?«, wollte er ungläubig wissen.

»Natürlich nicht«, gab Samy zurück. »Wir haben keine Hellseherfähigkeiten!«

Sie ließ ihn einen Moment warten, bis sie erklärte, was Lucas Cor erzählt hatte. Wenn sie nur gewusst hätte, woran es lag, dass Stone sie immer auf die Palme brachte?

Aus irgendeinem Grund triggerte beinahe jede seiner Aussagen ihren Verteidigungsinstinkt und sie reagierte aggressiv. Allerdings wurde ihr im gleichen Moment bewusst, dass es keine Aggression war, die im Spiel war. Um was es sich handelte, wusste sie allerdings auch nicht und beschloss, in einer ruhigen Minute darüber nachzudenken.

»Er ist unwichtig«, teilte er ihr offenherzig mit und gab die nötigen Details preis. Daraus schloss sie, dass sie Steven O'Connor in der Tat vergessen konnten, denn wäre es nicht so, wäre Nate niemals so mitteilsam gewesen.

»Wir hatten ihn von Anfang an auf unserer Liste, weil Jennifers Putzfrau seinen Namen erwähnte. Die beiden waren schon eine ganze Weile zusammen – wenn auch nicht freiwillig, wenn man Stevens Worten glauben darf.«

»Wie meinst du das?«

»Das kann dir Cornelius erzählen. Ich bin sicher, dass der Fotograf ihm die Story genauso gerne erzählt, wie mir. Er leidet an übersteigertem Geltungsbedürfnis und kann sich kaum zurückhalten.«

Inzwischen hatte er eine weitere Zigarette angezündet und Samy deutete auf die Kippe, die er vor wenigen Minuten ausgetreten hatte.

»Darf man das?«

Als er nicht begriff, was sie meinte, merkte sie selbst, wie unwichtig dieser Einwand gewesen war. Dennoch sprach sie es aus.

»Zigaretten auf dem Fußweg austreten und sie liegen lassen.«

Auf seinem Gesicht erschien ein Ausdruck, der sowohl Unglaube als auch Fassungslosigkeit sein konnte. Samy sprach schnell weiter und kam wieder auf das ursprüngliche Thema zurück.

»Ach egal, geht mich auch nichts an. Also, wenn ihr von ihm wusstet, warum hast du ihn nie erwähnt und warum bist du erst heute hier?«

Um seinen Mund zuckte ein verräterisches Lächeln, wie es immer vorkam, wenn er sich über sie lustig machte. Einen Moment lang sah es so aus, als wollte er die nächste Zigarette auch austreten, dann schien er sich zu besinnen und ging ein paar Meter weiter, wo vor dem Café im Nachbarhaus ein großes Gefäß mit Sand aufgestellt war. Dort drückte er die Zigarette aus und meinte: »Besser?«

Obwohl Samy es schätzte, dass er seinen Dreck nicht auf der Straße liegen ließ, verzichtete sie auf jeden Kommentar, denn sie wurde den Eindruck nicht los, dass er sie provozieren wollte.

»Also, warum erst heute?«, insistierte sie.

»Weil der gute Steven außer Landes war, als Jennifer Dalton ermordet wurde«, kam es prompt. Jedoch nicht von Nate, sondern von Cornelius, der das Studio verlassen und Samy ebenfalls gehört hatte.

Überrascht drehte sie sich um und sah Unmut im Gesicht des Freundes.

»Was für ein Fatzke«, donnerte er los und sah Nates unverhohlenes Grinsen, das einem wortlosen *meine Rede* gleichkam.

Cor war eindeutig auf Zinne. Samy hatte Mühe, ihm zu folgen, denn er ereiferte sich nicht nur über den Fotografen, sondern auch über den Laden und die junge Frau, die ihn unverschämt in die Schranken gewiesen hatte.

»Was glauben die eigentlich, wer sie sind? Er ein abge-
halfterter Möchtegerncasanova, der sich eine jüngere
Freundin zugelegt hat und feststellen muss, dass er bei
ihrem Tempo nicht mithalten kann.« Cor schnaubte ver-
ächtlich, zog sein großes Stofftaschentuch aus der Mantel-
tasche und begann sich demonstrativ die Hände abzuwi-
schen, als habe er etwas Schmutziges berührt.

Während er das blütenweiße Karree wieder sorgfältig
zusammenlegte, funkelten seine Augen böse, als er zu
dem kleinen Laden blickte.

»Und dann dieses Flittchen!«

»Cor!«, ermahnte Samy ihn, doch er wischte ihren Einwand empört beiseite.

»Wer sich so zur Schau stellt, muss sich eine derartige Klassifizierung gefallen lassen. Ich wurde beinahe
gezwungen, mir die Falten ihres schrumpeligen Bauchna-
bels anzuschauen. Als sie sich über die Theke beugte, hatte
ich Angst, dass mir noch viel mehr zugemutet würde.«

Samy hätte zu gerne gewusst, was ihn derart aufgeregt
hatte, musste jedoch weitere Tiraden über sich ergehen lassen, bevor sie sich erkundigen konnte.

»Impertinent!«, wetterte er und referierte weiter.

»Selbst wenn ihr Bildungsstand nicht so niedrig war,
wie ihre Erscheinung hätte vermuten lassen, kann ich dennoch nichts Positives über diese Kanaille sagen. Du weißt,
ich bin immer bereit, die Vorzüge jedes Menschen zu würdigen, selbst, wenn der Gesamteindruck eine andere Sprache spricht. Aber hier kann ich wirklich nichts, aber auch
gar nichts Erbauliches finden.«

Seine Empörung ebbte langsam ab und Samy wusste,
dass er recht hatte. Cor verfügte über eine exzellente Men-
schenkenntnis, und auch, wenn man ihm das auf den

ersten Blick nicht zutraute, war er fair. Er lebte prinzipiell nach dem Grundsatz *Wir sehen nur einen kleinen Ausschnitt aus dem Leben eines Menschen und wissen nicht, was er mit sich herumschleppt oder was ihn quält, daher sollten wir uns mit einem Urteil sehr zurückhalten.*

Ihr war klar, dass etwas Fundamentales vorgefallen sein musste, wenn er sich derart echauffierte und kein gutes Haar an ihnen ließ.

»Alles gut?«, drängte sie ihn sanft und bemerkte, wie Nate sie und Cor beobachtete. Doch das war ihr egal. Die Freundschaft, die sie verband, war wichtiger und beständiger als alles in ihrem Leben. Es war eindeutig etwas vorgefallen, was ihren Freund verletzt oder verärgert hatte, andernfalls würde er sich niemals derart abfällig äußern.

Ihr Interesse tat ihm gut und er streifte versöhnlich ihren Oberarm.

»Ja, danke, meine Liebe. Es geht schon wieder.«

Dann straffte er die Schultern und erklärte ihr wieder sachlich, was es mit Steven auf sich hatte.

»Er hätte ein Motiv gehabt, weil er die gute Yogalehrerin eindeutig hasste.« An dieser Stelle blickte er interessiert zu Nate. Dieser reagierte zwar nicht darauf, doch Samy entging nicht, dass er auch nicht widersprach.

»Allerdings mangelte es ihm an einer Gelegenheit, denn er reiste am Tag vor ihrer Ermordung nach Simbabwe. Sollte er keinen Komplizen haben, ist er also aus dem Schneider.«

Hoffnungsvoll starrte er Nate an und fügte noch an: »Ich gehe nicht davon aus, dass man die kleine Assistentin dafür heranziehen kann?«

»Sie war in Leeds bei ihrer Familie und hat ein wasserdichtes Alibi.«

Cor seufzte und zeigte zu dem kleinen Café, gleich neben dem Fotostudio.

»Ich hatte es befürchtet und brauche einen Kaffee. Wen darf ich einladen?«

Nate wollte sich verabschieden, kam jedoch noch einmal zurück. Als Cor den Teeladen bereits betreten hatte, wisperte er leise zu Samy: »Ich wollte dich noch wissen lassen, dass dein Nachbar ebenfalls ein Alibi hat und keine Gefahr für dich darstellt.«

Sie suchte nach einer passenden Erwiderung, doch er ließ sie mit den Worten: »Zumindest in dieser Hinsicht« stehen und verschwand über die Windsor Brücke.

KAPITEL 17

---◆◆◆◆---

HINTERGRÜNDE UND ANDERES

Der Duft des Cappuccinos war herrlich. Samy erfreute sich daran, während sie darauf wartete, dass Cor sie endlich einweihte. Aber als auch nach Minuten nichts geschah, erkundigte sie sich. »Ist alles in Ordnung?«

Er riss sich deutlich zusammen und wirkte so, als schüttele er sich innerlich. Im nächsten Moment war sein Blick wieder klar. Es war, als ginge eine Spannung durch seinen Körper, die dazu führte, dass er sich zu seiner vollen Größe aufrichtete. »Alles bestens, meine Liebe«, beruhigte er sie.

Sie wusste sofort, dass er nicht über das sprechen würde, was ihn verstört hatte. Sie kannte niemanden besser als Cor und hatte bei wenigen Gelegenheiten erlebt, dass er eine Weile brauchte, um Dinge, die ihn extrem schockierten, verarbeiten zu können und darüber zu sprechen. Seine Reaktion vorhin war so ausgeprägt gewesen, dass sie sicher war, es handele sich um etwas Persönliches. Samy glaubte, dass Cornelius weder den Fotografen noch seine Mitarbeiterin kannte, und so vermutete sie, dass einer etwas geäußert haben musste, was sich auf Cors Aussehen bezog. Dies war sein einziger wunder Punkt.

Im Laufe der letzten 20 Jahre hatte sie ihn selten so aus dem Gleichgewicht erlebt und jedes Mal hatte eine Beleidigung dahintergesteckt.

Da er augenscheinlich nicht darüber reden wollte, lenkte sie ihn geschickt zurück ins Hier und Jetzt und baute ihm eine Brücke.

»Ich bin sprachlos, dass die Polizei von Anfang an wusste, dass Jennifer ein Verhältnis mit diesem Mann hatte.« Dabei wählte sie bewusst eine neutrale Bezeichnung von Steven O'Connor.

»Da stimme ich dir zu, *ma Chère*. Und ich muss auch gestehen«, ließ er sie wissen und nahm einen genüsslichen Schluck seiner Schokolade.

Die Lippen seines kleinen Mundes akribisch ableckend ergänzte er: »streng *entre nous* – das war keine Glanzleistung des lieben Nate! Meiner Meinung nach hätte er uns das weitergeben müssen.«

Samy war sich nicht sicher, ob die Polizei ihnen überhaupt etwas mitteilen musste, behielt diesen Gedanken jedoch für sich. In gewisser Weise stimmte sie Cor zu – schließlich hatten sie am Vortag mit Nate zusammengesessen und die Details des Falls erörtert. Es wäre ein Leichtes für ihn gewesen, den Fotografen zu erwähnen, besonders, da er scheinbar ohne Relevanz war.

»Wie dem auch sei«, dozierte Cor weiter, der zur alten Form zurückkehrte, »diese Spur ist kalt. Der Fatzke war im Ausland und sie in Leeds. Beide haben Alibis und es erscheint mir unwahrscheinlich, dass einer einen Komplizen haben sollte. Außerdem hat die Kleine ohnehin keine Schnittmenge mit Jennifer.«

Er ließ den Blick aus den kleinen Fenstern schweifen auf die Hauptstraße Etons und Samy überlegte, warum sein Blick plötzlich versonnen war. Sie konnte sich nicht vorstellen, dass es lediglich an dem Eclair lag, das er mit wenigen Bissen verspeiste.

»Allerdings gefällt mir im Nachhinein, was dieser Widerling mit der lieben Jennifer mitmachen musste.«

Daher weht also der Wind, kam es Samy in den Sinn und sie wurde hellhörig. Sie drängte ihn, zu berichten, doch es bedurfte nicht vieler Ermunterungen. Cornelius war sichtlich begeistert von den Unannehmlichkeiten, die Jennifer Steven gemacht hatte.

»Sie muss ihm die Hölle heißgemacht haben«, erzählte er schmunzelnd. Um seine Augen spannte sich ein Netz von Lachfältchen, das immer zu sehen war, wenn er sich an einer Sache erfreute.

»Er behauptet, sie wäre stadtbekannt gewesen und habe ihrem Mann jahrelang Hörner aufgesetzt. Angeblich habe Daniel es hingenommen, dass sie mit beinahe jedem Mann flirtete und nicht selten auch anbändelte. Seit sie von ihrem Mann getrennt lebte, hatte ihr Wildern keine Grenzen gekannt und laut Steven hatte sie immer ein Opfer gefunden.« Hier hielt er inne und verweilte einen Moment in seinen Gedanken.

»Interessante Wortwahl, finde ich übrigens – Opfer!«

Der Rest des Eclairs verschwand in seinem Mund und Samy musste ihm zustimmen. Es hörte sich beinahe so an, als sei Jennifer wirklich eine *Femme Fatale* gewesen. Wenn sie sich an den Abend bei Charles und Niklas Ausführungen erinnerte, war es durchaus vorstellbar.

Jennifer Dalton, die Frau in Weiß, wie Samy sie insgeheim nannte, war alles andere als unschuldig gewesen, als die Farbe verkörperte.

»Allerdings war es ihre Masche, sich innerhalb einer Liaison oder im Eifer des Schlafzimmergefechts, Informationen zu beschaffen, die sie gegen die Männer verwenden konnte. Damit habe sie laut Steven Verhältnisse in die

Länge gezogen, die die Liebhaber nach dem ersten High gerne beenden wollten, oder aber sich darüber hinausgehende kleinere und größere Gefallen gesichert.«

»Erpressung!«, sinnierte Samy.

Ein weiteres Puzzleteilchen, nahm sie zur Kenntnis und erinnerte sich, dass Joe etwas erwähnt hatte, was in die gleiche Richtung ging. Allerdings behielt sie es für sich, denn es erschien ihr nicht klug, Cornelius an ihren jungen Nachbarn zu erinnern.

Joe hatte nicht explizit von Erpressung gesprochen, aber durchblicken lassen, dass Jennifer auf jeden scharf war und man ihr besser aus dem Weg ging, wenn man keine Scherereien wollte – das konnte nichts anderes bedeuten.

Cornelius war nicht aufgefallen, dass sie eigenen Ideen nachhing, daher redete er weiter und Samy ließ ihn gewähren. Es war besser, manches erst allein zu eruieren, bevor man es in Worte kleidete.

»Ganz genau! Allerdings stellt uns das vor ein neues Dilemma. Wenn man die Art der Erpressung in Betracht zieht, dürfte die Anzahl der möglichen Täter größer sein. Wir wissen nicht genau, wen sie wann und wo für ihre Zwecke missbraucht hat. Wir können nicht ausschließen, dass sie irgendwen irgendwann über lange Zeit gepiesackt hat, von dem wir nichts wissen. Was wir jedoch wissen, ist die Tatsache, dass jedes Fass irgendwann überläuft.«

Samy erkannte die Tragweite dieser Behauptung und hätte schreien können. Wenn es sich so verhielt, war es möglich, dass keiner der Menschen, die sie oder Nate für verdächtig hielten, etwas mit dem Mord zu tun hatten. Nach Cors Theorie konnte es jeder sein, der Jennifers Weg gekreuzt hatte. In diesem Falle würde man den Täter nur finden, wenn die Ermordete Aufzeichnungen zu ihren Machenschaften hinterlassen hatte; und Samy war sich sicher, dass die Polizei diese inzwischen gefunden hätte und auch sie davon Wind bekommen hätten.

Als sie zu Cor blickte, stellte sie verblüfft fest, dass dieser dennoch zufrieden wirkte, und wunderte sich, was diese Haltung ausgelöst haben mochte.

Die Antwort erhielt sie bald, denn er begann zu schildern, wie die Yogalehrerin Steven O'Connor hatte leiden lassen.

Vor Monaten hatte Jennifer den Fotografen überredet, Fotos von ihr zu machen und danach Gefallen an ihm gefunden. Auch als, aus seiner Sicht, die Luft aus der Sache raus war, wollte sie nicht von ihm und ihrer Beziehung ablassen. Als er versucht hatte, sich ihr zu entziehen, hatte sie ihm klargemacht, dass sie ein pikantes Detail aus seiner Vita kannte, was ihn die längste Zeit den offiziellen Fotografen des *Eton Colleges* hätte sein lassen.

»Um was es sich handelt, hat er leider nicht gesagt, aber man konnte seine Wut deutlich spüren. Ich bin sicher, dass sich etwas besonders Widerliches dahinter verbirgt.«

Cor war eindeutig interessiert und fügte hinzu: »Ich muss mich intensiver mit dieser Sache beschäftigen, denn ich kann mir vorstellen, dass es auch mir Spaß macht, dieses kleine Detail in seinem Leben zu ergründen.« Ein Blick in sein Gesicht hatte Samy gezeigt, dass es keinen Sinn machen würde, ihn davon abzubringen und so sparte sie sich ihre Energie. Seine Überlegung, noch einmal Kontakt zu Knowly aufzunehmen, kommentierte sie daher gar nicht erst. Sie verdrehte lediglich die Augen, als sie sich an den Kontaktmann, wie Cor ihn gerne nannte, erinnerte.

Er hatte ihn vor Monaten über einen Freund in London ausfindig gemacht und ihn als äußerst bizarr geschildert. Allerdings musste sie gestehen, dass Knowly im weitesten Sinne dafür verantwortlich war, dass sie noch lebte.

Folglich konnte sie nicht widersprechen, wenn Cor den Mann, den er wie ein Phantom beschrieb, wieder ins Spiel brachte.

»Willst du dir das wirklich antun?«, wollte sie wissen, doch ihre Überzeugung hielt sich in Grenzen und sie hegte die minimale Hoffnung, dass er sich von diesem Vorhaben abbringen lassen würde.

Letztlich ist es ohnehin seine Sache, sinnierte sie, während sie gemeinsam zurückgingen. Cor wollte nicht weiter über das Thema sprechen und hatte stattdessen ein neues Steckenpferd.

Schon auf dem Weg nach Eton hatte er über eine Fuß-verletzung lamentiert und hielt sich nun erneut damit auf. Dabei humpelte er mal mehr, mal weniger.

Als Samy wissen wollte, was ihn plagte, hatte sie unge-wollt einen Vortrag über die moderne Schuhmacherei, gepflegte Füße und das englische Gesundheitssystem ini-tiiert. Cornelius liebte derartige Monologe und blühte bei jedem Referat auf. Jede Unterbrechung wären zwecklos gewesen und Kommentare oder gar eine eigene Meinung zu den Themen wurden meist gar nicht erwartet.

Cor war ein Entertainer, ein Füllhorn an Wissen und tat nichts lieber, als seinen Mitmenschen zu neuen Erkennt-nissen zu verhelfen.

Samy hatte gelernt, dass es am besten war, den Wort-schwall über sich ergehen zu lassen, hin und wieder ver-ständnisvoll oder interessiert zu nicken und maximal von Zeit zu Zeit *genau!* oder *sehe ich auch so* einzuwerfen.

Mehr erwartete Cor nicht. Er brauchte diese Art der Belehrung wie andere ihre Ruhe, und zog daraus die Energie, die manche aus einem Spaziergang generierten. Für Cornelius war es wichtig, sein Wissen mitzuteilen und sein Umfeld zu informieren, wie er die Dinge sah.

Fairerweise musste Samy sich eingestehen, dass er immer up to date war und vieles, was er zu berichten hatte, interessant und hilfreich war. Allerdings war alles immer verpackt in einen Rahmen aus Empörung über dieses oder jenes, in Tiraden über den einen oder anderen, oder aber in Geschichten, die so ausschweifend waren, dass sie keinen außer Cor interessierten.

Sie hatte ihren Umgang mit seinen wortreichen Unterhaltungen perfektioniert und ein System entwickelt, dass ihr erlaubte, ihren eigenen Gedanken nachzuhängen, während er schwadronierte.

Ihr Unterbewusstsein war auf Schlüsselworte und Betonungen trainiert und reagierte sofort, wenn sie in Cors Redeschwall auftauchten. Sobald diese Impulse aufpoppten, verließ sie ihre eigenen Überlegungen und ließ kurze Statements oder Nachfragen einfließen. Danach konnte sie in der Regel wieder zu ihren eigenen Themen zurückkehren, da Cor meist am Ende eines Referats eine kurze Zusammenfassung hielt. Diese begann immer mit *seien wir mal ehrlich ...* und reichte aus, um zu wissen, worüber er gesprochen hatte.

Auch diesmal war es nicht anders und kurz bevor sie ihr Haus erreichten, konnte sie daher resümieren: »Du hast dir also eine Blase gelaufen!«

Dieser Ausdruck war Cor jedoch zu banal und so setzte er erneut an, um die Sache noch einmal zu erläutern. Doch Samy unterbrach ihn sofort, denn auch eine weitere Beschreibung würde nichts daran ändern, dass er sich bei dem Spaziergang in seinen hässlichen Tretern eine schnöde Hautfalte gelaufen hatte, mehr nicht.

»Ich habe es verstanden, Cor. Was hältst du davon, wenn wir Pflaster besorgen? Ich hole nur schnell meine Yogatasche, dann kannst du mich zum Studio begleiten. Auf dem Weg halten wir bei Boots und anschließend setzt du dich ins Café gegenüber, während ich eine Stunde meinen Yin Kurs absolviere.«

Auf seinem Gesicht zeigte sich Skepsis, während Samy versuchte, ihn zu überzeugen. Sie selbst brauchte unbedingt einen Moment für sich und auch körperlich würde ihr die Bewegung guttun.

Über Blasen und handgefertigte Schuhe wollte sie definitiv nichts mehr hören, daher umschmeichelte sie ihn.

»Du könntest die Zeit nutzen und Struktur in die neuen Erkenntnisse bringen. Es wird immer mehr und ich verliere allmählich den Überblick. Du bist gut darin, Dinge zu ordnen, und ich würde meinen, genau das ist es, was wir jetzt brauchen.«

Cornelius rang mit sich. Ihr war bewusst, dass er zu gerne das Thema seiner Verletzung, wie er es mehrfach genannt hatte, weiter vertiefen wollte. Allerdings wusste sie, dass ihm ihre Einschätzung seiner analytischen Fähigkeiten schmeichelte und hoffte, dass er sich auf ihren Vorschlag einlassen würde.

Entgegen dem ersten Eindruck, der von Cor ausging, war er äußerst intelligent. Er war einer der wenigen Menschen, die einen einzigen Blick auf eine Angelegenheit warfen und gleich das große Ganze erfassten. Ihm entging kaum etwas und meist genügten ihm wenige Informationen, um sich einen umfassenden Eindruck zu verschaffen. Eine andere seiner Stärken war die Fähigkeit, Dinge und

Situationen neutral zu bewerten. Wenn er nicht involviert war, konnte er wie kein anderer erkennen, welches Muster sich hinter einer Angelegenheit verbarg.

Damit hatte er schon manch einen überrascht und Situationen entzaubert, in denen Zeitgenossen, die sich für besonders schlau hielten, anderen Sand in die Augen streuen wollten.

Samy fand, dass ein guter Zeitpunkt dafür erreicht war. Auch wenn sie versuchte, ihn zu überreden, war Cors nüchterne Bestandsaufnahme und Betrachtung aller bisherigen Erkenntnisse zum jetzigen Zeitpunkt genau das, was jetzt sein musste.

»Also gut!«

Erleichterung machte sich in ihr breit, als er einlenkte, und sie versicherte ihm, dass sie nur fünf Minuten in ihrer Wohnung brauchen würde.

»Lass dir Zeit!«, meinte er großzügig und zeigte zu dem kleinen Fudge-Laden, der wenige Meter entfernt dort lag, wo die High Street eine Kurve machte, und ihre Richtung änderte, um dem Verlauf der Schlossmauer zu folgen.

»Ich werde das Sortiment dieses ulkigen Shops betrachten und probieren, ob dieses klebrige Zeug eine weitere Betrachtung wert ist.« Er wies auf den jungen Mann, der mit einem großen Schild in der Hand die Menschen aufforderte, im Laden eine kostenlose Probe des karamelligen Süßkrams zu erhalten.

Sie selbst hatte der Versuchung bisher widerstanden und hätte am liebsten auch Cor gewarnt. In ihren Augen war es fatal, sich unnötig mit Dingen vollzustopfen, die aus so viel Zucker bestanden. Besonders Cor konnte darauf verzichten – nicht zuletzt, weil er erst vor ein paar Minuten einen Kakao und ein Eclair verputzt hatte.

Dennoch verkniff sie sich einen Kommentar, denn sie konnte es sich nicht erlauben, ihn zu verärgern. Womöglich würde er sie in ihre Wohnung begleiten und sie mit einem Vortrag über Veganismus und die Nachteile einer vegetarischen Ernährung belehren.

Sollte er sich doch weitere Kalorien zufügen, es war nicht ihr Thema. Außerdem erhielt sie so eine valide Einschätzung über den in England allgegenwärtigen Fudge.

Wenn Cor eines konnte, dann Lebensmittel testen und neutral betrachten.

KAPITEL 18

---◇◈◈◇---

ÜBERLEGUNGEN

Samy war froh, als sie das Yogastudio erreichten. Cornelius hatte sich kurzfristig entschieden, dem Fudge Store doch keine Chance zu geben, und war stattdessen zu seinem Hotel gelaufen, wo er sich allen Ernstes einen Gehstock organisiert hatte.

Es war schon verwunderlich, wie er das in den wenigen Minuten, die sie in ihrer Wohnung verbracht hatte, bewerkstelligen konnte. Besonders in Anbetracht der Tatsache, dass er sich noch vor wenigen Minuten nur humpelnd fortbewegen konnte.

So waren sie also durch die Peascode Street marschiert und hatten dabei noch mehr Blicke auf sich gezogen. So sehr sie auch versucht hatte, jedem Augenpaar auszuweichen, dass ihnen hinterherblickte, die Blicke waren förmlich spürbar gewesen. *Kein Wunder,* war es ihr mehr als einmal durch den Kopf gegangen. Während sie selbst Sportleggins und einen kurzen Trench trug, war Cor erneut in seinen capeartigen Umhang gehüllt, der um ihn flatterte wie eine Zeltplane. Zusätzlich schwang er nun einen Stock aus schwarzem Ebenholz mit einem silbernen Griff in der Form eines Entenkopfs. Die Krönung war die ebenfalls silberne Spitze des Gehstocks, die bei jeder Berührung mit dem Boden ein lautes Klappern von sich gab.

Zunächst war Samy bei dem Geräusch, das rhythmisch bei jedem von Cors Schritten erschallte, zusammengezuckt, während es ihn nicht zu interessieren schien. Nachdem sie die ersten hundert Meter in der kleinen Fußgängerzone zurückgelegt hatten und man sie schon von Weitem hörte, hatte sie sich daran gewöhnt und versuchte, das Geschepper zu ignorieren.

Ihre Erkundigung, ob der Stock notwendig war, war mit einem weiteren Vortrag über den Zustand seines geschundenen Fußes quittiert worden. Erst als sie *Boots* betreten hatten, gab Cor ihr ein paar Minuten zum Durchatmen, während er sich von einer Verkäuferin im hinteren Teil, der den Medikamenten vorbehalten war, beraten ließ.

Sie hatten den Drogeriemarkt mit einer Tasche, die voll mit diversen Verbandsmaterialien und Salben war, verlassen und das *Windsor Yogastudio* erreicht.

»Ich werde diese Sachen begutachten«, hatte er auf seine Einkaufstasche zeigend erläutert, »und herausfinden, ob ich mir einen Verband anlegen kann.«

Samy hatte sich nicht vorstellen wollen, wo er diese Prozedur vornehmen wollte, und war schnell ins Studio geeilt.

Dort hatte sie überrascht gesehen, wie Himadri mit Carol flüsterte. Die beiden standen eng beieinander neben dem Tresen im Eingangsbereich und entfernten sich voneinander, als sie Samy sahen. Sofort erschien ein fröhliches Lächeln auf Himadris Gesicht. Samy konnte sich nicht des Eindrucks erwehren, dass es aufgesetzt war und es sie lediglich ablenken sollte.

Carol hingegen verschwand hinter der Theke und versteckte sich hinter dem Bildschirm des Computers. Sie schob die Maus hin und her, sodass man den Eindruck gewinnen konnte, als würde sie etwas suchen.

In der Umkleidekabine schnatterte Himadri fröhlich über ein Straßenfest in Slough, das sie und Ramesh am Wochenende besucht hatten. Als Samy in Richtung des Eingangs zeigte und wissen wollte: »Was war das gerade?«, tat sie, als wisse sie nicht, wovon sie redete.

Samy war alarmiert, konnte sich jedoch keinen Reim darauf machen und Himadri wirkte nicht so, als würde sie etwas preisgeben wollen. Sie konnte die Yogastunde nicht so genießen, wie sie es sonst tat, denn ihre Gedanken kamen nicht zur Ruhe.

Die Tatsache, dass Carol und die Inderin etwas zu besprechen hatten, beschäftigte sie und führte schnell zu weiteren Gedanken. Ihr war nie aufgefallen, dass es eine Verbindung zwischen ihnen gab. Aus Himadris Äußerungen hatte sie immer geschlossen, dass sie Jennifers Partnerin nicht besonders mochte. Wenn sie es nun betrachtete, hatte die Szene auch nicht besonders freundschaftlich gewirkt, viel eher so, als habe Himadri Carol überzeugen wollen.

Erpressung?, schoss es ihr durch den Kopf und sofort versuchte sie, den Gedanken abzuschütteln. Sie mochte die kleine Inderin und genoss die kurzen Gespräche mit ihr. Dennoch musste sie sich eingestehen, dass sie sie nicht wirklich kannte. Die wenigen Minuten vor oder nach den Yogastunden drehten sich meist um Himadris Leben im Laden oder Samys Bestrebungen, sich selbst zu finden. Es handelte sich nur um Momentaufnahmen, denn eine wirkliche Freundschaft hätte Ramesh niemals zugelassen.

Als Samy nun zu der zierlichen Inderin blickte, wurde ihr zum ersten Mal bewusst, wie verschlossen ihr Gesichtsausdruck war. Im nächsten Moment sah sie den Hinterhof der Takkas vor sich. Auch wenn sie ihn noch nie mit eigenen Augen gesehen hatte, hatte sie eine gewisse Vorstellung davon. Himadri hatte oft von ihren Rosen berichtet, die entlang der Mauern in Hochbeeten rankten und ihr ganzer Stolz waren.

Sie hatte berichtet, dass Ramesh ihr das kleine Karree als eigenes Reich zugestand. Wahrscheinlich weil es von zwei Meter hohen Mauern umgeben war und somit keine Gefahr bestand, dass seine Frau anderen Menschen zu nahekam.

Himadri liebte die Blumen, sie hatte zwischen ihnen eine kleine Oase der Freiheit geschaffen. Aus alten Holzkisten hatte sie einen Tisch gebastelt und Ramesh überredet, Stühle anzuschaffen. Dort verbrachte sie jede freie Minute und studierte die Yoga-Onlineseminare auf Youtube.

Wenn Samy nun darüber nachdachte, war ihr klar, dass Himadri wahrscheinlich jedes Gespräch, das in den umliegenden Höfen oder Gärten geführt wurde, mitbekam. Was, wenn sie mehr wusste, als sie Samy berichtet hatte? Vielleicht gab es etwas, was sie aufgeschnappt hatte, was Carol gefährlich werden konnte?

Samy nahm sich vor, die Inderin darauf anzusprechen, denn solange ein Mörder frei rumlief, war es vielleicht nicht die beste Idee, etwas zu verheimlichen und andere zu erpressen. Außerdem wusste Himadri eventuell etwas, was der Polizei helfen konnte – sie musste sie zur Rede stellen.

Während sie darüber nachdachte, wanderten ihre Gedanken zu den anderen Verdächtigen. Samy war gespannt, ob Nate ihnen heute etwas zu Naomis Alibi berichten konnte. Insgeheim hoffte sie, dass die junge Frau auf einer der Kameras zu sehen sein würde. Sie mochte sie, und ihr wurde bewusst, dass sie auch Daniel mochte. Von beiden ging etwas Ehrliches aus. Sie wirkten wie Menschen, die glücklich sein wollten, und darüber hinaus das Bestreben hatten, anderen nicht zu schaden.

Samy war klar, dass ihre Einschätzung nicht unbedingt objektiv war, denn eigentlich war es nur eine persönliche und somit subjektive Wahrnehmung. Dennoch konnte sie den Eindruck nicht abschütteln, dass sie nichts damit zu tun hatten, weil sie zu nett waren.

Natürlich würde die Polizei ihr Argument *zu nett* sofort vom Tisch wischen, denn sicherlich hatte es schon Mörder gegeben, die sich durch Freundlichkeit hervorgetan hatten. Aber irgendetwas verriet Samy, dass sie unschuldig waren. So, wie Carol angeblich ebenfalls. Zumindest hatte sie ein Alibi und konnte nicht gleichzeitig die Nacht und frühen Morgenstunden mit ihrem verheirateten Lover verbracht haben und Jennifer umgebracht haben.

Trotzdem war Samy sicher, dass Carol etwas zu verbergen hatte. Sie hatte die Frau zwei Mal in einem vertraulichen Gespräch innerhalb des Studios überrascht. Beide Male hatte sie es sofort beendet, als sie merkte, dass sie beobachtet wurde. Samy zermarterte sich das Gehirn, um herauszufinden, was sich dahinter verbergen konnte.

Vor ein paar Tagen waren sie und Himadri Zeugen geworden, als Carol und Daniel stritten, eben war es die Konstellation Himadri und Carol – ob es da einen Zusammenhang gab?

Was, wenn die Inderin noch andere Dinge bemerkt hatte und wusste, was sich zwischen Daniel und Carol abspielte?

Aber konnte das etwas mit dem Mord zu tun haben? Auch wenn beide ein Alibi vorweisen konnten, es gab immer noch die Möglichkeit eines Komplizen.

Blödsinn, tadelte Samy sich und erinnerte sich daran, dass sie erst vor wenigen Minuten sicher gewesen war, dass Daniel zu nett war, um etwas derart Schreckliches zu tun.

Als Carol sie ansprach und aufforderte, die Asana aufzulösen und sich in die Totenstellung zu begeben, schrak sie zusammen und tat schnell, was ihr mitgeteilt worden war. Aus dem Augenwinkel konnte sie jedoch sehen, dass Himadri sie beobachtete.

Ein Schauer überlief sie, während sie die Augen schloss, wie von Carol angewiesen.

Deine Fantasie geht mit dir durch. Himadri ist deine Freundin, schalt sie sich selbst, doch es gelang ihr nicht, das ungute Gefühl abzuschütteln. Sie war sicher, dass das alles nichts mit dem Mord zu tun hatte, dennoch glaubte sie, dass Himadri Interna kannte, die sie verheimlichte. Sie musste sie darauf ansprechen, so viel stand fest.

Für den Moment der Ruhe, den sie gemeinsam mit einem ganzen Saal von Frauen auf Yogamatten teilte, waren ihre Möglichkeiten allerdings limitiert. Daher ging sie erneut alle Verdächtigen durch und gestand sich frustriert ein, dass bei nüchterner Betrachtung nicht viele Möglichkeiten bestanden, die Niklas oder seine Frau entlasteten.

Sie dachte an Sir Charles und wusste, wie desaströs es für ihn war, seinen Sohn so im Fokus der Polizei zu wissen. Niklas hatte nicht den Starstatus seines Vaters als Jurist erlangt, und wenn Samy nicht alles täuschte, würde es niemals dazu kommen.

Sie konnte nicht beurteilen, wie gut oder schlecht er als Anwalt war. Doch ihr war nicht entgangen, dass er nicht über das Charisma verfügte, das seinen Vater ausmachte.

Und nach allem, was Anabel erzählt hatte, war sie nicht einmal sicher, dass Niklas gerne Anwalt war. Sir Charles hatte keinen Zweifel daran gelassen, dass er von seinen

Kindern erwartete, in seine Fußstapfen zu treten. So viel Samy wusste, war seine älteste Tochter auf dem besten Weg, es ihm gleichzutun, denn sie besaß bereits den Ruf einer äußerst taffen Staatsanwältin. Niklas hingegen war ihr nicht so vorgekommen, wie jemand, der seinen Beruf liebte.

Eigentlich musste sie sich eingestehen, dass sie ihn nicht wirklich sympathisch fand. Die wenigen Male, wo sie sich begegnet waren, war er höflich gewesen, doch mehr auch nicht. Er hatte auf sie wie ein eingebildeter Schnösel gewirkt, der sie lediglich seinem Vater zur Liebe wahrnahm. Bei seiner Frau Diana verhielt es sich nicht anders. Allerdings hielt Samy ihr zugute, was Nate ihnen gestern erzählt hatte – sicherlich war es nicht einfach, mit einem Mann verheiratet zu sein, der es mit der Treue nicht allzu ernst nahm.

Samy hatte unter den Affären ihres letzten Partners gelitten, doch immerhin waren sie nicht verheiratet gewesen. So hatte sie Karl einfach verlassen können, als es ihr reichte. Diana und die Gesellschaft, in der sich die Bolman-Whitecliffs aufhielten, wirkten dahingegen nicht so, als seien solche Entscheidungen einfach zu treffen.

Allerdings kannte ihr Mitleid auch Grenzen, immerhin war die Frau vorbestraft, weil sie eine andere angegriffen hatte. Gewalt war etwas, was Samy in allen Varianten ablehnte. Tief in ihrem Inneren wusste sie, dass nur der Gedanke an Charles ihr großes Unbehagen bereitete. Die Vorstellung von einer möglichen Täterschaft der beiden schockierte sie nicht allzu sehr.

Dennoch glaubte sie nicht, dass sie es waren. Zumindest Niklas müsste wahnsinnig gewesen sein, diesen Mord zu begehen. Wenn das alles stimmte, musste für ihn ein riesiges Honorar an Jennifers Deal gehangen haben. Egal, wie wütend er gewesen sein mochte, es war unwahrscheinlich, dass er diese Chance weggeschmissen hätte.

Bei Diana sah die Sache anders aus. Sie vermutete, dass ihr Mann ein Verhältnis mit Jennifer gehabt hatte, von dem Deal hatte sie nichts gewusst. Es war nicht das erste Mal, dass ihr Mann sie betrog. Vielleicht hatte sie genug und keine Lust, sich erneut demütigen zu lassen?

Diese Variante erschien nicht abwegig. Besonders nicht in Anbetracht der Tatsache, dass sie ein Aggressionsproblem hatte. Das legte zumindest die Verurteilung wegen Körperverletzung nahe. Außerdem hatten Cor und Samy sie nach dem Essen bei Charles in Aktion erlebt.

Sie nahm sich vor, im Anschluss an die Yogastunde Anabel anzurufen und sie ein bisschen auszuhorchen. Allerdings wusste sie, dass sie geschickt vorgehen musste. So sehr Anabel sie schätze, war sie dennoch sicher, dass sie ihre Schwägerin nicht ans Messer liefern würde. Niklas Schwester machte zwar keinen Hehl daraus, dass sie für Diana nicht viel übrighatte, aber dennoch wollte sie sicher nicht, dass ihre Familie in Verruf geriet. Daher überlegte Samy kurz, ob es nicht geschickter wäre, Cor darauf anzusetzen.

Ihr war nicht entgangen, dass die beiden sich live genauso gut verstanden, wie via Zoom. Sicherlich würde Cornelius den richtigen Ton treffen, um aus ihrer Freundin ein paar hilfreiche Details herauszukitzeln.

Während sie all diese Vermutungen wälzte, hatte sie verpasst, wie die Zeit vergangen war. Als der Gong ertönte, der den Beginn und das Ende einer Yogasession markierte, zuckte sie erneut zusammen und überlegte, wie oft ihr dies heute noch passieren würde.

KAPITEL 19

---◇◇◇◇---

DA WAREN ES NUR NOCH WENIGE ...

Als Samy das Yogastudio verließ, glaubte sie ihren Augen nicht zu trauen. Cornelius saß nicht, wie sie erwartet hatte, auf der Terrasse des Cafés, sondern stand ein paar Meter entfernt auf der Schwelle zum Laden der Takkas.

Himadri war ihr in der Umkleidekabine aus dem Weg gegangen. Sie hatte sich mit einer fülligen Frau unterhalten, die Samy aufgefallen war, weil sie unglaublich gelenkig war. Nun erschien sie hinter Samy und sah ebenfalls zu Cor, der in einem angeregten Gespräch mit Ramesh zu sein schien.

»Na, wie die beiden wohl zusammenpassen?«, unkte sie versonnen und machte sich auf den Weg zum Laden, von wo aus ihr Mann bereits winkte. Er wartete immer nach der Yogastunde auf dem Gehweg und überprüfte, dass seine Frau nicht tratschte und auf direktem Weg zurückkam. Ramesh war ein Kontrollfreak und hatte darüber hinaus Angst vor einer gewissen Eigenständigkeit seiner Frau. Daran konnte auch die intensive Unterhaltung, die er mit Cornelius führte, nichts ändern. Daher beeilte die Inderin sich, so schnell es ihr Gesundheitszustand zuließ, nach Hause zu laufen.

Samy hatte dennoch Mühe, ihr zu folgen. Sie verwarf den Vorsatz, sich bei Himadri nach dem Gespräch mit

Carol zu erkundigen, denn diese hatte deutlich gemacht, dass sie heute lediglich in oberflächlicher Small Talk-Stimmung war. Darauf hatte Samy keine Lust und so folgte sie ihr schweigend.

Sie war gespannt, was Cor mit Ramesh besprochen hatte, und nahm sich vor, ihm als erstes von Himadris merkwürdigem Verhalten zu berichten. Doch dazu kam es zunächst nicht, denn Ramesh begrüßte sie freundlicher als jemals zuvor. Dann scheuchte er seine Frau unter einem Schwall von indischen Worten, die alles andere als freundlich klangen, ins Geschäft und verbeugte sich vor Cornelius.

»Es war mir ein großes Vergnügen, Dr. von Reeder. Bitte beehren Sie mich bald wieder. Bis dahin werde ich mir Gedanken über Ihren Vorschlag machen.« Er nickte auch ihr zu und verabschiedete sich mit einem netten »Samy«, woraufhin er in seinem Laden verschwand.

Cor drehte sich auf dem Absatz um und durchquerte die kleine Gasse, bevor Samy etwas erwidern konnte. Erst als sie ihn an der Victoria Street einholte, fragte sie ihn: «Was war das denn? Ramesh betrachtet mich normalerweise nicht mal mit dem Allerwertesten, geschweige denn, dass er freundlich zu mir ist. Was hast du ihm vorgeschlagen?«

Cor war nun flotter unterwegs als heute Morgen, und Samy vermutete, dass er seinen Fuß verbunden hatte. Allerdings verzichtete sie darauf, nachzuhaken. Ihr Bedarf an chirurgischen Erörterungen zu seiner Verletzung war gedeckt.

»Ach, ich habe ihm lediglich geraten, sein Sortiment um ein paar deutsche Köstlichkeiten zu erweitern. Auch wenn er umfangreich ausgestattet ist, kann es zur Abgrenzung der Konkurrenz nicht schaden, wenn er etwas anbietet, was andere Inder nicht in den Regalen haben.«

Samy fiel die Kinnlade runter, denn sie konnte nicht glauben, was sie hörte. Wie konnte Cor das Sortiment des *Takka* Ladens beurteilen?

»Bist du etwa im Inneren gewesen?«, wollte sie fassungslos wissen.

»Gott bewahre, nein!«, kam es genauso schnell angewidert zurück.

»Wie kannst du dann wissen, wie sein Sortiment aussieht?«

Cornelius sah sie an, als sei sie beschränkt, dann schluckte er offensichtlich einen bissigen Kommentar hinunter und erklärte stattdessen, wie er zu seiner Annahme kam.

»Nachdem ich von der Tür aus gesehen habe, wie sich die Regale durchbiegen, habe ich mich an deine Erzählungen über diesen komischen Laden erinnert. Also habe ich den Inder gerufen und mich vorgestellt. Als ich meinen Titel und die Verbindung zu dir erwähnte, taute er auf und war mit einem Mal ganz gesprächig. Übrigens hat sein Haar eine interessante Zeichnung. Ich muss später einmal nachschauen, was es damit auf sich hat. Ich bin mir sicher, schon einmal davon gelesen zu haben – sehr interessant.«

Samy hoffte, dass er nicht bei diesem Thema verweilte und stupste ihn daher in die richtige Richtung.

»Hat er Informationen, die interessant sind? Himadri war sehr merkwürdig, es würde mich nicht wundern, wenn die beiden etwas zu verbergen haben. Aber noch einmal – wie kannst du sein Sortiment beurteilen?«

Cor ließ ihre Worte auf sich wirken und schien sich geistige Notizen zu machen. Er war hoch konzentriert und hielt inne und schloss die Augen. Erst dann erklärte er ihr, dass er den Inhaber gebeten hatte, ihm eine Inventarliste zu zeigen – was dieser, warum auch immer, getan hatte.

Aber so war es eben mit Cornelius. Er holte alles aus den Menschen raus, sie vertrauten ihm Dinge an, die sie nicht einmal mit ihren Ehepartnern teilten. Was war da schon eine Inventarliste?

»Wollen wir mal ehrlich sein, der Laden ist ein No-Go. Aber selbst du bist dir nicht zu schade, dort einzukaufen.«

»Weil sie alles haben und zu nahezu jeder Zeit geöffnet sind. Wo gibt es so etwas sonst? Noch dazu mag ich Himadri.«

»Aber heute bist du ihr nicht ganz so sehr zugetan, oder wie darf ich das deuten?«

»Natürlich mag ich sie auch heute!«

Sie erzählte ihm, was sie im Yogastudio erlebt hatte. Wie immer sog Cor jedes Wort auf und ließ es sich durch den Kopf gehen, ehe er etwas einwandte.

Dann aber meinte er: »Ich bin mir nicht sicher, dass deine Freunde so unschuldig sind, wie du glaubst. Ich kann mir nicht vorstellen, dass sie etwas mit dem Mord zu tun haben, denn diese Verbindung hätte die Polizei sicherlich längst aufgetan. Aber es ist weit verbreitet, dass kleine Geschäfte auch andere Dienstleistungen verkaufen.«

Samy starrte ihn an und war froh, dass er stehen geblieben war. Während er sich auf seinen Stock gestützt hinabbeugte und an seinen Schuhen herumnestelte, versuchte sie sich vorzustellen, was er damit meinte.

»Würdest du mir das bitte erklären?«, fuhr sie ihn an und die Panik in ihrer Stimme war nicht zu überhören.

Sie hasste Ungesetzmäßigkeiten und wollte nichts damit zu tun haben. In ihrem früheren Leben hatte sie nicht einmal Tickets für Falschparken erhalten und nun hatte sie das Gefühl, vom kompletten Spektrum der Kriminalität umgeben zu sein.

»Hab dich nicht so!«, wies er sie zurecht und versuchte, sie zu beruhigen.

»Frau Doktor, ich glaube wirklich, dass du viel zu blauäugig durchs Leben gehst. Was meinst du, wie dein Nagelstudio, dein Friseur, deine Putzfrau und auch dein Fahrer agieren?«

Sie wollte protestieren. All diese Menschen bezahlte sie ordnungsgemäß und ließ nichts schwarz machen, doch Cor schnitt ihr gleich wieder das Wort ab.

»Ach komm schon, meine Liebe. Du wirst doch nicht glauben, dass immer alles angemeldet wird. Hier ein bisschen Reinigungsmaterial, das von einem Lkw gefallen ist, da ein bisschen Kosmetik Schnickschnack, den die Schwester der Schwester von einem guten Bekannten günstig bekommen hat, und so weiter. So funktioniert die Welt. Streng *entre nous*, selbst ich lasse schon einmal einen Handwerker eine kleine Reparatur ausführen, der mir einen Gefallen schuldig ist.«

Samy widersprach, musste jedoch bei Cors Beispielen kleinlaut eingestehen, dass auch sie von diesen Grauzonen umgeben war.

»Aber was hat das mit den Takkas zu tun? Du willst doch nicht behaupten, dass sie Waren verkaufen, die irgendwo verschwunden sind?«

»Meine Güte, Dr. Wilde!«

Es war eine seiner Marotten, sie mit ihrem Titel oder Familiennamen anzusprechen, wenn er sie maßregeln oder aufziehen wollte. Samy hatte schon vor vielen Jahren aufgegeben, es ihm abzugewöhnen.

»Sei doch mal ein bisschen realistisch. Keine Ahnung, ob und was sie zu günstigen Preisen unter der Hand einkaufen. Viel interessanter ist, was sie unter ihrer Theke oder vielleicht viel mehr immateriell anbieten.«

»Cor!«, herrschte Samy ihn an und verlor die Geduld. »Würdest du jetzt endlich konkreter werden? Was meinst du?«

»Nun ja, ich möchte dem lieben Ramesh nicht zu nahetreten, aber ich habe ein paar Dinge bemerkt, während wir uns unterhielten. Er war sehr wachsam und hat permanent die Straßen im Auge behalten. Ein Kunde verließ den Laden, nachdem er von einem jungen Kerl bedient worden war.«

»Dinesh!«, warf Samy ein und erklärte, dass es sich bei dem jungen Mann um Himadris Neffen handelte, der seit ein paar Monaten bei ihnen lebte und arbeitete. Cor ging nicht darauf ein und erläuterte ihr stattdessen, dass die Art und Weise, wie Ramesh den Kunden zuckersüß verabschiedet hatte, während dieser aussah, als würde er am liebsten Gift und Galle spucken.

»Ja und?«, wollte Samy wissen und konnte sich dennoch im selben Moment denken, worauf Cornelius hinauswollte.

»Nun, es würde mich nicht wundern, wenn Ramesh kleine Gefallen tut, die er anschließend wieder vergisst. Sei es Geld verleihen, auf Wunsch die Augen offenhalten, solche Dinge eben.«

»Erpressung?«, wollte Samy wissen und ließ ihre Gedanken zu Hamadri und Carol schweifen.

Cor zuckte die Schultern.

»Warum nicht? Ich glaube, Leute wie er, die rund um die Uhr mit Menschen in Kontakt sind, haben mehr Sinne als andere; und ich denke, dass sie diese gewinnbringend nutzen.«

Samy wollte das nicht wahrhaben. Es konnte doch nicht sein, dass die Menschen wirklich alle verdorben waren. Schweigend ging sie neben ihm her und war beinahe froh, als er das Thema wechselte und wieder über seinen Fuß jammerte.

Aus dem Augenwinkel sah sie Naomis Mutter in ein Geschäft gehen und wunderte sich. Die Frau war ihr niemals wirklich aufgefallen und nun begegnete sie ihr beinahe täglich. Auch sie hatte Samy augenscheinlich erkannt, denn als sie in die Boutique mit Kinderkleidung huschte, nickte sie ihr knapp zu. Der Laden war klein und hatte im Schaufenster eine Nachbildung des Castles, das mit Neonfarben angestrahlt wurde und wunderschön aussah. Leider war es noch hell und die Beleuchtung noch nicht eingeschaltet. Allerdings hatte sie ohnehin keine Zeit, sich damit aufzuhalten, denn Cor belagerte sie mit einer Schmährede über seinen Schuster und forderte ihre Aufmerksamkeit.

»Ich überlege wirklich, ihn bei der Innung zu melden«, beschwerte er sich lauthals, sodass Samy sich fragte, was sie verpasst hatte.

»Weil du dir eine Blase gelaufen hast? Das passiert bei neuen Schuhen nun mal.«

»Ha! Das mag stimmen, wenn man sich Treter von der Stange anschafft. Wenn man jedoch wie ich immer Wert auf seine Füße legt, lässt man sich Schuhwerk nach Maß anfertigen. Und Maßschuhe, meine Liebe, müssen so sitzen, dass der Träger sich nicht mit derart unangenehmen Dingen wie Fersenverletzungen herumschlagen muss!«

»Cor, du hast dir eine Blase gelaufen! Mehr nicht. Das ist doch keine Fersenverletzung«, empörte sie sich.

»Sorry, Frau Doktor, aber du hast keine Ahnung. Wer von uns beiden ist Arzt? Halte du dich an deine Zahlen, da spreche ich dir auch nicht deine Kompetenz ab. Hier aber geht es um ein medizinisches Problem, und ich sehe nicht, woher du deine Expertise beziehst.«

»Aber Cor! Eine Blase ...«

»... ist auch eine Verletzung. Punkt.«

Sie waren beinahe an der Victoria Statue angekommen, als er hinzufügte: »Und genau als solche sollte sie auch behandelt werden. Ein Schumacher, der sein Handwerk nicht richtig versteht oder schluderig arbeitet, sollte zur Rechenschaft gezogen werden. Mit seinem Unvermögen fügt er Menschen Schaden zu und diese wiederum landen bei meinen Kollegen und schließlich als Akte für ein Gutachten auf meinem Schreibtisch – Besten Dank!«

Samy fehlten die Worte bei dieser Argumentationskette, daher war sie dankbar, dass in diesem Moment ihr Telefon klingelte. Ein Blick auf das Display zeigte ihr, dass es die Kanzlei von Sir Charles war. Ohne Cor etwas zu erwidern, nahm sie das Gespräch an und lauschte, als sie mit dem Anwalt verbunden wurde.

Cornelius beobachtete sie. Sie sah ihm an, dass er ihr am liebsten das Telefon aus der Hand genommen hätte, so neugierig war er.

Das Gespräch war nahezu belanglos, denn auch Charles hatte keine Neuigkeiten. Allerdings war die Sorge in seiner Stimme nicht zu überhören und Samy wünschte, sie hätte ihm etwas Positives mitteilen können.

Er bat sie, ihn sofort zu informieren, wenn sich etwas ergab. Als er sich nach Cor erkundigte, konnte sie es sich nicht verkneifen, von dessen Gebrechen zu berichten. Allerdings war die Reaktion darauf anders, als sie gedacht hatte. Sie selbst wollte Cor lediglich ein bisschen aufziehen, doch Sir Charles nahm es ernst und ließ ihm ausrichten, er solle am nächsten Morgen ins Ärztehaus zu Dr. Alice Smider gehen. Er würde sie umgehend informieren, dass ein guter Freund ihre Hilfe benötige.

Samy konnte kaum glauben, wie die Dinge sich entwickelten und hätte Cor seine Selbstgefälligkeit am liebsten vom Gesicht gewischt, als sie ihm Iron Charlies beste Wünsche ausrichtete.

»Ah, der gute Charles – ein Ehrenmann. Ich bin sicher, dass auch er Maßschuhe trägt.«

An dieser Stelle reichte es Samy, sie verabschiedete sich mit den Worten: »Du solltest dich schonen und den Abend im Hotel verbringen. Am besten in deinem Bett, damit der Fuß nicht unnötig belastet wird.«

Der Sarkasmus war nicht zu überhören und als sie sah, wie Cornelius das Gesicht verzog, fügte sie versöhnlicher hinzu: »Ich mache mich auf den Weg und werde meine Joggingrunde absolvieren. Dabei bekomme ich den Kopf wieder frei. Nach allem, was du mir von den Takkas erzählt hast, muss ich mich sammeln und überlegen, wo ich zukünftig einkaufe.«

»Das ist vollkommen überzogen«, hörte sie ihn murren, doch dann verschwand er und sie atmete erleichtert durch.

Nichts würde sie daran hindern, zu laufen. Da es schon dunkel wurde, musste sie auf ihre Lieblingsrunde am Long Walk verzichten. Doch entlang des Alexandra Parks war es hell genug, um sich auszupowern.

Dieses Vergnügen würde sie sich nicht nehmen lassen, zumindest der Rest des Tages sollte ihr gehören. Cornelius, der Fotograf und auch die Inder konnten ihr gestohlen bleiben. Sie würde sich den Kopf freilaufen und anschließend eine Pizza bestellen, dabei eine Flasche Wein trinken und dann ins Bett fallen. Heute war der richtige Tag für so viel Unvernunft.

KAPITEL 20

---◆◆◆---

EIN ARZTBESUCH

Samy saß auf einer Bank im Park des Ärztehauses nahe dem *Princess Margret* Krankenhaus und warte auf Cornelius, der in der Praxis von Dr. Smider verschwunden war.

Allmählich begann sie sich Sorgen zu machen, da es schon über eine Stunde her war, dass er verschwunden war. Vielleicht hatte sie ihm unrecht getan, und er hatte doch mehr als eine Blase. Prinzipiell wollte sie gar nicht bestreiten, dass sein Problem vorhanden war und auch weh tat, es war nur unerträglich, welch ein Drama er darum machte.

Andererseits überlegte sie, *das ist Cor – die größte Drama Queen, die ich kenne. Aber deswegen ist er mein Fels in der Brandung.*

Sie seufzte und kramte nach ihrem Handy, um die Notizen zu sichten, die er gemacht und ihr am Vorabend geschickt hatte. Während sie diese Punkt für Punkt durchging, schweiften ihre Gedanken ab und sie dachte an den Abend. Dabei seufzte sie noch mehr, allerdings klang es selbst in ihren Ohren wie ein ausgemachtes Stöhnen.

Sie ließ das Telefon sinken und schloss die Augen. Sofort tauchten die Bilder von Nate und Joe auf und sie grübelte darüber nach, ob sie sich damit wirklich beschäftigen sollte.

Nachdem sie abends mehrere Kilometer am Park entlanggelaufen war, war sie erschöpft wieder zu Hause angekommen. Klatschnass geschwitzt, weil sie ihr Tempo kontinuierlich gesteigert hatte, als könne sie ihren Gedanken davonlaufen.

Nach einer kurzen Dusche hatte sie wie geplant eine Pizza mit viel Käse bestellt und sich das erste Glas Wein gegönnt. Meist verzichtete sie auf Käse und versuchte, nahezu vegan zu leben. Nicht, weil sie es mochte, sondern weil sie ihren Beitrag leisten wollte.

Vegetarierin war sie seit ihrer Kindheit, weil sie Widerwillen gegen Fleisch hatte. Auf Käse zu verzichten war hingegen eine Kasteiung, und sie hatte immer eine Notfallration im Haus. Manche Tage schrien einfach danach, und wenn sie schon Fast Food aß, konnte sie es auch richtig machen.

Cor wäre begeistert, er hielt nicht viel von ihrer Ernährung und versuchte stets, sie zu bekehren. Er hatte ihr an diesem Tag mehrfach den letzten Nerv geraubt. Als allerdings, bevor sie den ersten Bissen genießen konnte, Nate vor ihrer Tür stand, war sie bereit gewesen, ihm die Hälfte ihres Essens abzugeben. Er war nicht abgeneigt und lehnte auch ein Glas Wein nicht ab.

Allerdings war er nicht dazu gekommen, etwas zu trinken, denn kaum hatte sie ihm eingeschenkt, hatte es erneut an der Tür geklopft. Durch den Spion war Joe zu sehen gewesen, und einen kleinen Moment hatte sie mit dem Gedanken gespielt, so zu tun, als seien sie nicht da. Allerdings war ihr keine vernünftige Erklärung für solch ein Verhalten eingefallen. Daher hatte sie zwar innerlich geflucht, aber die Tür geöffnet.

Joe war barfuß gewesen. Was aber Nate viel mehr gestört hatte, war die Tatsache, dass er auch oberkörperfrei an ihren Türrahmen gelehnt dagestanden hatte.

Noch bevor sie sich bei ihrem Nachbarn erkundigen konnte, was er wollte, hatte sie hinter sich das Klirren von Glas gehört, Nate war die Lust auf Wein vergangen. Innerhalb von Sekunden war er an ihr und Joe vorbei ins Treppenhaus und hatte gemurmelt, er würde sich wieder melden.

Sie und Joe waren verdutzt gewesen. Joe wollte sich erbarmen, Nates Wein und Pizza zu übernehmen, doch sie schob ihn wieder in den Flur, als er bereits einen Fuß über die Schwelle gestellt hatte.

Auf ihr entnervtes »Was möchtest du, Joe?« hatte er gewitzelt »Ich konnte nicht wissen, dass du ein heißes Date mit dem Polizisten hast. Eigentlich wollte ich dich nur um ein paar Löffel Kaffeepulver bitten.«

Sie hatte ihm wortlos ein Paket Kaffee gegeben und geraten: »Nächstes Mal zieh dir bitte etwas an, wenn du an meiner Tür klingelst.«

Seine Reaktion hatte sie nicht abgewartet, sondern versucht Nate anzurufen, allerdings landete sie nur auf seiner Mailbox. Irgendwie hatte sie das Gefühl gehabt, sich bei ihm entschuldigen zu müssen.

Als sie nun darüber nachdachte, wechselte ihr Unbehagen jedoch in Wut und sie sinnierte darüber, was sein Abgang sollte. Sie hatte Joe weder eingeladen noch hineingebeten. Allerdings konnte Nate das nicht wissen, denn er war verschwunden, bevor sie ein einziges Wort hatte einwenden können.

War dieses Verhalten nicht kindisch?, überlegte sie nun, im Park vor dem Ärztehaus sitzend. Sie waren erwachsen und wenn es zwischen Nate und Joe nicht einen Vorfall gegeben hatte, der einen von beiden tangierte, sah sie nicht, warum Nate so reagierte.

Sie sog die Luft in sich auf und genoss ihre Klarheit. Die Blätter der Bäume und Sträucher um sie herum begannen, sich an wenigen Stellen zu verfärben.

Erneut entwich ihr ein Seufzer, sie hoffte sehr, dass der Winter mild sein würde. Sie war kein Freund von Schnee und wollte lieber die Weihnachtssaison in schönen Abendkleidern genießen. Schließlich feierte man hier eine Christmasparty nach der nächsten. Darüber hinaus hatte ihr Onkel Thomas in Aussicht gestellt, sie mit ihrer Familie bekannt zu machen. Als uneheliche Tochter war ihr dieses Privileg genauso vorenthalten geblieben, wie ein Kennenlernen mit ihrem Vater. Seine Familie lebte jedoch, und Samy wusste, dass es ein neues Kapitel in ihrem Leben bedeuten konnte.

Versonnen betrachtete sie den großen Bau, in dem Cornelius verschwunden war. Auf einer großen Tafel waren die Namen mehrerer Ärzte und ihr Fachgebiet angeschlagen – Kardiologen, Gynäkologen, Neurologen und ein Hautarzt. Auf den ersten Blick wurde ihr klar, dass es sich hier nicht um eine der ersten Anlaufstellen handelte, die der Gesundheitsdienst NHS vorsah. Hier residierten Mediziner, die zahlungskräftige Patienten hatten. Samy fragte sich, wie viel Cor für die Behandlung seiner Blase hinblättern musste.

Ihr konnte es egal sein. Er kannte das englische Gesundheitssystem. Die Ausstattung und damit korrelierenden Abrechnungsmodi waren ihm als Arzt vertrauter als jedem anderen. Außerdem war mangelndes Kapital nichts, was einem im Zusammenhang mit ihm Sorgen bereiten musste.

Gerade, als sie ihm eine Nachricht schreiben und sich erkundigen wollte, ob es noch lange dauern würde, begann das Telefon zu vibrieren und sie sah Nates Nummer auf dem Display. Bevor sie sich entscheiden konnte, ob sie sauer war oder nicht, nahm sie den Anruf an, denn ihre Neugierde siegte.

»Hey, Samy«, begrüßte er sie, wobei die Distanz in seinen Worten nicht zu überhören war. »Ich hatte versprochen, euch wissen zu lassen, wie es um Naomis Alibi aussieht.«

»Stimmt«, kommentierte sie einsilbig, denn sie war enttäuscht, dass er sich nicht für sein gestriges Verhalten entschuldigte.

Doch Nate schien nicht zu glauben, dass dies nötig sei. Er ließ sie wissen, dass die junge Frau auf den Videos der Bahn und ihres Unicampus zu sehen war und somit nicht für den Mord verantwortlich sein konnte.

»Warum hat es so lange gedauert, das herauszufinden?«, wollte sie wissen und spürte, dass sie mit dieser Überlegung ihre Enttäuschung verarbeiten wollte.

Auch Nate schien es wahrzunehmen, denn er zögerte. Es entstand eine Pause und als sie glaubte, er habe das Gespräch beendet, folgten ein paar Worte in neutralem Ton.

»Das sind ermittlungstechnische Details, die ich nicht preisgeben darf. In privaten Gesprächen, wie gestern Abend, kann man schon einmal etwas zwischen den Zeilen lesen. Jetzt bin ich jedoch in Eile und kann da nicht näher drauf eingehen. Ich wollte dich lediglich informieren. Es sieht nicht gut für Niklas und Diana aus. Wahrscheinlich wirst du darüber mit Sir Charles reden wollen.«

Samy spürte, wie die Wut in ihr wieder hochkochte, doch bevor sie ihm antworten konnte, war das Telefonat zu Ende. Sicherlich hätte sie sich fürchterlich aufgeregt, wenn nicht im selben Moment Cor erschienen wäre. Gleich hinter ihm verließ Naomi das Gebäude und nickte ihm freundlich zu. Sie erblickte Samy und verharrte kurz in ihrer Bewegung. Einem anderen wäre es nicht aufgefallen, doch Samy war wie vor den Kopf gestoßen, als sie die Frau sah. Es war nicht einmal zwanzig Sekunden her, dass sie und Nate über die Frau gesprochen hatten. *Zufälle waren etwas Sonderbares*, machte sie sich bewusst und ging Cor entgegen.

Er war bestens gelaunt und begrüßte sie mit den Worten: »Die beste Entscheidung! Bitte erinnere mich daran, Charles meinen Dank auszurichten. Eine sehr angenehme Kollegin.«

»Und deine Verletzung?«, wollte Samy wissen, ohne sich eine Überbetonung verkneifen zu können.

»Alles gut. Professionell versorgt fühlt es sich weniger schlimm an. Ich wäre somit bereit für einen ausgedehnten High Tea.«

Samy verschlug es die Sprache. Wie konnte es sein, dass er selbst sich nicht fachmännisch versorgt hatte. Gleichzeitig erinnerte sie sich an seine Behauptung, als medizinischer Gutachter bestens aufgehoben zu sein, damit er keinen Schaden an Patienten anrichten konnte. Vielleicht war ja mehr daran, als sie gedacht hatte.

Noch mehr überraschte sie jedoch sein Wunsch, einen High Tea zu nehmen. Nicht nur, dass erst zwei Stunden seit ihrem Frühstück bei Asif vergangen waren, vielmehr wurde der High Tea traditionell am späten Nachmittag zelebriert.

Aber dann redete sie sich selbst zu – *was solls. Cor kann immer essen und die meisten Hotels und Cafés sind von Touristen gewöhnt, alles 24 Stunden anzubieten.* Irgendwo würden sie etwas finden und er hatte auch recht – morgen endete sein Besuch in Windsor und den High Tea hatten sie außer bei Charles sträflich vernachlässigt. Also machten sie sich auf den Weg und schlenderten gemächlich die St. Leonards Road hinauf.

Obwohl er seinen Stock noch schwang, ging er bedeutend besser. Samy war froh für Charles Empfehlung – noch einen Tag Fußgejammer hätte sie nicht ertragen.

Es war ein herrlicher Sonnentag. Die Stimmung passte nicht zu der düsteren Prognose für Charles Sohn und Schwiegertochter, die sie auf ihrem Weg erörterten. Sie berichtete von Nates Anruf und Cor meinte: »Interessant, dass wir die Kleine gerade gesehen haben.«

»Ja, nicht wahr?«, meinte sie und wollte wissen, ob er gesehen habe, bei welchem der Ärzte die Frau gewesen war.

»Bedauere, meine Liebe. Ich bin ihr erst vor der Tür begegnet. Aufgrund meines Fußes habe ich den Aufzug genommen, sie scheinbar nicht, denn ich bin nahezu in sie hineingelaufen, als ich den Aufzug verließ. Da stand sie plötzlich und telefonierte.«

»Mit wem?«, wollte Samy automatisch wissen und überlegte im selben Moment, wann sie sich angewöhnt hatte, derart neugierig zu sein.

Cor blickte sie überrascht an und zuckte dann mit den Schultern.

»Woher soll ich das wissen? Ich habe lediglich mitbekommen, wie sie erwähnte, *Nein, es ist alles in Ordnung. Bis später.*«

Schweigend gingen sie weiter und erst als sie an einem kleinen Tearoom in der Church Street, nahe dem Castle, angekommen waren, griff Cor das Thema wieder auf.

Samy war erstaunt, dass er sich entschieden hatte, draußen sitzen zu wollen, denn trotz des Sonnenscheins war es nicht besonders warm und Cornelius normalerweise eine Frostbeule. Außerdem war die Terrasse eine Zumutung. Die Bestuhlung bestand aus einem Sammelsurium an kleinen runden Tischen und Stühlen, die wahllos zusammengewürfelt worden waren. Schlimmer war jedoch, dass sie mitten auf der kleinen Kopfsteinpflasterstraße vor dem Café platziert waren. Wie überall in Castle Nähe gab es ein Gefälle in die eine oder andere Richtung und so hatten die wackeligen Tische auch noch Schlagseite.

Cor wischte Samys Bedenken jedoch beiseite und bestellte sich einen High Tea mit allen Extrawünschen.

»Lass uns die letzten Sonnenstrahlen genießen. Immer, wenn ich selbst einen Arzt konsultiere, habe ich anschließend ein gesteigertes Bedürfnis nach frischer Luft. Keine Ahnung, ob es an den potenziellen Erregern liegt, denen man in Praxen ausgesetzt ist, oder ob es einfach nur ein Gefühl der Dankbarkeit ist, was mich erfüllt, wenn ich ohne größere Probleme weiterleben darf.«

Samy reflektierte über seine Worte nach und glaubte behaupten zu können, dass es eine Kombination aus beidem war, was sie spürte, wenn sie keine ärztliche Hilfe benötigte. Dies war ein Thema, was sie unter normalen Umständen mit Cor philosophisch erörtert hätte, doch heute kam es dazu nicht, denn er griff Naomis Alibi auf.

»Es sieht übel aus für Niklas und seine Frau, und für die Polizei auch. Sie haben nichts gegen die beiden in der Hand und können keine Verhaftung vornehmen. Im Vorbeigehen habe ich eben auf einem Titelblatt die Überschrift *Yoga Mord – die Polizei tappt immer noch im Dunkeln* – gelesen. Das kommt nicht gut an.«

Samy konnte ihm nur zustimmen und vollendete seine Einschätzung.

»Für Niklas ist es desaströs. So wie Sir Charles es schildert, schadet es seinem Ruf nachhaltig, wenn er nicht entlastet werden kann. Für Diana hat es wahrscheinlich weniger Konsequenzen, denn sie arbeitet nicht. Allerdings könnte ich mir vorstellen, dass beide gesellschaftliche Schwierigkeiten bekommen werden. Keine Ahnung, wie das funktioniert, aber generell glaube ich, dass Menschen, die mit einem Mord in Verbindung gebracht werden, nicht die ersten sind, die man auf die Gästeliste für eine Soiree oder ein Charitydinner setzt.«

»Da bin ich mir nicht sicher. Du weißt, wie pervers die Menschen sind. Viele empfinden einen Reiz im Gefährlichen. Ein potenzieller Mörder hat eventuell sogar etwas extrem Anziehendes für eine Gesellschaft. Dennoch stimme ich dir zu – als Anwalt wird es ihm schaden. Wer will sich von einem Mann verteidigen lassen, der seine eigene Unschuld nicht beweisen kann? Und auch wenn die makabere Magnetwirkung eines Verbrechers bei bestimmten Anlässen nicht von der Hand zu weisen ist, wird es sicherlich nicht so sein, dass man Niklas und Diana auf jedem Event sehen kann. Von daher stimme ich dir zu – für sie ist es eine Katastrophe.«

»Und für Charles tut es mir leid. Ich wünschte, wir hätten etwas herausgefunden, aber irgendwie drehen wir uns im Kreis. Zuerst gab es unzählige Verdächtige und am Ende des Tages bleiben nur die beiden übrig«, stimmte Samy ihm zu.

Cornelius hatte begonnen, sich von unten nach oben durch die Etagen der opulent gefüllten Etagere mit Teegebäck und Nibbles zu arbeiten, und würdigte jedes einzelne Teil mit voller Aufmerksamkeit. Daher nickte er nur zustimmend, als Samy auf die Möglichkeit hindeutete, dass der Mörder niemals gefunden werden würde, wenn es sich um einen Erpresser handelte. Es bestand die Gefahr, dass der Mörder oder die Mörderin vollkommen unter dem Radar der Polizei bleiben würde.

Cor nickte und vertilgte alle Sandwiches, um eine Pause einzulegen. Samy, die lediglich einen Tee bestellt hatte, betrachtete ihn fasziniert. Er zelebrierte auch diese Angelegenheit und faltete die Stoffserviette ordentlich zusammen, bevor er sie ablegte und sich ebenfalls seiner Tasse zuwandte.

Im nächsten Moment hätte Samy sich jedoch gewünscht, er habe weitergegessen, denn er wandte sich nun einem seiner Lieblingsthemen zu – Samys nicht existentem Liebesleben.

»Was läuft eigentlich zwischen dir und dem göttlichen Nate?«

Als Samy schon protestieren wollte, wiegelte er mit einer Handbewegung ab.

»Ja, ja, ich weiß, du hast nichts mit ihm und bist auch nicht bereit für eine neue Beziehung, bla bla bla, Frau Doktor. Das wissen wir alles. Nichtsdestotrotz sind wir nicht blind!«

Samy überlegte kurz, ob er sie in das *wir* miteinbezog, oder ob er dazu überging, von sich selbst in der dritten Person zu reden. Sie hätte es ihm durchaus zugetraut. Als er fortfuhr, wurde aber zumindest diese Befürchtung zerstreut.

»Na komm schon, meine Gute. Nun zier dich nicht so. Bei der Mörderjagd kommen wir nicht weiter – so sehr ich das auch bedauere. Immerhin war sie ein Argument, mich schnellstens hierher zu begeben.«

»Oh und ich glaubte schon, du wärst gekommen, weil du mich wiedersehen wolltest«, warf sie sarkastisch ein.

»Selbstredend, meine Liebe. Allerdings hätte ich meine Reise etwas sorgfältiger vorbereitet, wenn nicht dieses Verbrechen dazwischengekommen wäre.«

Er ignorierte die kleinen Köstlichkeiten vor seiner Nase und schenkte ihr seine ganze Aufmerksamkeit. Samy wandte sich innerlich, denn in puncto Beziehungen lagen sie und Cor Lichtjahre auseinander. Er hatte versucht, sie zu ermuntern, weniger prüde und offener für die Gelegenheiten zu sein, die das Leben einem bot. Dabei war sie nicht verklemmt, sondern nur nicht daran interessiert, von Bett zu Bett zu springen. Dennoch war sie dankbar, dass er von Nate schwärmte und sie nicht wieder auf Joe ansprach und niedermachte – so hatte sie es zumindest gehofft. Dabei hätte sie es besser wissen sollen, denn es dauerte nicht lange, bis er von seinem Lobgesang auf den attraktiven Inspector, der eindeutig ein Auge auf sie geworfen hatte – Zitat Cor – wieder bei ihrem Nachbarn landete.

»Wollen wir mal ehrlich sein, du bist zu alt, als dass du dich auf Studentenniveau herumtreiben solltest.«

Samy lachte auf, denn es war das Beste, was man auf solch eine lächerliche Aussage erwidern konnte. Sie war mit 33 sicher für nichts zu alt, und ob es generell verwerflich war, egal in welchem Alter, etwas mit einem 26- oder 27-jährigen Studenten zu haben, sei dahingestellt. Sie war nicht willens, sich auf eine derartige Diskussion einzulassen. Es würde ihn nur anstacheln, weiter über ihr Privatleben zu mutmaßen.

Auch das war etwas, was sich zwischen ihr und Cornelius seit den frühen Tagen ihrer Freundschaft abspielte. Am Anfang ging es um die Freundinnen, die ihrer nicht würdig waren und im Laufe der Zeit war es immer wieder um den ein oder anderen Kerl gegangen. Fairerweise musste sie zugeben, dass Cor nur an ihrem Glück interessiert war und leider ausnahmslos richtig gelegen hatte mit seinen Einschätzungen. Doch es war seine Art, die sie als übergriffig und *too much* empfand. Sie hatte gelernt, ihn ins Leere laufen zu lassen und kommentierte daher nicht mehr alles. Das wiederum hinderte Cor nicht daran, weiter zu sinnieren und sie wissen zu lassen, was er von ihr und ihren Beziehungen hielt.

»Weißt du Frau Doktor, ich bin begeistert, dass du trotz der Widrigkeiten der letzten Monate an deiner stilistischen Entwicklung festgehalten hast. Die längeren Haare stehen dir ausgesprochen gut. Besonders, wenn du einen hohen Zopf trägst – sehr fesch!«

Samy dachte darüber nach, ob es gestattet war, das Wort fesch noch zu gebrauchen. Ihrer Meinung nach hörte es sich nach Vorkriegszeit an und sollte nicht mehr im Vokabular der unter 70-Jährigen vorhanden sein. Aber sie hütete sich davor, etwas einzuwenden, und ließ ihn einfach weiterreden. Sie würde manchem zustimmen und bei anderem versichern, darüber nachzudenken. Am Ende wäre die Luft wieder rein, ohne sie viel Kraft in einem nicht zu gewinnenden Kampf mit ihm gekostet zu haben.

Hartnäckiges Gegenhalten lohnte sich nur, wenn er zu sehr über die Stränge schlug, was er auch im nächsten Moment bereits wieder tat.

»Du solltest dir vor Augen halten, dass du in einer Lebensphase bist, wo ein bisschen Voraussicht angebracht ist.«

»Entschuldige bitte, aber was willst du damit behaupten? Zum zweiten Mal innerhalb weniger Minuten darauf ansprechen, dass ich nicht mehr die Jüngste bin? Das ist ein

Witz und unerhört. Ich habe mich noch nie in einer Lebensphase befunden, die dazu angetan war, die Sache vernünftig anzugehen – wie du es ausdrückst.«

Sie bemühte sich, ruhig zu bleiben, denn die beiden Damen am Nachbartisch beobachteten sie bereits und Samy wollte nicht als Unterhaltungsprogramm der Straße hinhalten.

»Genau das ist das Problem, meine Liebe«, konterte Cor triumphierend.

»Nein, du verstehst etwas falsch, mein Lieber!«, gab sie zurück, und betonte *mein Lieber* derart, dass selbst er nicht umhinkonnte, zu verstehen, dass sie ihn imitierte. Sie war nicht länger willens, sich über ihren Lebensstil belehren zu lassen.

»Du erwähnst pausenlos, dass ich nie Glück bei der Wahl meiner Partner hatte, und ich stimme dir zu. Sicherlich ist das ein Thema, bei dem ich mich hinterfragen muss, und du kannst mir glauben, dass ich genau das seit einiger Zeit tue. Deswegen interessiert mich auch der attraktive Polizist, auf dem du immer herumreitest, gerade nicht.«

»Gerade nicht?«, hakte Cor sofort nach. »Heißt das, es besteht noch Hoffnung?«

»Ach, Cor!«

Sie verdrehte die Augen, um ihn wissen zu lassen, dass dies nun wirklich kein Thema war.

»Weißt du, darum geht es gar nicht. Vielmehr ist wichtig, dass ich herausfinde, warum ich immer die falschen Kerle auswähle. Und in diesem Zusammenhang gibt es eine ganze Reihe weiterer Ungereimtheiten, die mich beschäftigen. Ich will mich selbst verstehen und herausfinden, was ich machen möchte – ob ich wieder programmieren möchte, ob es mir langfristig reicht, mein Geld auszugeben und mir die neuesten Gucci-Taschen und Victoria Beckham-Kleider zu kaufen ...«

»Beides eine hervorragende Wahl«, warf Cor ein. Sofort wusste sie, dass er gerne weiter darüber gesprochen hätte. Doch sie schnitt ihm das Wort ab und redete weiter.

»Keine Frage, aber am Ende des Tages geht es um mehr, nicht wahr? Designer Taschen, Burberry Klassiker, und Schmuck von Harry Winston – ja, das sind Dinge, an denen ich großen Gefallen gefunden habe; und glaube mir, ich weiß selbst nicht, warum ich jahrzehntelang nur Jeans und Sweatshirts getragen habe. Dennoch, abends hänge ich alles in den Schrank und gehe allein mit meinen Gedanken ins Bett. Selbst wenn ich einen Partner hätte, wäre alles, was ich vor dem Einschlafen wälze, dennoch meine einsame Insel. Ich möchte wissen, was sich auf dieser Insel abspielt. Ich möchte sicher sein, dass dort ein gutes Klima herrscht und dass ich Aloha rufe, statt im Müll zu waten – falls du verstehst, was ich meine.«

Ausnahmsweise war Cornelius still. Sie sah ihm an, wie ihn ihre Worte beschäftigten. Auch wenn er auf den ersten Blick so aussah, als würden ihn nur die Klamottendetails in ihren Aufzählungen interessieren, wusste Samy, dass er viel weiterdachte. Es ging ihm um ihr Wohl und sie nutzte die Gelegenheit, einen Abschlusssatz anzubringen.

»Du hast mir in den letzten Tagen Unverschämtheiten über mein Alter und eine erfundene Affäre mit Joe vorgehalten ...«

»Die vollkommen unangebracht ist, du ...«

»Nein ‚Cor! Ich bin jetzt dran und du hast Sendepause«, unterbrach sie ihn und genoss den perplexen Ausdruck auf seinem Gesicht. Er war es nicht gewöhnt, dass Samy ihn derart in die Schranken wies.

»Joe ist ein netter Kerl und wahrscheinlich ein guter Liebhaber. Er ist amüsant, kann großartige Geschichten erzählen und ich habe den Abend mit ihm genossen. Er ist gerade einmal sieben Jahre jünger als ich, was heute kein Problem mehr sein sollte, wenn ich mir die Klatschblätter anschaue, die du so gerne liest. Außerdem täuschst du dich, wenn du glaubst, er sei meiner nicht würdig. Ich weiß, wie wichtig dir der Status ist, und natürlich informiere auch ich mich über die Menschen, mit denen ich ausgehe oder die in meinem Haus wohnen. Sei also beruhigt, er kommt aus besten Verhältnissen. Allerdings wissen wir beide, dass diese Tatsache allein noch nie ein Garant für Charakter oder gute Absichten war.«

Cornelius hatte sich zurückgelehnt und dabei eines der kleinen *Petit Fours* in seinen Mund geschoben. Wider Erwarten schien er sich in der Rolle des Zuhörers wohlzufühlen. Er nickte zustimmend und hätte sicherlich auch etwas angefügt, wenn er nicht mit dem Kuchen beschäftigt gewesen wäre. Samy nutzte die Chance und redete unbeirrt weiter.

»Es hätte mir also vielleicht durchaus Spaß gemacht und gutgetan, all das zu tun, was du mir angedichtet hast, nur weil ich mit ihm etwas getrunken habe. Und dennoch habe ich nicht die Absicht, herauszufinden, ob er ein guter Lover ist oder nicht.«

Das schien Cornelius zufriedenzustellen und er wollte sich wieder Nate zuwenden.

»Sehr löblich, Frau Doktor. Und dennoch bin ich der Meinung, dass ein kleines Abenteuer – mit dem richtigen Mann, wohlgemerkt – dir durchaus wohltun würde.«

»Cor hör auf! Hast du es nicht begriffen? Ich bin mit mir selbst beschäftigt. Als Allererstes muss ich entscheiden, ob ich die Stelle in Oxford annehmen möchte.«

»Wie bitte?« Cors Reaktion ließ darauf schließen, dass es in seinen Augen noch etwas Schlimmeres gab, als ein unpassender Liebhaber.

»Oxford hat mir einen Teilzeitvertrag angeboten.«

Weiter kam sie nicht, denn er legte die Serviette derart vehement ab, dass Samy befürchtete, der Tisch könne kippen.

»Das ist nicht dein Ernst! Du spielst nicht wirklich mit dem Gedanken, an eine Universität zurückzugehen!« Seine Augen sprühten und Samy war wie vor den Kopf gestoßen.

Oxford war renommiert und jeder Akademiker musste sich geschmeichelt fühlen, einen Ruf von dort zu erhalten. Sie hätte vermutet, dass Cor in seiner Borniertheit Gefallen an diesem Gedanken gefunden hätte.

»Ich kann es wirklich nicht glauben«, ereiferte er sich. »Endlich hast du die Fesseln der Wissenschaft abgestreift und dich aus den Klauen dieser verkopften Männergesellschaft befreit, da wendest du dich ihr wieder zu?«

Er lief zur Hochform auf und hielt ihr einen Vortrag darüber, dass sie Mathematik und Informatik nur studiert hatte, um ihrer Mutter zu gefallen – Cor hasste Klaudia Wilde und ließ keine Gelegenheit aus, dies zu zeigen. Äußerst schmerzhaft erinnerte er sie an Beziehungen zu Männern, die alle aus dem Universitätsumfeld gekommen waren und ihr definitiv nicht gutgetan hatten, sodass Samy aufstehen und gehen wollte. Sie ertrug es nicht, wie er den Finger in Wunden legte, die immer noch nicht verheilt waren, und hätte sich am liebsten irgendwo verkrochen. Doch dann schloss er mit Worten, die unerwartet und lächerlich waren. Samy musste lachen, bis ihr etwas anderes bewusst wurde.

»Ich verneige mich vor dir, liebe Samy, weil du den Weg aus dieser tristen Welt so mutig gehst, dich den schönen Seiten des Lebens zuwendest und endlich eine Frau bist. Eine Garderobe, die deine Vorzüge betont, Schmuck, der zeigt, dass du dir sehr viel wert bist, eine richtige Frisur. Manikürte Fingernägel – einfach alles, was zum Frausein dazugehört.«

Er schwelgte in Wellen der Begeisterung, die er selbst aus seinen Beschreibungen zog, und ließ sich dazu hinreißen, einen Ausblick in Samys Zukunft zu wagen.

»Schmeiß das alles nicht weg. Mir wird übel bei der Vorstellung, dich wieder in diesen schrecklichen Mama Jeans und faden Sweatern zu sehen.«

»Cor, wir reden von Oxford. Ich denke, dort sind Professoren durchaus gut angezogen.«

»Egal«, lamentierte er mit einer wegwerfenden Handbewegung. »Du würdest es schaffen, dich wieder in eine graue Maus zu verwandeln. Mal dir stattdessen die Welt einmal anders aus. Sieh dich selbst, wie du weiterhin durch die New Bond Street in London flanierst, gut gekleidet und frisiert. Stelle dir vor, an deiner Seite wäre ein passender Mann, mit dem du Zukunftspläne schmiedest, ein Haus kaufst, auf die Bahamas fliegst und von mir aus sogar ein Kind bekommst – das ist das Leben, was ich mir für dich wünsche.«

Samy erstarrte. Mit einem einzigen Satz hatte Cor das Rätsel gelöst.

»Ich weiß, wer sie ermordet hat!«

Cornelius beugte sich vor und starrte sie an, als habe sie einen Dachschaden.

»Geht es dir gut? Wir reden von deiner Zukunft und du … Moment mal!« Er hielt inne und wurde ganz aufgeregt.

»Wer?«

»Naomis Mutter!«

»Wie kommst du darauf? Die hatte niemand auf dem Schirm, das ist doch Blödsinn!«

Cor schüttelte ablehnend den Kopf, denn er konnte sich nicht vorstellen, wie Samy auf diese Idee kam. Doch für sie war das Bild plötzlich klar und auch er begriff schnell, wie sich die Teile zusammenfügten, als sie es ihm erklärte.

»Erinnere dich doch mal. Wir haben sie gehört, als wir im Biergarten des *Fox & Hounds* saßen. Kurz bevor du sie gefilmt hast, meinte sie zu ihrer Begleitung *Für unsere Kinder würden wir alles tun, nicht wahr? Ich zumindest würde vor nichts zurückschrecken.* So oder so etwas in der Art.«

»Ich erinnere mich, aber was heißt das?«

Samy war ganz aufgeregt und irgendetwas suggerierte ihr, dass sie recht hatte.

»Vorhin, als du zusammen mit Naomi das Gebäude verlassen hast, war sie erschrocken, mich zu sehen. Und jetzt ist mir eingefallen, warum. Sie hielt sich die Hand auf den Bauch – genauso, wie Schwangere das tun!«

»Ja und?«

»Verstehst du es denn nicht?«, wunderte Samy sich über seine Begriffsstutzigkeit, doch dann fiel es auch ihm wie Schuppen von den Augen.

»Du hast recht! Sie ist schwanger. Deswegen ist ihre Mutter gestern in diesen Babyladen gegangen. Dennoch, das heißt gar nichts.«

Samy sah das anders, denn alles passte zusammen.

»Überlege doch mal – Als Mutter wird Mrs Woods wollen, dass ihre Tochter heiratet, wenn sie ein Kind bekommt. Sie selbst ist scheinbar alleinerziehend. Zumindest habe ich noch nie von einem Mr Woods gehört. Ich glaube, dass

Himadri mir einmal erzählt hat, dass sie nicht verstehe, warum Jennifer sich nicht scheiden ließe. Sie würde nicht mit einem Mann verheiratet bleiben, der mit einer anderen Frau zusammenlebt. Wir wissen aber alle, dass Jennifer das nicht wollte. Sie hat Daniel klargemacht, dass er eine Scheidung vergessen könne. Was also, wenn …«

»Mutter die Sache selbst in die Hand genommen hat«, vollendete Cor ihren Satz und auf seinem Gesicht zeichnete sich Zufriedenheit ab.

»Ich glaube, du könntest recht haben, Frau Doktor.«

Samy spürte, wie ihre Wangen glühten. Sie griff nach ihrem Handy, um Nate zu informieren, doch wie immer landete sie nur auf seiner Mailbox. Entnervt hinterließ sie nur ein *Ruf mich zurück, wenn du kannst,* und legte das Handy frustriert nieder.

»Eine Nachricht?«, wollte Cor wissen. Als Samy zustimmte, zog er seine Geldklammer hervor und begann einige Pfundnoten auf den Tisch zu legen. Dann stand er auf.

»Worauf wartest du noch?«

Samy sprang auf und lief ihm in der kleinen Straße, die eigentlich nur eine Gasse war und den Namen kaum verdiente, hinterher.

»Wenn die Polizei keine Zeit hat, werden wir uns die Dame vorknöpfen. Weißt du, wo wir sie finden können? Oder müssen wir Charles um Auskunft bitten?«

»Zufälligerweise weiß ich das sogar. Unten in der Peascod Street ist ein schöner Einrichtungsladen mit Antiquitäten und neuen Sachen. Dort habe ich ein paar Mal Geschenke gekauft und einmal bin ich von Mrs Woods bedient worden. Sie hat mir erzählt, dass sie dort seit Jahren arbeitet. Wenn wir Glück haben, ist sie da. Einen Versuch ist es wert. Aber meinst du nicht, dass sie gefährlich ist?«

Cornelius schwang seinen Stock. Das Tempo seiner Schritte ließ darauf schließen, dass die Behandlung von Dr. Smider Wunder gewirkt hatte. Kurz hielt er inne und sah sie mitleidig an.

»Nun ja, diese Überlegung ist wohl eher dumm, meinst du nicht? Man sollte davon ausgehen, dass ein potenzieller Mörder immer gefährlich ist.«

»Vielleicht hat sie es aus Notwehr oder im Affekt getan. Vielleicht wollte sie nur mit Jennifer reden«, versuchte Samy es sich schön zu reden, wobei das Mitleid auf Cors Gesicht noch deutlicher wurde.

»Ich bitte dich. Das glauben wir doch beide nicht, oder? Bei Sonnenaufgang?«

Sie wusste, dass er recht hatte, und folgte ihm weiter Richtung Peascod Street.

»Ich genieße jedenfalls die Tatsache, dass weniger Chinesen hier sind. Die Pandemie hatte auch ihr Gutes, behaupte ich, wenn ich mich dazu äußern soll. Zumindest schont es meine Augen, wenn ich mir nicht diesen ganzen Prada-, Gucci-Fakekram zu Gemüte führen muss.«

»Es ist bestimmt nicht alles Fake, was sie tragen.«

»Nein, sicherlich nicht«, schnitt er ihr das Wort ab, um gleich nachzulegen. »Aber selbst das, was echt ist, sieht katastrophal aus, weil es ohne Sinn und Verstand kombiniert wird. Ein Graus, finde ich. Es sollte verboten sein, sich Designerstücke im Übermaß und ohne Geschmack anzulegen. Die Gesamtwirkung ist widerlich und impertinent.«

»Ein großes Vergehen«, konterte Samy sarkastisch, doch sie wusste, dass Cor es ernst meinte und seinerseits jederzeit für eine Fashionpolizei votiert hätte.

Dieser Austausch war amüsant und eine willkommene Ablenkung, doch schließlich blieb sie auf halbem Weg in der Einkaufsstraße stehen und hielt ihn am Arm zurück.

»Warte, lass uns das noch einmal durchgehen und vielleicht eine Gesprächsstrategie festlegen. Wir können schließlich nicht in ihren Landen schneien und sagen *Hallo Mrs Woods. Wie geht es Ihnen? Können Sie uns vielleicht mitteilen, ob Sie es waren, die Jennifer Dalton erwürgt hat?* Ich glaube kaum, dass solch eine Eröffnung uns ein Geständnis bringt. Was denkst du?«

KAPITEL 21

---◇◇◇◇---

EIN LADEN VOLLER KRIMSKRAMS

Samy saß gegenüber vom *Classy Kitsch* vor einem kleinen Coffeeshop und nippte an einem Espresso. Sie hatte sich für ein kleines Getränk entschieden, damit sie schnell reagieren konnte, wenn Cor ihr ein Zeichen gab.

Doch nun war es mehr als zwanzig Minuten her, dass ihr Freund in dem großen, dunklen Laden verschwunden war. Sie konnte sich nicht vorstellen, warum es so lange dauerte, denn außer Cor waren nur zwei weitere Kunden in dem Geschäft gewesen und beide hatten den Shop längst verlassen.

Nach Cors Entwurf hätte sich längst etwas tun müssen, und seine Planung war gut, da war Samy sich sicher. Sie hatten alles berücksichtigt und bewusst entschieden, dass Cor allein hinein ging. So würde Naomis Mutter nicht gleich wissen, was los war. Zumindest bestand eine klitzekleine Chance, dass sie Cor nicht mit Samy in Verbindung brachte und sich daher in ein Gespräch verwickeln ließ.

Er wollte sich zu einem Geschenk beraten lassen und hatte vor, so zu tun, als lebe er in Scheidung. Dabei wollte er geschwätzig kundtun, dass er in Hochstimmung sei, weil er gerade erfahren habe, dass seine baldige Ex-Frau endlich die nötigen Dokumente unterzeichnet hatte. Um dies zu würdigen, wolle er ihr ein Präsent überreichen und interessiere sich deswegen für die kleine Schmuckschatulle aus dem Schaufenster.

Samy hatte keine Ahnung, ob er wirklich nach solch einer Dose verlangen würde. Er hatte sie lediglich als Platzhalter erwähnt und erklärt, er würde im Vorbeigehen die Auslage betrachten und sich entscheiden.

Von diesem Punkt aus wollte er sehen, wie sich das Gespräch entwickelte. Er hatte vor, ihr so lange Zucker ums Maul zu schmieren, bis sie sich verplapperte. Sie sollte sich zu einem Statement hinreißen lassen, das sie mit dem Mord in Verbindung brachte. Mit dieser Information wollten sie zur Polizei gehen.

Inzwischen wurde Samy jedoch von Minute zu Minute ungeduldiger und hatte schon mehrmals ihr Handy gezückt. Damit fotografierte sie den Laden und zoomte anschließend so weit heran, dass sie schemenhaft erkennen konnte, was im hinteren Teil vor sich ging. Bisher hatte sich an der ursprünglichen Szenerie nicht viel verändert. Cornelius marschierte gemächlich vor dem Verkaufstresen, der sich an der Rückwand des Geschäftes befand, auf und ab. Dabei benutzte er seinen Gehstock und verwies auf Bilder und andere Gegenstände. Mrs Woods holte weitere Dinge, die sie ihm präsentierte, und beide wirkten, als seien sie in ein Gespräch vertieft – wie geplant.

Alles sah unauffällig aus, dennoch wuchs Samys Sorge. Für ihren Geschmack dauerte das alles zu lange. Sie hatte kein gutes Gefühl dabei, dass Cor mit der mutmaßlichen Mörderin allein war. Als ihr Handy klingelte, war sie erleichtert, denn sie sah Nates Nummer auf dem Display.

Dankbar ging sie ran und entschied spontan, ihm zu erzählen, was sie machte. Natürlich wäre Cor damit nicht einverstanden gewesen, denn er hatte im Vorfeld erwähnt:

Lass uns erst einmal abschätzen, ob an der Sache was dran ist, bevor wir die Polizei einschalten. Nachher machen wir viel Lärm um nichts und du kannst dich nie wieder in dem Yogastudio blicken lassen.

Dem hatte sie zwar zugestimmt, doch inzwischen waren ihren Nerven zum Zerreißen gespannt und sie platzte unkontrolliert mit der Wahrheit raus.

Als Nate zunächst schwieg, dann jedoch wütend wurde, bedauerte sie beinahe ihre Spontanität. Allerdings bestärkte diese Reaktion sie letztlich nur noch mehr.

»Ihr seid wahnsinnig. Bleib, wo du bist!«, polterte er und Samy wurde noch mulmiger zumute. Noch bevor sie nachhaken konnte, warum, hatte er aufgelegt.

Sie ging davon aus, dass er zu ihr kommen wollte und versuchte, sich zu entspannen, mehr konnte sie gerade nicht tun. Die Tatsache, dass er in der Nähe sein würde, erschien ihr aus mehreren Gründen verlockend. Sie war gerne mit ihm zusammen und hoffte inständig, die Angelegenheit des Vorabends klären zu können.

Außerdem war sie inzwischen sicher, dass sie ihn hier bald brauchen würden. Ganz bestimmt dauerte es bei Cor so lange, weil er Mrs Woods dazu brachte, sich zu verplappern. In diesem Falle musste die Polizei aktiv werden.

Sie versuchte, sich zu beruhigen, und trank den Rest ihres Espressos. Die Peascod Street war verhältnismäßig ruhig. Der Rückgang des Touristenstroms war deutlich zu spüren und es war nicht sicher, ob sich das je wieder ändern würde. Erneut seufzte sie und griff wieder nach ihrem Handy. Ein weiteres Foto konnte nicht schaden, denn es war wichtig, zu wissen, was vor sich ging.

Beim Blick durch die Kamera blieb ihr beinahe das Herz stehen. Genau in diesem Moment erschien Mrs Woods hinter der großen Glastür und linste verstohlen nach draußen. Samy hatte den Eindruck, sie würde die Tür verriegeln. Diese Annahme wurde bestätigt, als sie das Türschild von *Open* zu *Closed* drehte.

Hektisch wechselte Samy in den Videomodus ihres Telefons und versuchte, das Hintere des Raumes einzufangen. Von Cor fehlte jede Spur – sie schwenkte die Linse hin und her, doch ihr Freund war nirgends zu sehen. Samy spürte, wie ihr eiskalt wurde. Sie wählte hektisch Nates Nummer, landete jedoch erneut auf der Mailbox. Panik überkam sie und sofort sprang sie auf. Während sie verzweifelt versuchte zu entscheiden, was sie tun sollte, kamen ihr Horrorszenarien in den Sinn. Sie sah Cornelius blutüberströmt hinter dem Tresen liegen, und in einer anderen Variante gefesselt und mit einem Knebel im Mund in einem Hinterzimmer.

Wie konnte das nur passieren? Es war heller Tag und sie hatte den Laden im Auge. Nichtsdestotrotz war ihr Freund verschwunden und die mutmaßliche Mörderin verriegelte vor ihren Augen den Laden.

Samy lief hin und her und rang mit sich, ob sie gegen die Scheibe klopfen sollte. Sicherlich würde das Mrs Woods aufhalten – was auch immer sie mit Cor vorhatte. Allerdings bestand auch die Gefahr, dass sie in Panik geriet und etwas Unüberlegtes tat.

So oder so war die Situation katastrophal für Cor. Samy schrie beinahe vor Erleichterung, als sie Nate in die Fußgängerzone einbiegen sah. Er wurde von Becca Friendly begleitet und zum ersten Mal war Samy froh, auch die junge Polizistin zu sehen.

Nate signalisierte ihr von Weitem, sie solle vor dem Laden verschwinden und sie entschied sich, den beiden entgegenzulaufen. Als sie bei ihnen ankam, schilderte sie atemlos, was sich abgespielt hatte, und von Nate kam erneut: »Sh...!«

Dann wandte er sich Becca zu und forderte sie auf, Verstärkung anzufordern. Er wies sie an, zusätzlich einen Krankenwagen herzubestellen. Bei dieser Erwähnung heulte Samy los.

»Oh Gott!«, krächzte sie und hörte selbst die Angst in ihrer Stimme. »Wie konnten wir nur so dumm sein? Mein armer Cor!«

»Das wüsste ich auch zu gerne«, antwortete Nate und sah dabei besorgt aus.

Er und Friendly diskutieren darüber, ob der Laden einen Hinterausgang haben könnte, und wiesen zwei Uniformierte, die als Erstes eintrafen, an, das zu überprüfen und zu sichern.

Innerhalb weniger Minuten waren mehrere Streifenwagen zu sehen und mindestens sechs Polizisten vor Ort – einige von ihnen schwer bewaffnet wie bei der Parade zur Wachablösung, wenn sie die umstehenden Hausdächer nach Scharfschützen absuchten.

Samy schlotterten die Knie, sie konnte nicht aufhören, sich selbst zu beschimpfen. Wie konnten sie und Cor so blauäugig sein? Hatte er nicht selbst behauptet, dass jeder potenzielle Mörder gefährlich ist?

Ja!

Dennoch waren sie mit ihrem hirnrissigen Plan erschienen und davon überzeugt gewesen, die Sache cool angehen zu können.

Sie raufte sich die Haare und hätte alles darum gegeben, wenn sie gewusst hätte, was zu tun war. Aber ihr blieb nichts anderes übrig, als herumzustehen und den Polizisten zuzuhören. Diese erörterten die Vorgehensweise und

Nate hörte aufmerksam zu, als Becca ihn briefte. Sie teilte ihm in Kurzform alles mit, was das Internet und die Polizeidatenbank über das Leben von Mrs Woods hergaben.

Soweit sie es beurteilen konnte, handelte es sich um harmlose Dinge. Einzig vielleicht die Erwähnung, dass sie Mitglied einer Kirchengemeinde war, die Abtreibung ablehnte und für die Aufrechterhaltung des traditionellen Familienbildes eintrat, war interessant.

Sollte Naomi wirklich schwanger sein, konnten diese Aspekte Grund genug gewesen sein, Jennifer aus dem Weg zu räumen. Zwar war die Ermordung eines Menschen auch aus kirchlicher Sicht bestimmt nicht tragbar, doch vielleicht heiligte in Mrs Woods Augen der Zweck die Mittel.

Sie wollte bestimmt, dass ihre Tochter mit dem Vater des Kindes verheiratet war. Genau das war aber nicht möglich gewesen, solange Jennifer noch lebte und sich weigerte, sich scheiden zu lassen.

Samy schüttelte den Kopf und überlegte, ob Menschen wirklich so gestört sein konnten, zu glauben, ein Mord sei das geeignete Mittel, um ein Problem zu beheben. Gleichzeitig gestand sie sich ein, dass in Mrs Woods Fall zumindest das primäre Ziel erreicht war. Daniel war ein freier Mann und Naomis Kind konnte ehelich zur Welt kommen.

Während sie über diese Entwicklung reflektierte, spürte sie, wie die Spannung um sie herum zunahm. Nate, der mit den schwerbewaffneten Kollegen gesprochen hatte, kam zurück und forderte Samy auf, sich zu entfernen.

Dann wandte er sich an Becca.

»Wir gehen rein! Die Gefahr nimmt mit jeder Minute zu. Vielleicht haben wir Glück und können das Schlimmste noch vermeiden.«

Samy schluchzte auf und verharrte im Weggehen. Nate wandte sich wieder ihr zu und versuchte, sie zu beruhigen.

»Noch wissen wir nichts und wir sollten davon ausgehen, dass alles in Ordnung ist. Bitte geh dort rüber.«

Er zeigte zum Café und Samy wollte sich auf den Weg machen, als einer der Polizisten Nate ansprach. In seiner Stimme lag etwas Undefinierbares zwischen Überraschung und Aufregung. Jedenfalls veranlasste es beide, ihn anzusehen.

»Sir …«

Er machte eine Handbewegung in Richtung des Ladens und sowohl Samy als auch Inspector Stone folgten seinem Blick.

Hinter der Glastür erschien Cornelius – offensichtlich wohlauf. Samy spürte, wie ein Stein von ihrem Herzen fiel. Egal, was passiert war, er lebte.

Ein Blick auf seinen selbstgefälligen Gesichtsausdruck verschaffte ihr Gewissheit, dass sich in den Tiefen des Ladens keine Bluttat ereignet hatte.

Cors Mimik war entspannt und in seinen Augen lag Genugtuung. Er drehte den Schlüssel mit Akribie im Schloss und verharrte einen Augenblick, bevor er hinauskam. Samy hielt den Atem an und sah im nächsten Moment, wie er nach oben griff und das Metallschild wieder umdrehte. Dann schwang die Tür auf und er trat hinaus.

An Nate gewandt meinte er: »Sie können übernehmen, Inspector!«

Mit der Grandezza eines Lebemanns schritt er auf Samy zu und bestätigte: »Du hattest recht!«, dann rief er den Polizisten zu: »Sie sollten einen Krankenwagen hinzurufen.«

Samy warf sich in seine Arme und konnte die Tränen nicht mehr zurückhalten. Erleichterung übermannte sie und Cor, ganz Gentleman, reichte ihr sein blütenweißes Stofftaschentuch.

»Wie konnten wir nur so dumm sein? Ich habe mir solche Sorgen gemacht!«, rief sie, bevor sie es ergriff. Er tätschelte ihr den Arm, als sei sie ein kleines Kind. Sein Tonfall hörte sich entsprechend an.

»Aber, aber, meine Liebe! Alles ist gut und Mrs Wood ist auch noch unter den Lebenden.«

»Wenn auch mit einer riesigen Beule«, kam es in diesem Moment von Nate, der den Laden als erster wieder verlassen hatte.

Cor blickte ihn verblüfft an, doch dann wechselte sein Ausdruck zu Sarkasmus.

»Was hätte ich Ihrer Meinung nach tun sollen, werter Inspector? Ihr vielleicht mit einer Fliegenklatsche auf die Finger hauen und schimpfen ›Oh, oh, oh‹?«

»Wie ich sehe, ist Ihnen nichts geschehen«, erwiderte Nate mit einem Grinsen auf dem Gesicht.

»Wir brauchen später Ihre Aussage, aber vielleicht haben Sie jetzt eine kurze Zusammenfassung für mich?«

Cor betrachtete ihn und ließ sich Zeit, bevor er Nates Aufforderung folgte.

Heute trug er eine dunkelgrüne Chino und ein kariertes Sakko mit Einstecktuch. Der Gehstock passte fantastisch zu seinem Outfit und Samy hinterfragte, ob er es aus diesem Grund gewählt hatte. Es verlieh ihm einen gewissen Landhauschic, der bestens nach England passte. Sie war beinahe sicher, dass er die Gehhilfe so bald nicht ablegen würde. Vielleicht würde er den Stock sogar als Stilmittel in seine Garderobe einbauen. Sie hielt alles für möglich und lauschte, als er ihm hin und her schwingend berichtete, wie Mrs Woods reagiert hatte.

»Eigentlich hatte ich in dem Moment, als sie mich erblickte, den Eindruck, dass sie wusste, wer ich bin. Keine Ahnung warum, denn sie hat uns schließlich nur einmal zusammen gesehen.«

Samy und Nate blickten sich vielsagend an, denn ihnen war klar, warum niemand, der Cor jemals gesehen hatte, ihn wieder vergessen würde. Er hingegen tat, als wäre es ihm ein Rätsel.

»Aber sei es drum. Zunächst lief alles nach Plan, sie hat mir meine Geschichte geglaubt – vermute ich zumindest – und mir diverse Teile gezeigt, die ich in Augenschein nahm. Der Laden beherbergt übrigens in der Tat das ein oder andere interessante Teil«, ließ er Samy wissen und kündigte an, sich die Glassammlung genauer ansehen zu wollen.

Nate, der keine Ahnung von Cors Kollektion antiker Gläser hatte, versuchte ihn wieder in die richtige Spur zu bringen und forderte ihn auf: »Weiter!«

Cor blickte ihn hochnäsig an und meinte an Samy gerichtet: »Kulturbanause. Kein Wunder, dass die Polizei nicht den besten Ruf genießt.«

Als er sah, dass Nate darauf nicht reagieren würde, ließ er den Blick herrschaftlich über die Straße schweifen und fuhr fort.

»Nun also, die Gute wirkte ein wenig angespannt, hat mir aber alles gereicht, was ich sehen wollte. Dabei habe ich ihr von meinem Schicksal erzählt und eventuell ein klein wenig zu dick aufgetragen.«

Das konnte Samy sich nur zu gut vorstellen und im Nachhinein wunderte es sie nicht, dass Naomis Mutter hellhörig geworden war.

»Ich merkte also schnell, dass sie nervös war. Sie schien zu durchblicken, warum ich ihr meine Geschichte erzählte, und ab einem gewissen Punkt hatte ich das Gefühl, dass sie versuchte, sich hinter mir zu positionieren. Dabei war mir nicht entgangen, dass sie zu einigen Messern schielte, die in der Theke lagen. Sie sahen sehr scharf aus und eines davon werden ihre Leute auf dem Boden finden.«

Hier machte er eine Kunstpause, und Samy lief es eiskalt über den Rücken, als sie sich vorstellte, was hätte passieren können.

»Nachdem ihr Verhalten mich bestätigte, habe ich ihr eine Falle gestellt und darum gebeten, die Toilette benutzen zu dürfen. Während sie glaubte, dass ich dort sei, habe ich sie beobachtet und gesehen, wie sie die Tür abschloss und eines der Messer hinter dem Rücken versteckte. Als ich wieder in den Verkaufsraum kam, hat sie gesehen, dass ich eine Rolle mit Transportband in der Hand hatte. Ich hatte es in dem Lagerraum, von dem es zu den Toiletten ging, erblickt und bin mir sicher, dass es sich als das Herausstellen wird, mit dem Jennifer Dalton ermordet wurde. Jedenfalls hat ein Blick darauf genügt und sie wusste, dass ich sie entlarvt hatte. Sie kam auf mich zu und meinte nüchtern: *Ihnen ist klar, dass ich sie nicht gehen lassen kann, nicht wahr?* Als ich erwiderte *das werden Sie leider müssen*, ist sie blitzschnell auf mich zugesprungen und hat das Messer gezückt.«

An dieser Stelle wandte Cor sich Nate zu.

»Ich hoffe, Sie sehen mir nach, dass ich keine andere Chance hatte, als meinen Stock zu schwingen. Das hat ihr die fiese Beule beschert, aber alles in allem ist sie gut davongekommen. Hätte ich eine der Statuetten oder einen Briefbeschwerer genommen, sähe die Sache anders aus. Aber ich bin Arzt und weiß, was zu tun ist. So hat sie nur einen Hieb abbekommen, der sie vorübergehend außer

Gefecht gesetzt hat. Selbstverständlich habe ich ihre Vital-funktionen überprüft – nachdem ich sie gefesselt hatte, versteht sich von selbst.«

Samy war sprachlos, doch Nate schien zufrieden zu sein. Er bedankte sich bei Cor für seinen Einsatz und ließ sie allein, als Mrs Woods mit Handschellen aus dem Laden geführt wurde. Sie warf ihnen einen Blick zu, vor dem Samy sich am liebsten weggeduckt hätte. Doch Cornelius verneigte sich vor ihr und reichte Samy seinen Arm.

»Wir sollten gehen. Ich habe meinen High Tea sträfli-cherweise kaum gewürdigt und möchte dies nachholen. Was hältst du vom Castle Hotel?«

Samy lachte über seinen ungebrochenen Appetit und schloss: »Unbedingt! Und diesmal werde ich mir auch mehr als einen Tee gönnen. Ich brauche unbedingt eine Zuckertherapie!«

EPILOG

Samy saß auf ihrem Sofa und hatte sich unter eine Decke gekuschelt. Anders hätte sie die langen Skypetelefonate mit Cor kaum ausgehalten.

Ihre Wohnung besaß zwar eine Zentralheizung, doch für ihren Geschmack hätte diese mehr wärmen können. Inzwischen verstand sie, warum die meisten englischen Haushalte zusätzlich über offene Kamine oder zumindest eine elektrische Variante davon verfügten. Die alten Häuser waren zugig und immer ein wenig unterkühlt.

Fairerweise musste sie zugeben, dass sie eine Frostbeule war. Die meisten anderen Menschen zogen in dieser Jahreszeit eine Strickjacke an und kamen nicht mal auf die Idee, zu heizen. Aber dabei handelte es sich um eine Eigenschaft, die sie sich niemals aneignen würde, egal, wie lange sie hier lebte.

Seit Cors Abreise waren vier Wochen vergangen. In den ersten Tagen hatte er sie täglich angerufen, um zu erfahren, ob es Neuigkeiten gab. Doch bald hatte sein Interesse nachgelassen und er war zu seinem Alltag zurückgekehrt. Anders als Samy hatte er eine Tätigkeit, die verrichtet werden wollte.

Seine Praxis war das geringere Problem. Vielmehr waren es seine diversen kulturellen und gesellschaftlichen Verpflichtungen, die ihn stressten. Daher wunderte es sie auch nicht, dass er im Abendanzug vor dem Bildschirm hockte.

»Du meinst, sie wollen wirklich den Großteil des Geldes weggeben?«

Sein Gesicht drückte Überraschung, aber auch Respekt aus.

»Na ja, weggeben ist wahrscheinlich nicht der richtige Ausdruck«, widersprach Samy und erklärte es noch einmal.

»Für Naomi ist eine Welt zusammengebrochen, als sie erfahren hat, was ihre Mutter getan hat. Du erinnerst dich bestimmt, dass sie uns im *Piper* erzählt hat, wie gläubig sie ist. Anders als ihre Mutter hätte sie jedoch besser mit einem unehelichen Kind leben können als mit einer ermordeten Jennifer. Als Daniel erfahren hat, mit was Jennifer sich beschäftigt hat, hat er mit Niklas gesprochen. Der hat ihm alles berichtet, ohne etwas zu beschönigen. Sowohl von dem Label, dem geplanten Verkauf, der horrenden Summe, die dabei herumgekommen wäre, aber auch von Jennifers Niedertracht. Ihm war klar, dass sie ihn ausbooten und verschwinden wollte. Er und Naomi scheinen feine Menschen zu sein. Trotz all dieser Details haben sie Niklas beauftragt, den Verkauf abzuwickeln und ihnen zu helfen, eine Stiftung einzurichten. Da Jennifer kein Testament gemacht hatte und ihre Eltern tot sind, erbt Daniel alles. Doch er und Naomi wollen sich nicht bereichern und möchten mit einer Stiftung, in die 80 Prozent des Verkaufserlöses fließen, Micro-Unternehmern helfen, ihren Traum zu verwirklichen.«

»Sehr nobel«, warf Cor ein. »Und die verbleibenden 20 Prozent werden immer noch eine ganz schöne Summe sein. Zumindest nach dem, was Niklas gemeint hat.«

»Absolut, laut Niklas ist der Preis durch Jennifers Tod sogar gestiegen. Die beiden werden also gut leben können. Dennoch, ich finde es bemerkenswert. Und Daniel hat auch noch an anderer Stelle Großmut bewiesen, er wird Carol das Studio übertragen – kostenlos. Er hat betont, dass es nicht zu seiner Lebensphilosophie passe, sich zu bereichern. Das, was er von Jennifer erbt und behalten wird, sei genug für ihn und seine neue kleine Familie, mehr wolle er nicht. Er und Naomi werden an Weihnachten heiraten.«

Auch Cor stellte noch einmal heraus, dass er diese Haltung bewundere, ließ jedoch nicht unerwähnt, dass er dem guten Daniel nicht so viel Grips zugetraut hätte, so weit vorauszuschauen. Dennoch stimmte er Samy zu, dass es nicht unbedingt Intelligenz bedarf, wenn man das Richtige tun möchte.

»Sehr schön, dann wird die mir nicht sympathische Jennifer posthum etwas Gutes leisten – eine schöne Vorstellung, was mich zu meiner nächsten Überlegung bringt. Wie geht es Niklas? Ist sein Ruf wiederhergestellt?«

Samy berichtete ihm, dass sie bei Sir Charles und Lady Helen eingeladen war und sie ihr die Pläne ihres Sohnes geschildert hatten. Niklas und Diana hatten beschlossen, einen Neuanfang zu versuchen. Sie wollten nach New York gehen, wo der Jurist ein Angebot von einem Konzern vorliegen hatte.

»Auch ein Nebenprodukt aus Jennifers Deal. Er ist Feuer und Flamme und überzeugt, dass es das Richtige für ihn ist. Seine Eltern sind da nicht so sicher, was aber auch an Charles Enttäuschung liegen könnte. Er war sicher, dass die Kinder in seine Fußstapfen treten würden, und nun ist nicht nur Anabel abtrünnig, sondern auch noch sein einziger männlicher Nachfahre – das trifft ihn in seiner Ehre. Lady Helen sieht das etwas anders. Worin sich beide aber einig sind, ist der Glaube, dass ein Neuanfang mit Diana zwecklos ist. Sie sehen ihren Sohn in dieser Beziehung nüchtern und glauben nicht, dass er aufhören wird, nach rechts und links zu greifen.«

»Na ja, manche Menschen sind so veranlagt und als Eltern werden sie das gut beurteilen können. Aber immerhin geben sie nicht gleich auf. Ich finde, das ist schon mehr, als viele andere Paare tun.«

Samy wunderte sich über diese Worte und kannte Cor gut genug, um zu wissen, dass etwas dahintersteckte. Normalerweise war er in diesen Dingen oberflächlich und vertrat den Standpunkt *Das Leben hat vieles zu bieten, warum nicht alles mitnehmen, was möglich ist*?

»Wie kommst du zu dieser tiefen Erkenntnis?«, wollte sie wissen. »Ich glaubte immer, du kennst nur eine einzige Regel – *bloß keine Langeweile*! Irgendwie habe ich im Hinterkopf, dass ich diesen Satz öfter von dir gehört habe, wenn es um das Thema Beziehungen ging.«

Er zierte sich ein bisschen und versuchte sich an Allgemeinplätzen wie, *die Familie ist heilig, man sollte nicht gleich die Flinte ins Korn werfen* und *in guten wie in schlechten Zeiten*, doch Samy glaubte ihm kein Wort.

Als sie weiterbohrte, spukte er es schließlich aus.

»In meiner Familie herrscht Krisenstimmung. Julius, mein ältester Bruder, hat sich von seiner Frau getrennt. Das ändert alles.«

Samy war schockiert, denn so etwas gab es bei den von Reeders nicht. Sie hatte nie einen bornierteren Clan kennengelernt und wusste, dass Julius mit seiner Frau vier Kinder hatte.

»Wie bitte?«

»Du hast richtig gehört. Ihn hat der Hafer gestochen, wie unser alter Herr es ausdrückt. In Wirklichkeit beglückt er seit ein paar Monaten eine Krankenschwester und hat beschlossen, dem schnöden Familienleben den Rücken zu kehren und sich in ein spannendes Abenteuer zu stürzen.«

»Die arme Frau«, meinte Samy mitleidig und spürte, dass Cor damit zu kämpfen hatte.

»Mir graut es vor der Weihnachtszeit. Du weißt, wie heilig sie meiner Mutter ist. Auch wenn mir ihr ganzes Brimborium zu viel ist, weiß ich es zu schätzen, dass Traditionen gepflegt werden. Außerdem ist diese Zeit für mich naturgemäß immer ein wenig ruhiger, da die meisten Leute mit ihren Kindern beschäftigt sind. Das wird bei den von Reeders in diesem Jahr ausfallen. Ich fürchte mich jetzt schon vor der Langweile und den endlosen einsamen Abenden mit Michael Bublé.«

Samy hatte Mitleid mit ihm, doch dann fiel ihr etwas ein.

»Du solltest in den letzten beiden Wochen vor Weihnachten hierherkommen. Das gesellschaftliche Leben nimmt wieder Fahrt auf und ich bin zu diversen Weihnachtsfeiern eingeladen. Besonders das letzte Wochenende vor Weihnachten solltest du dir freihalten. Da findet die Party der Burtons statt. Ich kenne beide nur flüchtig, habe aber eine Einladung erhalten – Charles öffnet alle Türen für mich.«

»Und was ist an dieser Party so besonders?«, wollte Cor wissen, den die Aussicht auf Unterhaltung in Windsor aufgebaut hatte.

»Laut Anabel ist dieser Abend das ultimative Highlight der Weihnachtszeit, weil die Burtons jedes Jahr eine Show abziehen, die sich keiner entgehen lassen möchte. Man hat mir erzählt, dass regelmäßig Porzellan fliegt und Türen geknallt werden – alles vor den Gästen«, schilderte sie ihm lachend.

»Also genau das, was wir beide nicht verpassen dürfen!«

»*Formidable!*«

Cors Begeisterung war sichtbar und sie wusste, dass sie ihn von seiner Tristesse erlöst hatte. Er verabschiedete sich mit den französischen Abschiedsworten: »*A bientot, ma Chère*. Ich werde gleich buchen. Weihnachten in Windsor – ich kann es kaum erwarten!«

$\mathcal{E}$NDE

Trudy Cos
MORD IN WINDSOR
Ein Krimi mit Sammy Wilde, Band 1

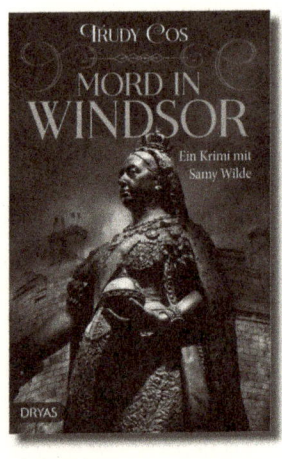

Taschenbuch
280 Seiten
Preis 12,50 EUR [D]
ISBN 978-3-948483-35-7
lieferbar

Ebook epub
ISBN 978-3-948483-36-4

Gerade als Samy Wilde ihr neues Leben in Windsor zu genießen beginnt, fällt ihr ein Toter vor die Füße. Das passt ihr gar nicht, denn die Informatikerin war durch den Verkauf einer App zu Geld gekommen und möchte sich endlich einmal den angenehmen Dingen des Lebens widmen. Stattdessen wird sie selbst des Mordes verdächtigt.

Als Frau der Tat beginnt Samy mithilfe ihres guten und etwas skurrilen Freundes Cornelius, ihre eigenen Recherchen rund um das Windsor Castle durchzuführen. Dabei werden beide mit Samys Vergangenheit konfrontiert. Könnte es sein, dass der Mord mit ihrem jüngst verstorbenen Vater zusammenhängt?

Trudy Cos
YOGA KANN TÖDLICH SEIN
Ein Krimi mit Sammy Wilde, Band 2

Taschenbuch
257 Seiten
Preis 12,50 EUR [D]
ISBN 978-3-948483-71-5
lieferbar

Ebook epub
ISBN 978-3-948483-72-2

Samy Wilde, die in Windsor ein neues Leben beginnen möchte, kommt einfach nicht zur Ruhe. Während sie sich den schönen Dingen des Lebens zuwendet und am liebsten Yoga macht, wird ihr eine Stelle an der renommierten Universität von Oxford angeboten. Beim Versuch, sich Klarheit zu verschaffen, ob sie bereit für einen neuen Berufsalltag ist, stolpert sie (erneut) über eine Leiche.

Als wäre dies nicht schlimm genug, handelt es sich bei der Toten um die Besitzerin des angesagten Windsor Yoga Studios, das Samy täglich besucht. Alarmiert erörtert sie den Fall mit ihrem scharfsinnigen Freund Cornelius, der kurzerhand beschließt, nach Windsor zu reisen. Obwohl er selbst nicht viel von Yoga hält, möchte er gemeinsam mit Samy herausfinden, wer Jennifer Dalton in die ultimative Totenstellung versetzt hat.

Trudy Cos
GLÜH-GIN ZUM MORD
Ein Krimi mit Sammy Wilde, Band 3

Taschenbuch
249 Seiten
Preis 13,00 EUR [D]
ISBN 978-3-986720-04-9
lieferbar

Ebook epub
ISBN 978-3-986720-05-6

Samy steckt mitten in den Weihnachtsvorbereitungen und eine Christmas Party folgt der nächsten, als sie erneut die dunkle Seite Windsors kennenlernt. Die Burtons veranstalten kurz vor den Feiertagen ein rauschendes Fest, zu dem Samy und Cornelius eingeladen sind. Glüh-Gin fließt in Strömen und die Gäste versuchen krampfhaft, dem boshaften Kolumnisten Thomas Leicester aus dem Weg zu gehen. Er hat schon viele Karrieren und Leben zerstört und die Gesellschaft fürchtet sich vor ihm.

Daher ist es kaum verwunderlich, dass er im Laufe des Abends tot aufgefunden wird. Weil die Reichen Windsors lieber unter sich bleiben, versucht die Polizei auf anderem Weg hinter die Geheimnisse der Partygäste zu kommen - und zwar mit der Hilfe von Samy und Cor.

Trudy Cos
FENG SHUI UND MORD ZUM TEE
Ein Krimi mit Sammy Wilde, Band 4

Taschenbuch
249 Seiten
Preis 13,00 EUR [D]
ISBN 978-3-986720-50-6
lieferbar

Ebook epub
ISBN 978-3-986720-58-2

Nach einer aufregenden Auszeit in Windsor ist Samy auf der Suche nach einer neuen Aufgabe. Das Thema Feng Shui lässt sie nicht los und so beschließt sie, das leerstehende Landhaus ihres Großvaters als Begegnungszentrum für die asiatische Harmonielehre auszubauen.

Die Eröffnungsfeier wird glamourös, auch der Feng Shui Großmeister Yap Shaw Too erscheint persönlich. Doch während der Feier kommt es zu einem Streit und wenig später wird Yap Shaw Too ermordet. Samy kann den Mord nicht ungeklärt lassen, zu sehr belastet er ihr neues Feng Shui House. Daher beginnt sie zu ermitteln. Schnell wird ihr klar, dass der Großmeister in Machenschaften verstrickt war, die auch ihr gefährlich werden.

Trudy Cos
MORD AUF DER THEMSE
Ein Krimi mit Sammy Wilde, Band 5

Taschenbuch
260 Seiten
Preis 13,00 EUR [D]
ISBN 978-3-9867207-4-2
lieferbar

Ebook epub
ISBN 978-3-986720-82-7

Samy freut sich, dass das von ihr gegründete Feng Shui House sich großer Beliebtheit erfreut. Es wird nicht nur für schöne Events gebucht, sondern dient auch dem ein oder anderen Verein als Rückzugsort für regelmäßige Treffen.

Allerdings ist die Windsor Ladies Society bei ihren Besuchen kaum zufriedenzustellen. Die Vorsitzende scheint Vergnügen daran zu haben, ihren Mitmenschen das Leben schwer zu machen, und daher hält sich Samy's Trauer in Grenzen, als sie erfährt, dass die Dame bei einer Feier der Society, die auf einem der Thamse Ausflugsschiffe stattfand, über Bord gegangen ist.

Im Gegensatz zu Samy ahnt Cornelius unmittelbar, dass es sich dabei nicht um einen tragischen Unfall handelte.

Rebecca Michéle
DIE BRAUT SIEHT ROT
Cornwall-Krimi mit Sandra Flemming Band 4

„Ein Zimmermädchen, das sich in einen Adeligen verliebt. Eine Schwiegermutter in Spe, die gegen die Verbindung ist. Und eine Leiche."

kartoniertes Buch
320 Seiten
Preis 13,50 EUR [D]
ISBN 978-3-948483-10-4
lieferbar
Ebook epub
ISBN 978-3-948483-13-5
Ebook PDF
ISBN 978-3-948483-39-5

Rebecca Michéle
EIN MÖRDER ZIEHT DIE FÄDEN
Cornwall-Krimi mit Sandra Flemming Band 3

„Ein flüchtiger Doppelmörder hält Higher Barton in Atem."

kartoniertes Buch
330 Seiten
Preis 13,50 EUR [D]
ISBN 978-3-940855-90-9
lieferbar
Ebook epub
ISBN 978-3-940855-91-6
Ebook PDF
ISBN 978-3-948483-16-6

Rebecca Michéle
LEBENSGEFÄHRLICH SCHÖN
Cornwall-Krimi mit Sandra Flemming Band 2

*„Die Leiche einer ertrunkenen Frau me
lenweit vom Wasser entfernt gibt Sandi
Flemming Rätsel auf."*

Englische Broschur
320 Seiten
Preis 14,00 EUR [D]
ISBN 978-3-940258-88-5
lieferbar
Ebook epub
ISBN 978-3-940258-95-3

Rebecca Michéle
AUF EIS GELEGT
Cornwall-Krimi mit Sandra Flemming Band 1

*„Ein romantisches Hotel in Cornwall m
einer Leiche in der Kühltruhe"*

kartoniertes Buch
352 Seiten
Preis 13,00 EUR [D]
ISBN 978-3-948483-70-8
lieferbar
Ebook epub
ISBN 978-3-940258-78-6